COLLECTION SÉRIE NOIRE

Créée par Marcel Duhamel

Parutions du mois de mars

832. PITIÉ POUR LES RATS

(JEAN AMILA)

1394. LAISSEZ BRONZER LES CADAVRES !

(J.-P. MANCHETTE/J.-P. BASTID)

1611. À BULLETINS ROUGES

(JEAN VAUTRIN)

1674. BILLY-ZE-KICK

(JEAN VAUTRIN)

2007. AU BALCON D'HIROSHIMA

(JEAN AMILA)

2456. QUE D'OS !

(JEAN-PATRICK MANCHETTE)

Parutions du mois d'avril

364. PIEDS HUMIDES

(WILLIAM O'FARRELL)

1884. LA VIERGE DE GLACE

(MARC BEHM)

1999. NOYADE INTERDITE
(ANDREW COBURN)

2010. LE DIAMANT ORPHELIN
(WILLIAM IRISH)

2049. COMMENT VIVENT LES MORTS
(ROBIN COOK)

2055. L'ORCHESTRE DES OMBRES
(TOM TOPOR)

Parutions du mois de mai

34. UN NOMMÉ LOUIS BERETTI
(DONALD H. CLARKE)

183. COUP DE TORCHON
(WILLIAM P. McGIVERN)

1269. UN HOMME À LA COULE
(WILLIAM R. BURNETT)

1839. GOOD-BYE, CHICAGO
(WILLIAM R. BURNETT)

1863. LES MÉCANOS DE LA MORT
(JOHN DUNNING)

750. L'ASSASSIN DE PAPA
(DONALD E. WESTLAKE)

929. CALME BLANC
(CHARLES WILLIAMS)

931. LA CHAMBRE DU HAUT
(MILDRED DAVIS)

986. LE PIGEON D'ARGILE
(DONALD E. WESTLAKE)

1106. DES CLIQUES ET DES CLOAQUES
(JIM THOMPSON)

1116. LA PÊCHE AUX AVAROS
(DAVID GOODIS)

Parutions du mois de juin

5. NEIGES D'ANTAN
(DON TRACY)

446. IL PLEUT DES COUPS DURS
(CHESTER HIMES)

492. DARE-DARE
(CHESTER HIMES)

684. MÉLODIE EN SOUS-SOL
(JOHN TRINIAN)

1068. LES CORDONS DU POÊLE
(DONALD E. WESTLAKE)

1232. LE PIGEON RÉCALCITRANT
(DONALD E. WESTLAKE)

WILLIAM IRISH

Le diamant orphelin

TRADUIT DE L'AMÉRICAIN
PAR LAURETTE BRUNIUS
ANTHOLOGIE ÉTABLIE
PAR STÉPHANE BOURGOIN

nrf

GALLIMARD

AVANT-PROPOS

Ces nouvelles de William Irish ont paru, vers la fin des années 30 et au-delà des années 40, dans ces magazines populaires qu'on appelait les « pulps ». Comme le lecteur s'en rendra compte, elles ont fort bien vieilli.

Grâce, évidemment, à l'Humour qui abolit le temps.

LE DIAMANT ORPHELIN

(The orphan diamond ou Orphan ice)

Reyder se payait les services d'un éclaireur, d'un poisson pilote — on l'appelait le Dénicheur — qui traînait ses guêtres dans différents hauts lieux de la grande vie nocturne pour repérer les affaires intéressantes, et c'est lui qui avait signalé la chose. Il avait appelé Reyder et son acolyte un soir vers dix heures d'un endroit qui s'appelait le Restaurant Vendôme.

— J'ai quelque chose pour vous. Vous feriez p't' êt' bien de venir jeter un œil. C'est un solitaire pour annulaire, vous en avez sûrement pas vu beaucoup des comme ça. Cinq carats, si je ne m'abuse. Taillé en émeraude.

— Et monté comment ? (Reyder se renseignait, tranquille comme s'il parlait à un vendeur bien honnête.) Elle est accompagnée par qui la mémé ?

— Elle est seule et elle, c'est plutôt du soixante carats. C'est du sur mesure, j'ai jamais rien vu de pareil. (Reyder réfléchissait. Le Dénicheur continua :) Vous voulez venir voir, ou je m'adresse ailleurs.

Reyder avait appris à faire confiance au jugement de son expert.

— Je crois qu'on va venir voir, dit-il. Retiens-nous

une table. Et récolte tout ce que tu peux comme tuyaux d'ici là.

Un quart d'heure plus tard, deux hommes bien sapés descendirent d'un taxi devant le Vendôme Restaurant, payèrent le chauffeur et s'avancèrent d'un pas désinvolte sur le tapis du hall. Une fois débarrassés de leurs chapeaux et pardessus, ils entrèrent sans se presser dans la salle principale du restaurant. Il n'y avait absolument rien de déplacé dans leur tenue, leurs regards n'étaient ni insistants ni furtifs et rien ne trahissait qu'ils n'étaient pas des clients tout à fait comme les autres. C'était depuis toujours un des grands principes de Reyder : les vêtements et l'allure devaient être sans rapport avec... la raison sociale. Il n'y avait que les imbéciles pour ne pas savoir passer inaperçus où qu'ils se trouvent.

Ça n'était pas une boîte de nuit, mais un restaurant à la fois luxueux et traditionnel, sans musique, sans dancing et sans aucune espèce de fioriture. Un endroit aristocratique, rempli de gens bien habillés et un peu compassés, le plus souvent en grand tralala et pour qui la pègre était un monde dont on parlait dans les livres.

Les deux nouveaux arrivants se frayèrent un chemin jusqu'à une table où un troisième homme, seul, était assis et les attendait, l'air indifférent à ce qui l'entourait. Il avait une dégaine d'intellectuel, l'air d'un scientifique. C'était sans doute le fait de ses lunettes, équipées de verres grossissants. Il était obligé de les retirer quand il voulait lire, mais elles lui étaient d'une aide considérable pour repérer et jauger des objets situés à une certaine distance, par exemple des pierres précieuses.

Ses acolytes le rejoignirent à la table sans faire de vagues, et en admettant qu'elle ait été remarquée, leur entrée fut aussitôt oubliée. C'était parfaitement étudié pour passer inaperçu.

Aucun d'eux ne dit rien pendant un moment. Ils avaient l'air de gens qui s'imprègnent de l' « ambiance » avant de s'aventurer à formuler une remarque, qui préfèrent ne rien faire que de risquer un geste déplacé et d'attirer l'attention sur eux.

Finalement Reyder, qui n'avait pas bougé d'un centimètre pour regarder autour de lui depuis qu'il était arrivé, dit en susurrant dans son bouton de manchette, derrière la main qui lui cachait le visage :

— C'est elle ?

« Elle », c'était une petite femme placide, l'air d'une poule d'eau avec des cheveux gris, assise toute seule à une petite table non loin d'eux.

Elle était parée comme une châsse, mais elle donnait l'impression de ne pas être vraiment habituée à être attifée comme ça. On lui servait du vin de temps à autre, et il y avait deux verres de vin sur la table, mais une seule chaise occupée, la sienne. L'autre était vide. Elle choquait son verre contre l'autre chaque fois qu'elle buvait une gorgée. Elle ne semblait pas consciente de ce qui se passait autour d'elle, perdue dans un monde à elle.

Reyder n'eut pas à attendre une confirmation. Une main restée cachée jusque-là émergea de sous la table, et un éclair jaillit. Une vague de lumière, étincelante, ruissela sur le dos de la main.

— Mazette, fit Reyder, sobrement.

Aucun des deux autres ne broncha. Ils attendaient sa décision.

Après une courte pause, il demanda :

— Et il a un pedigree, ce caillou ? Tu t'es renseigné ?

Le Dénicheur se pencha un peu en avant, les coudes calés sur la table, pour être mieux entendu. Il avait à peine l'air de parler, ou en tout cas, de tenir des propos décousus et sans importance. Son compagnon n'avait pas l'air d'écouter. Reyder accrochait un regard vide quelque part au plafond, avec l'expression de quelqu'un qui ne pense à rien. Morse, le troisième larron, regardait attentivement sa cheville, au bout de sa jambe croisée. Ils avaient l'air de s'ennuyer ferme.

— Voilà l'histoire, dit le Dénicheur. Elle est seule au monde. Et quand je dis seule, c'est vraiment seule. Personne, pas un ami, pas une relation, rien. Elle s'appelle Kolman et elle vit seule à la Résidence Van Zandt. Pas de domestique, rien. Elle est seule avec son chat. Et encore, même le chat a disparu depuis quelques semaines, il a dû se perdre. Elle et son mari sont arrivés de l'autre côté, d'Europe, parmi les premiers réfugiés il y a quelques années, avant que ça ne tourne vraiment mal. Y n' se sont pas arrêtés à New York en arrivant, ils ont continué jusque dans le Middle West. Plus tard, toute sa famille, qui était restée là-bas, a été exterminée. Y en a pas un de vivant, même pas un lointain cousin. Et puis son mari est mort. Depuis, elle ne sort plus, elle reste chez elle toute l'année, elle mène une vie d'ermite. Sauf un soir dans l'année. Probable qu'elle venait là avec son mari pour célébrer leur anniversaire de mariage. Alors maintenant, une fois par an, le jour de son mariage, elle fête ça sans lui. Elle met tous ses bijoux, comme vous voyez ce soir, elle vient ici toute seule, et elle trinque à sa mémoire, en faisant comme s'il était à table avec elle. Voilà l'explication du deuxième verre de vin. Il est censé être là, assis en face. Et si vous regardez bien, vous verrez qu'elle lui parle de temps en temps, tout doucement.

— Et elle ne porte ce truc qu'une fois par an ?

— Ouais. Pour l'anniversaire de son mariage. Personne ne le verra plus jusqu'à dans un an exactement. Le gérant est allé lui présenter ses respects, et c'est comme ça que j'ai appris l'histoire, en l'écoutant lui raconter sa vie. Comment le chat s'était taillé, et comment elle était seule au monde, et comment son glaçon ne sortait du frigo qu'une fois l'an. Le reste, je l'ai bricolé comme ça, en recollant les morceaux. Alors voilà. Qu'est-ce que t'en dis ?

Reyder frotta pensivement le bord d'une fourchette sur la nappe avant de se compromettre.

Ils attendaient son verdict ; il avait toujours le dernier mot dans toutes leurs entreprises.

Il finit par émettre un bâillement.

— Je crois que je vais aller le voir de plus près, dit-il.

Il se leva paresseusement et se fraya un chemin, sans y mettre de hâte incongrue, dans la direction générale des cabines téléphoniques. Les tables étaient assez rapprochées, et il choisit un trajet qui le faisait passer près de la dîneuse solitaire. En passant, il s'arrangea pour frôler la table de si près qu'il fit tomber un gant qu'elle avait posé au bord.

— Pardon madame, murmura-t-il poliment, et il se baissa pour le ramasser.

Mais au lieu de le remettre sur la table, il le lui tendit. Elle le prit de la main qui portait la bague, et pendant un bref instant, la pierre ne fut qu'à quelques centimètres de ses yeux.

Il se faufila entre les tables, alla s'enfourner dans une cabine téléphonique où il mit une pièce dans la fente, la laissa reposer un instant et raccrocha pour qu'elle retombe.

Il revint par un autre trajet, qui ne le faisait pas passer près de cette table-là.

Dès qu'il se fut rassis, les deux hommes lui lancèrent un regard interrogateur.

Il secoua discrètement la tête.

— Non ? firent-ils tous les deux en écho, déçus.

— Non. Pas pour nous. On pourrait rien en faire.

— Mais t'as vu le morceau, Rey ? protesta le Dénicheur, mélancolique.

— Justement. Ça doit être un bijou de famille. Il est taillé de façon particulière. Trop facile à identifier. Y'a une différence entre un truc simplement un peu dangereux et un truc à se faire piquer, à se faire repérer par les flics à tous les coups. On n'arriverait pas à s'en débarrasser. Les fourgues voudraient pas y toucher avec des pincettes. Je vous dis, c'est pas un pétard, c'est un bâton de dynamite. N'oubliez pas qu'on n'est pas des collectionneurs. On veut pas le garder dans un coffre, on veut le blé.

Il y eut un silence désolé. Personne n'essaya d'avancer un argument. Ses décisions étaient irrévocables.

Finalement le Dénicheur poussa un soupir et recula sa chaise. Morse en fit autant.

— On y va alors ? Y'a plus rien qui nous retient ici... ?

— Un instant, fit Reyder avec autorité. Je réfléchis.

Ils rapprochèrent leur chaise et attendirent.

— J'aimerais posséder ce caillou en toute légalité.

Sans aucun risque, fit-il rêveusement, après un moment de réflexion.

Le Dénicheur le regarda.

— C'te blague. Et moi donc, fit-il en guise de protestation.

— C'est simple comme bonjour. Je ne sais pas pourquoi personne n'y a jamais pensé. Approchez un peu que je vous dise, et ne regardez pas par là-bas. (Il fouilla dans sa poche, en sortit un quelconque papier et le déplia.) Je vous lis une lettre, ça expliquera que vous vous rapprochiez.

Leurs trois têtes penchées vinrent former une sorte de trèfle.

— Bon. On commence par la braquer, comme pour n'importe lequel des cailloux qu'on a négociés jusqu'à présent.

— Mais j' croyais que t'avais dit légiti... ? commença Morse .

— C'est moi qui cause, tu me laisses finir ? coupa Reyder d'un air dégoûté. Après ça, on se débarrasse de la monture, bien sûr, comme on fait toujours. C'est doublement important, dans ce cas-là. Ensuite, on va remettre la pierre, toute seule, à la police.

Ses deux interlocuteurs laissèrent échapper un hoquet de surprise.

— Tu rigoles ? T'as dit la police ?

— J'ai dit la police. On le rapporte aux objets trouvés, de préférence dans un poste de police aussi loin que possible de là où elle habite. On le rapporte exactement comme le premier cave venu quand il trouve un truc dans la rue. Tu sais bien te déguiser, Dénicheur. Tu te feras passer pour une cloche, un chômeur. Y serait tombé de sa monture, et tu l'aurais trouvé, d'accord ? On peut pas te causer des ennuis pour ça, tu fais ce qu'y faut faire, tu le rapportes.

— Mais bon Dieu, elle va s'en apercevoir, aller le réclamer, l'identifier et le récupérer en moins de deux.

— Naturellement, fit Reyder avec un calme olympien. (Et il ajouta :) A condition qu'elle soit toujours en vie. Donc, il va falloir s'occuper de ça.

— Tu veux dire que... fit Dénicheur dans un souffle.

Reyder hocha brièvement la tête.

— Exactement. (Il fit un geste de la main pour souligner l'évidence de son propos.) Si la seule personne en droit de le réclamer meurt avant d'avoir le temps de le faire, les flics le gardent. Au bout de six mois, si personne n'est venu le réclamer, il appartient à la personne qui l'a trouvé. C'est le règlement. Et c'est comme ça que ça se passe toujours. Il faut dire, reprit-il, que ça ne vaut pas le coup de se donner tout ce mal avec une pierre ordinaire. Il faut attendre longtemps, et puis il faut... (Ses deux interlocuteurs avaient compris à demi-mot. Il fallait tuer. Leurs visages ne montraient aucun signe d'hésitation. Leur décision était prise.) Mais pour ce caillou-là, c'est différent. Les circonstances nous y obligent. Vu la valeur du bijou, ça vaut la peine de se donner du mal. Trop facile à identifier pour faire autrement. Et le procédé est garanti incoinçable, puisqu'il n'y a ni parents ni amis vivants pour venir mettre les pieds dans le plat. Il n'y a qu'elle qui puisse l'identifier ou le réclamer. Une fois qu'elle est liquidée, c'est un diamant orphelin, un diamant sans propriétaire. Personne n'est au courant de rien, sauf nous. Personne n'est même foutu de le décrire précisément, sauf nous. (Il replia la fausse lettre et la remit dans sa poche.) Il y a deux points importants, dit-il en guise de résumé. S'assurer qu'elle n'ira pas le réclamer. Et après, avoir la patience d'attendre six mois pour le récupérer, en bonne et due forme. Et rappelez-vous que ça a un gros avantage : au bout de six mois, il est à nous *légalement.* Il n'est pas dangereux, on n'a pas besoin de le cacher. On peut le vendre sur le marché régulier et faire notre prix au lieu d'accepter de se laisser entuber par les fourgues comme d'habitude. Et vous savez ce que valent les diams en ce moment. Celui-là, personne ne peut m'empêcher d'entrer avec chez Tiffany ou chez Cartier, et de leur donner à becqueter dans le creux de ma main.

Le Dénicheur laissa échapper un sifflement admiratif.

— Rey, t'es génial, dit-il doucement.

— Elle se prépare à partir, avertit Morse sans lever les yeux, presque comme s'il avait la capacité miraculeuse de voir à travers son crâne et la peau de son front.

Reyder fit un geste imperceptible du bout des doigts, pour leur intimer de ne pas bouger :

— Pas de panique. On va rester là un petit peu. On sait où elle va, on sait où la trouver quand on sera prêts, et on sait qu'elle sera toute seule. On va faire les choses bien tranquillement. Comme ça, on aura pas d'emmerdes.

L'appartement était silencieux, hormis le bruit doux de l'eau qui coulait dans la baignoire. Mme Kolman, en peignoir et pantoufles, était debout devant son secrétaire, en train de ranger un à un ses bijoux dans un coffret de cuir usé. Le solitaire taillé en émeraude fut remis en place le premier, par-dessus les autres bijoux, noyant leur scintillement de pacotille sous son éclat.

Son regard était triste, tandis qu'elle s'apprêtait à refermer le couvercle, mais ce n'était pas les bijoux qu'elle voyait.

— A l'année prochaine, Max, soupira-t-elle. A notre prochaine fête à tous les deux, l'an prochain.

Le bruit de l'eau qui refluait interrompit sa rêverie. Elle laissa le coffret où il était pour se précipiter dans la salle de bains et diminuer le débit avant que ça ne déborde. Elle régla les robinets, prit un thermomètre et vérifia la température de l'eau.

Pendant qu'elle regardait son thermomètre, un bruit étouffé lui parvint depuis le palier de l'appartement. Un bruit étouffé mais familier, pas le moins du monde inquiétant, un bruit qu'elle était heureuse d'entendre après avoir tendu l'oreille en vain pendant tant et tant de longues soirées. Un bruit qu'elle avait presque désespéré d'entendre encore. C'était le miaulement plaintif, reconnaissable entre tous, d'un chat qui demande à rentrer au bercail. Il se fit entendre une deuxième fois, et il y eut en plus un grattement de griffes contre le bas de la porte.

— Te voilà ! murmura Mme Kolman, en joignant les mains dans un geste de gratitude. Mon Toby ! Oh, je savais bien qu'il finirait par revenir !

Elle courut à petits pas feutrés jusqu'à la porte bien défendue de l'appartement, les mains un peu tremblantes d'émotion pendant qu'elle défaisait la chaîne de sûreté. La chaîne qui lui procurait un sentiment de sécurité le soir chez elle. Le miaulement s'était fait entendre une troisième fois. Elle ouvrit la porte sans réfléchir, sans l'ombre d'un soupçon. Elle était déjà penchée instinctivement à hauteur du chat. Elle s'immobilisa, pétrifiée devant la petite boule de poils qui l'attendait sur le seuil.

Il y avait deux choses qui n'allaient pas. Elle en prit conscience successivement. La première était seulement une déception. La deuxième, une menace. La plus immédiate était qu'il ne s'agissait pas de Toby. Ce n'était pas sa fourrure. C'était un chat de gouttière, mais ça n'était pas lui. Et la seconde était qu'il ne touchait pas le sol, il n'était pas seul. Il était suspendu, les pattes pendant à quelques centimètres du sol. Une main humaine soutenait le ventre douillet. Elle vit les doigts recourbés sur le flanc de l'animal.

Pendant une fraction de seconde, elle resta en équilibre instable, le corps plié en deux, le bras tendu dans un geste suspendu. Une fraction de seconde qui suffit à la perdre.

Elle ne vit pas ce qui se passait ensuite, mais elle sentit une sorte de chiffon, comme soulevé par un vent d'hiver, qui s'abattit sur son visage levé et s'y accrocha. C'était comme quand on rencontre une feuille de papier journal emportée par une bourrasque et qu'elle vous colle dessus. Elle ne voyait plus que du blanc. Et il y avait une odeur particulière, comme en salle d'opération, mais elle n'eut pas le temps d'analyser cette sensation.

La mort était bienveillante avec Mme Kolman. Elle lui apparaissait sous son jour le plus rassurant. Sous la forme d'un chat qui vient se mettre au chaud. Ce fut la dernière image qui se présenta à sa conscience.

Elle essaya d'écarter la chose qui lui collait dessus, sans comprendre de quoi il s'agissait. Quelque chose retenait ses mains. Elle se sentait repoussée en arrière par une chose qui n'était pas du ressort de sa volonté, et elle perdit ses pantoufles.

Une voix, une voix d'homme, dans une sorte de murmure assourdissant, prononça près de son oreille : « Ne laisse pas entrer le chat. » Une porte fut fermée précautionneusement. Sa porte.

Ça devenait difficile de respirer maintenant. Il fallait se débarrasser de cette chose. Elle tenta vaillamment d'y porter la main. Son bras se levait à peine et on semblait l'empêcher d'aller plus loin. Elle décida de crier. Elle entendit le cri se déployer dans sa gorge. Et puis cette espèce de masse informe qui colmatait ses lèvres l'absorba comme une éponge et il en sortit un bredouillement étouffé.

Elle était fatiguée, maintenant. Ça n'avait vraiment pas d'importance. Il n'y avait qu'à laisser ça là, puisque ça ne faisait pas mal. Elle avait envie de dormir un peu. Sa tête roula sur le côté et ne bougea plus.

Le chiffon blanc fut retiré mais elle n'était plus là pour le voir. Il y avait deux hommes derrière. Ils venaient de la déposer, inerte, sur un fauteuil. L'un se tenait à ses pieds, l'autre à sa tête. La porte d'entrée était fermée. Le calme était revenu dans l'appartement. Le seul bruit audible était le gargouillement intermittent de l'eau, étouffé par la montée de son propre niveau.

L'un des deux pencha la tête, repéra que le bruit venait de la salle de bains et jeta un coup d'œil à l'intérieur. Puis il disparut. Un robinet grinça et le flot s'arrêta.

Il revint. Ils parlaient tranquillement, comme des gens qui ont la situation tellement bien en main qu'il n'y a pas de raison de s'énerver.

— Heureusement que je l'ai entendu avant que ça ne déborde.

— Il est là, regarde. En plein sous notre nez. Elle n'a même pas eu le temps de le ranger.

Ils s'approchèrent du coffret pour regarder. Reyder tendit la main et, la lumière éblouissante une fois écartée, ils purent voir étinceler doucement les brimborions qu'elle éteignait de son éclat.

— On ne prend que ça, dit fermement Reyder. On laisse le reste où ça se trouve. (Il rabattit le couvercle du coffret et se mit à ouvrir un à un les tiroirs du sécrétaire.) Et voilà où ça se range, dans le tiroir du bas. Il y a juste la place. (Il y encastra soigneusement le coffret, déploya un vieux tricot de corps qui avait servi à le recouvrir et referma le tiroir.) Elle n'aurait pas fait mieux elle-même si on ne l'avait pas interrompue. Comment pourront-ils savoir que ça n'est pas elle qui l'a rangé, hein ?

L'autre homme hocha la tête en guise d'approbation. Puis il jeta un coup d'œil sur la forme étendue, qui respirait doucement comme dans un profond sommeil.

— Et la suite du programme, on s'y met tout de suite ?

Ils savaient tous les deux en quoi consistait la suite.

— Tant qu'à faire, pendant qu'on y est. L'important c'est qu'elle n'aille pas signaler la disparition à la police, et c'est la première chose qu'elle fera si on se casse et qu'on la laisse revenir à elle. Sans ça, et une fois sorti de sa monture, ils ne sauront pas à qui ça appartient. A moins que le Dénicheur se soit gouré dans les grandes largeurs, et ça, ça ne lui est jamais arrivé, il n'y a rien qui permette de relier l'objet à elle ou de l'identifier rien qu'à l'examen.

Morse opina. Et puis il demanda : « Comment on fait ? » d'un air aussi détaché que s'ils étaient en train de discuter du meilleur moyen de se débarrasser des mites dans un placard.

Reyder prit son temps pour répondre.

— Si on n'était pas arrivés à ce moment-là, murmura-t-il, et qu'elle avait continué ses préparatifs pour la nuit, qu'est-ce qui aurait bien pu se passer, quel espèce d'accident aurait pu... (Il s'arrêta net et pointa deux doigts en direction de la porte par laquelle ils avaient entendu couler l'eau.) Le bain. Voilà ce qu'il nous faut.

Il se dirigea vers la porte.

— Tu veux dire : lui plonger la tête dedans ? Faut faire gaffe, quand même, à cause des poumons. Y peuvent dire, en regardant les poumons, si...

— Je sais, dit Reyder. Viens voir ici un instant.

Quand son acolyte l'eut rejoint dans l'encadrement de la porte, il lui montra quelque chose du doigt.

Sur une petite étagère fixée au mur, débordant à peine au-dessus du pied de la baignoire, il y avait un assortiment de produits pour la toilette : du talc, des sels de bain. Et un petit poste de radio, branché à une prise juste au-dessus.

— Oh, opina Morse qui avait compris tout de suite. Oui, je vois ce que tu veux dire.

— Ça peut arriver à n'importe qui. Je m'en occupe. A deux, on se marcherait sur les pieds, là-dedans. Attends-moi près de la porte d'entrée. Ne touche à rien, et ne fume pas.

Ils reculèrent tous les deux. La forme étendue sur le fauteuil poussa un profond soupir, annonciateur d'un retour imminent à la conscience, tandis que Reyder la soulevait dans ses bras. Il se plaça de profil pour que son fardeau ne l'empêche pas de passer la porte, et entra avec elle dans la salle de bains.

De là où il l'attendait, près de la porte d'entrée, son associé n'apercevait qu'un triangle dans lequel il n'y avait guère de visible qu'un petit tabouret à trois pieds, tout près de la porte. Les bras de Reyder apparurent au-dessus et y déposèrent un peignoir, plié et disposé avec un soin aussi méticuleux que par sa propriétaire elle-même. Les bras disparurent et une ombre grotesque passa sur le mur, dans un mouvement plongeant. Une ombre formée de deux silhouettes enlacées. Et puis il y eut le clapotis léger d'une lente immersion, d'un corps qu'on déposait doucement dans l'eau. Plus rien pendant un moment, le temps que l'eau remuée retrouve son immobilité. Et un soupir résonna, rendant un son creux dans la pièce carrelée.

Il y eut alors un cliquetis sec. Le bruit que fait le bouton d'un poste de radio qu'on allume. Reyder sortit, s'avança presque jusqu'où se tenait l'autre homme et ramassa les pantoufles qui étaient tombées. « Passe-moi ta lampe », dit-il, « que je m'éclaire en revenant ». Morse la lui tendit et il rentra dans la chambre mortuaire. Il plaça les pantoufles sous le tabouret, aussi soigneusement qu'il avait arrangé le peignoir, poussant le soin jusqu'à les juxtaposer exactement, bout contre bout et talon contre talon. Et puis il disparut du cadre de la porte.

Un chuintement devint audible ; il augmentait rapidement d'intensité. Avant qu'il ait atteint son plein volume, il y eut un bruit d'éclaboussure, un bruit violent cette fois. Et toutes les lumières s'éteignirent.

Puis plus rien, le silence. Le chuintement s'était arrêté. Un pâle rayon de lumière émergea de la salle de bains.

Reyder apparut dans l'encadrement de la porte, se retourna pour regarder derrière lui. Puis il sortit et rejoignit l'autre.

— Fini ?

— Fini. Comme ça, sans qu'elle ait le temps de savoir ce qui lui arrivait. Si c'est pas une belle mort... Je m'étonne qu'un des Etats n'adopte pas ça comme procédé légal.

Morse entrouvrit la porte d'entrée, jeta un coup d'œil dans le couloir.

— Ça va.

Tout en se glissant après lui et en refermant la porte doucement derrière eux, Reyder murmura avec un mauvais sourire :

— Je voudrais bien savoir ce qu'ils en penseront, de ce coup-là.

Il s'appelait Cooper, et il n'avait pas la prétention d'être une lumière. Quand on l'envoyait constater un truc comme ça, il arborait toujours un air perplexe et embarrassé. Il tournait en rond, passait d'une pièce dans l'autre, l'air de ne rien y comprendre et de ne pas savoir ce qu'il fallait faire.

Pourtant, ceux qui travaillaient avec lui avait renoncé depuis longtemps à le critiquer ou à se payer sa tête. Il n'y avait que les gens du dehors pour s'y laisser prendre et faire des commentaires derrière son dos :

— Qu'est-ce que c'est que ce type ? Il a l'air de ne pas savoir ce qu'il fout là.

Cette fois-ci, bien sûr, on avait affaire à un accident. Bizarre, mais évident, cette affaire Kolman. Il aurait dû classer ça dès que le rapport d'autopsie était revenu. « Mort par électrocution, résultant d'un contact électrique accidentel dans l'eau du bain. » Il était tellement barjo qu'il n'avait même pas conclu après ça. Il était resté là à tourner en rond et à poser des questions idiotes.

— Est-ce que les femmes gardent des épingles à cheveux pour entrer dans leur bain, je me demande ?

Personne ne savait vraiment, lui moins que les autres.

— Sur quelle longueur d'onde était réglée l'aiguille du poste ?

— Soixante-dix-neuf, répondit quelqu'un, avec une irritation à peine dissimulée.

Et puis un expert-joaillier qu'on avait envoyé chercher arriva et il lui montra le contenu intact du coffret qu'on avait trouvé douillettement niché dans le tiroir.

— Je voudrais une estimation grossière de ce qu'il y a là-dedans.

Il y eut quelques hochements de tête derrière lui. Puisque ces babioles n'avaient justement pas été volées, qu'on n'avait pas touché au coffret, c'était vraiment une perte de temps de les faire évaluer. Ça n'avait d'intérêt que pour des bijoux volés.

— On n'a pas touché au coffret, objecta quelqu'un. Nous-mêmes, il a fallu chercher partout avant de trouver où elle rangeait ses bijoux.

L'expert avait apporté sa loupe. Il s'était installé là où l'éclairage était correct et il passait en revue les bijoux, les retournait dans tous les sens sous sa lentille, les polissant quelquefois avec une peau de chamois. Il rendit son verdict au bout de cinq à dix minutes.

— Il y en a au plus pour cinq mille dollars, aux prix du marché actuel. Les pierres sont petites et les montures un peu branlantes. Mais j'espère que vous vous rendez compte qu'en temps ordinaire, il n'y en aurait pas pour plus de la moitié du prix. Deux mille cinq cents dollars le tout.

Cooper dit seulement :

— Je vois. Merci beaucoup.

Le joaillier repartit.

Après son départ, un des hommes s'adressa à Cooper :

— Qu'est-ce qui t'as pris ? A quoi ça sert ?

— Je ne sais pas exactement, fut sa réponse,

inepte comme d'habitude. Mais ça ne mange pas de pain.

Finalement, quand tout le monde fut prêt à partir, quelqu'un se retourna sur le pas de la porte et l'interpella, alors qu'il restait planté là, les bras ballants :

— Tu viens ? Tu vas pas revenir faire ton rapport ?

— Pas tout de suite, dit-il d'une voix traînante. J'aimerais gamberger un peu plus. (Il s'approcha de la porte d'entrée, se mit à jouer avec l'extrémité de la chaîne de sûreté, la faisant sauter sur l'ongle de son pouce.) C'est drôle, quand même, fit-il, plus pour lui-même que pour l'autre, qu'elle se soit donné le mal de faire mettre une chaîne comme ça à sa porte et qu'au lieu de la fermer, elle l'ait laissée comme ça.

— Qu'est-ce tu t' casses la tête ? demanda l'autre. Tu crois pas que c'est un accident ?

— Si, si, reconnut volontiers l'insondable Cooper. C'est même pour ça que je voudrais prendre un peu le temps d'y regarder de plus près. Ça a *un peu trop l'air d'un accident* pour mon goût. Et quand quelque chose a trop l'air de quelque chose, moi, je me demande toujours si c'est pas justement autre chose. »

C'est sur cette remarque énigmatique qu'il referma soigneusement la porte derrière lui et quitta les lieux.

Son honnêteté fit sensation dans le poste de police où il se présenta pour poser tranquillement la chose sur le comptoir. C'était le poste de police d'un coin perdu où il ne se passait pas souvent grand-chose. De temps en temps, un gamin égaré ou un quidam qui avait perdu sa clé et qui ne pouvait pas rentrer chez lui.

Il s'expliqua avec une simplicité confiante :

— Figurez-vous que je marchais sur le trottoir quand j'ai senti quèqu'chose sous mon pied. Là où on commence à voir le jour à travers ma semelle, vous voyez. Je le ramasse pour le jeter dans le caniveau et pis quand même, ça brillait drôlement. V'là que j' me demande si ça serait pas du vrai, des fois, et j' me suis dit que j' ferais mieux de vous l'apporter, au cas où. On sait jamais.

Il fut rapidement fixé là-dessus, après qu'un expert spécialement mandé pour l'occasion se fut prononcé.

— Vous avez une idée de ce que ça vaut ?

— Deux cents dollars, p'têt' bien ? risqua-t-il timidement, en tortillant le rebord de son chapeau.

— Ajoutez deux zéros et vous serez plus près du compte. Entre vingt-cinq et cinquante mille, approximativement.

Il eut l'air frappé par la foudre. Il ouvrit la bouche et avala sa salive. Et même il parut presque avoir peur de sa trouvaille, être soulagé de s'en être débarrassé. Trop heureux de le leur avoir rapportée, c'était évident. Il annonça qu'il s'appelait Joe Miner, il leur donna l'adresse de la chambre meublée où il habitait, et leur dit ce qu'il faisait quand il avait la chance de travailler, et un certain nombre de choses comme ça.

Juste avant qu'il ne sorte, l'un d'eux dit en plaisantant à moitié :

— Inutile de vous dire que si personne n'est venu le réclamer dans six mois, il est à vous, hein ? Qu'est-ce que vous diriez de ça, mon vieux ?

— Oh là là, j'ai aucune chance, protesta-t-il modestement. Qui voulez-vous qui perde un truc qui vaut les yeux de la tête, qui ne s'en aperçoive pas tout de suite et qui ne vienne pas vous le signaler. De toute façon, je s'rais bien embêté. Ce truc m'excite pas, je saurais pas quoi en fiche, je m' le ferais probablement piquer aussi sec. Mais vous savez pas c' qui me f'rait plaisir ? ajouta-t-il d'un air pensif. Si la personne me donnait un p'tit quelque chose, j' sais pas, cinquante dollars, une petite récompense pour la peine que j' l'ai ramassé. Si elle vient le chercher, p' t'êt' bien que vous pourriez lui en toucher un mot, lui rappeler la chose.

Sa candeur était rafraîchissante. Les flics se regardèrent en hochant la tête respectueusement après son départ.

— Ça c'est un bon mec, fut l'avis général. Dommage qu'on n'en rencontre pas plus souvent des comme ça.

On parla de l'incident dans tous les journaux. Mais avec très peu de détails sur le personnage, à part son nom et le fait qu'il avait trouvé le diam, ainsi que la valeur de l'objet. Il s'était méfié et avait évité de trop raconter sa vie aux journalistes qui l'avaient entouré comme des mouches à sa sortie du poste de police, grâce à cette étrange faculté qu'ils ont de flairer à trois kilomètres un bon fait divers bien juteux. Il leur avait dit que ses amis se foutraient de sa gueule. Un de ces articles tomba sous les yeux de Cooper en temps utile. « Un grand timide, ce type », se dit-il. « Je me demande pourquoi ? Ce genre de gus, d'habitude, aime bien qu'on parle de lui dans le journal à propos d'une connerie comme ça. »

Il n'avait pas encore fait son rapport. Il réfléchissait.

Il haussa les épaules, reposa le journal et continua à réfléchir, l'air toujours aussi paumé.

Tous les trois se retrouvèrent chez Reyder, dans un état de tension extrême, qui croissait à mesure que l'aiguille des minutes se rapprochait de l'échéance, exactement six mois plus tard.

Un avis de la police, adressé à Joe Miner pour lui notifier qu'arrivait à expiration le délai prévu pour le dépôt de l'objet trouvé numéro tant, se trouvait sur la table devant eux.

— Faudrait l'encadrer, ricana Morse.

— Tu crois qu'y faut que j'y aille ? demandait le Dénicheur toutes les cinq minutes, en se détournant du store de derrière lequel il guettait la rue.

Il était déguisé en Joe Miner, prêt à faire sa deuxième et dernière entrée dans le poste de police.

— Ne sois pas si pressé, fit Reyder pour le calmer. Vas pas tout gâcher en ayant l'air trop inquiet. Quelques minutes de plus, ça ne changera rien, il va pas s'envoler. Personne peut plus nous le prendre maintenant. C'est pas la vieille qui va venir le réclamer, ça, on le sait. Il est légalement à nous maintenant, il nous attend. Y a plus qu'à aller le cueillir. Vous avez pas l'air de réussir à vous mettre ça dans la tête, les gars. Les flics, tenez-vous bien, nous servent de dépositaires !

Il attrapa l'avis et l'agita dans un grand geste théâtral.

Les trois gars gloussèrent de joie.

Reyder, le seul qui semblait avoir gardé son sang-froid, décroisa les jambes, se leva et éteignit la cigarette avec laquelle il avait tué le temps jusque-là.

— Bon. Eh bien, on peut y aller. On va s'approcher tout doucement et, le Dénicheur, on te laissera à trois ou quatre blocs du poste de police. On t'attendra, et dès que tu l'auras, tu reviens et on t'embarque.

Morse laissa tomber le paquet de cartes qu'il avait battues et rebattues pour passer ses nerfs :

— Je me demandais quelquefois si ces six mois finiraient par passer, dit-il d'un ton plaintif.

— Et moi donc, coupa le Dénicheur. Qu'est-ce que tu dirais à ma place. Deux fois par semaine, faut que j'enfile cette saloperie de costume, que je me pointe dans cette piaule dégueulasse et que j'y passe la nuit, rien que pour pas louper mon personnage.

Ils sortirent à la queue leu-leu, et montèrent dans la voiture.

Un peu plus tard, à huit heures moins une, exactement, ils s'arrêtèrent discrètement dans une rue adjacente, à deux blocs du poste, et éteignirent leurs lumières.

Le Dénicheur descendit et rajusta la veste de son costard usé.

A toi de jouer, cracha Reyder du coin de la bouche. Et une fois que tu l'as, traîne pas, reviens au galop.

La fille était blonde et fragile, elle paraissait n'avoir pas mangé tous les jours depuis un bout de temps. Elle se hâtait dans l'ombre avec un air apeuré qu'accentuait une façon de se tenir la tête penchée, ses épaules maigres relevées comme pour se protéger.

Elle s'arrêta un instant sous un réverbère, jeta un rapide coup d'œil autour d'elle pour s'assurer qu'on ne l'observait pas et fouilla dans son pauvre sac à main. Elle en sortit un petit bout de papier sur lequel était crayonné quelques signes et elle l'étudia attentivement. Ses lèvres remuèrent sans bruit, comme si elle apprenait quelque chose par cœur.

Des pas résonnèrent quelque part, de l'autre côté

de la rue, et malgré la distance, elle fourra précipitamment le papier dans son sac et se remit en route. Quelques minutes plus tard et quelques rues plus loin, elle s'arrêta encore, près d'une vitrine éclairée, cette fois-ci, et la petite scène se répéta. Elle ressortit son bout de papier et se concentra dessus. Ses lèvres remuèrent encore, comme si elle récitait. Elle se remit une nouvelle fois en route après avoir jeté autour d'elle un coup d'œil méfiant. De toute évidence elle s'apprêtait à faire quelque chose qui la remplissait d'inquiétude, voire de terreur. Sur une enseigne au-dessus de la porte, on pouvait lire grâce à une lampe verte de part et d'autre : *Police. 69ème circonscription.* Elle ralentit comme si elle allait entrer. Juste à cet instant, un policier descendait les marches. Elle eut l'air de changer d'avis en le voyant. Elle fit un brusque écart, avec une espèce de sursaut, et continua son chemin.

Quelques portes plus loin, elle ralentit et regarda prudemment derrière elle. Le policier s'était éloigné sans un regard pour elle. Comme enhardie, elle se retourna et revint lentement sur ses pas.

Elle leva un pied qu'elle posa sur la première marche et resta un instant immobile. Visiblement, elle rassemblait son courage. C'était évident à la façon dont elle serrait son sac contre elle. Et puis elle gravit les marches et entra.

Un moment plus tard, elle était devant le sergent de garde.

— Les objets trouvés, s'il vous plaît.

— Ici. Non, là-bas au fond. Vous voyez cette porte ?

Il y avait deux hommes. L'un derrière un bureau, l'autre debout qui lui parlait. Ils relevèrent la tête tous les deux.

Sa voix était ferme, mais un peu tendue.

— C'est ici qu'on vient réclamer quand on a perdu quelque chose ?

— Vous voulez dire que vous voulez signaler une perte ?

« Non, c'est quelque chose qui a été retrouvé et rapporté ici. Je viens le réclamer.

— Qu'est-ce que vous réclamez ?

— Un diamant.

Il se leva et s'approcha d'un classeur. Ses doigts feuilletèrent une rangée de fiches et s'immobilisèrent. Il demanda sans se retourner :

— Ça a été perdu quand ?

— Le 6 octobre dernier ?

— Où ça ?

— Quelque part entre les avenues Clark et Huston.

Il sortit une des fiches couverte d'inscriptions et revint avec vers le bureau.

— Combien, votre pierre ?

— Cinq carats.

— Taillée comment ? En rose, hexagonale, ronde ?

— En émeraude. C'est-à-dire oblongue, plate au-dessus...

Il hocha imperceptiblement la tête. Elle avait de toute évidence donné les bonnes réponses, jusque-là.

— Vous avez une idée de la valeur ? Vous l'aviez faite expertiser ?

— Je ne peux pas vous dire sa valeur exacte. Je ne l'ai pas faite expertiser moi-même. Elle appartenait à ma mère, et... enfin, d'après ce qu'elle m'avait dit, elle devait valoir plus de dix mille dollars.

— Largement plus, dit-il sèchement. Et ce que je voudrais bien savoir, c'est pourquoi, si vous connaissiez sa valeur, vous n'êtes pas venue la réclamer tout de suite ? Nous n'avons aucune trace que vous nous ayez déclaré la perte. Pourquoi avez-vous attendu jusqu'à maintenant ?

Elle se troubla et hésita.

— Je... enfin, c'est quelque chose de personnel. Est-ce que... Est-ce qu'il faut que je vous donne mes raisons ?

— C'est préférable.

— J'avais un ami à l'époque. Il était toujours endetté, il jouait. Il m'avait déjà pris plusieurs bijoux pour les vendre et payer ses dettes. Je... Je ne voulais pas qu'il ait celle-ci, et je lui avais dit que je n'avais plus rien. Et alors quand je l'ai perdue, j'ai eu peur qu'il sache que je lui avais menti, que je lui avais caché quelque chose, si je faisais une déclaration de perte.

Ça ne tenait pas debout. La méfiance se peignait sur les figures des assistants : Alors vous avez préféré perdre une pierre qui vaut plus de dix mille dollars plutôt que de risquer de déplaire à votre ami ?

— Ça n'est pas parce que je ne l'ai pas déclarée qu'elle n'est pas à moi pour de bon. (Son visage prit une expression de farouche détermination.) Je peux le prouver. Regardez. Est-ce que vous êtes satisfaits avec ça ? (Elle ouvrit son sac et fouilla dans ses profondeurs. Elle en sortit un objet enveloppé dans un mouchoir en papier qu'elle jeta, pour le poser sur le bureau.) Voilà. C'est la monture de la bague d'où la pierre est tombée. Je l'ai gardée. Vous n'avez qu'à voir si le diamant va avec.

Il s'approcha d'un coffre qu'il ouvrit, chercha dans un tiroir-classeur et en sortit une petite enveloppe en papier bulle. Le dos tourné, il s'affairait à en extraire un objet et à vérifier qu'il allait avec le petit anneau qu'elle lui avait confié. L'autre homme était à ses côtés et le regardait faire. Elle les vit relever la tête et échanger un regard et un hochement de tête.

Il se retourna et revint vers elle avec la monture, sans plus.

— Et maintenant, essayez la bague sur mon doigt pour voir si elle me va, insista-t-elle.

Elle lui tendit son doigt, l'obligea à lui passer l'anneau sans l'aider. L'anneau glissa facilement sur son doigt qu'il enserrait étroitement mais parfaitement.

Il se rassit.

— Vous avez donné les réponses exactes, et vous êtes en possession de la monture d'origine de la bague, admit-il. Ce qui coince quand même, c'est que vous ne soyez pas venue déclarer la perte jusqu'à maintenant, au dernier moment. (Il se tourna vers son collègue :) Tu ne crois pas qu'il vaudrait mieux que je demande le feu vert ?

Avant que l'autre ait répondu, le téléphone sonna. Le policier dit seulement « oui », à trois reprises, avec un certain temps d'écoute entre chaque réponse. Puis « je vois », et enfin « O.K. ». Puis il raccrocha et revint à son affaire.

Il ouvrit la petite enveloppe et fit tomber l'objet dans le creux de sa main :

— Est-ce que c'est le diamant que vous réclamez et que vous dites avoir perdu ?

Ses yeux s'ouvrirent tout grands, mais plus que la reconnaissance il semblait que ce fût la découverte éblouie qui lui faisait écarquiller les yeux devant l'éclat de flamme liquide ; celle-ci semblait lécher la paume de sa main.

— Oui, fit-elle dans un souffle.

Ils firent comme s'il s'agissait d'une simple routine,

comme si c'était la seule réponse à attendre de quelqu'un qui réclamait un objet.

Il se mit à remplir un formulaire et leva les yeux pour lui demander :

— Vous savez que vous avez bien failli le perdre pour de bon ?

— Je... Je l'ai perdu, bredouilla la jeune fille.

« Non, je veux dire : perdre vos droits dessus. Nous ne savons pas à quelle heure vous l'avez perdu exactement, bien sûr, mais nous savons à quelle heure il nous a été rapporté. C'est noté exactement. Il nous a été rapporté à huit heures du soir le 6 octobre dernier. Nous sommes le 6 avril... (il montra du doigt la grosse horloge murale derrière elle, au-dessus de la porte...) et il est maintenant sept heures cinquante-cinq. Si vous étiez arrivée cinq minutes plus tard, vous auriez perdu tous vos droits. Le diamant appartenait à l'homme qui l'a trouvé.

— Quatre minutes, corrigea l'autre policier en regardant l'horloge.

— Vous voulez dire que...

Quelque chose dans cette idée semblait la terroriser, ou en tout cas la rendre subitement impatiente de repartir. Elle regarda la porte fermée sous l'horloge, comme si elle s'attendait presque à la voir s'ouvrir d'un moment à l'autre. Et puis elle se retourna vers lui et tendit une main pressante, une main qui tremblait un peu malgré ses efforts pour se maîtriser.

— Vous ne voulez pas me le donner, s'il vous plaît, et me laisser partir ?... Il... il est tard et j'aimerais bien rentrer.

Il trempa une plume dans l'encre et la lui tendit :

— Voulez-vous signer là, s'il vous plaît. Et inscrire votre nom et votre adresse.

Elle se pencha et griffonna précipitamment : *Vera Evans, 82 Wayne Street*, en bas du formulaire.

— Vous ne communiquez ça à... à personne, n'est-ce pas ? demanda-t-elle, gênée. Tous ces journalistes, dehors...

Il sécha l'encre avec un buvard tout neuf, blanc immaculé, qui se trouvait sur le bureau. Et il tendit la petite enveloppe qui contenait le diamant.

— Non, non. C'est seulement pour nous.

Elle le lui arracha presque des mains. Elle fit choir la pierre au milieu d'un mouchoir déployé, en noua les quatre coins et déposa le minuscule trésor au fond de son sac. Son visage était pâle et ses traits tendus quand elle repartit sans un mot.

— Autant y faire attention, dit gentiment l'homme du bureau. N'allez pas le reperdre maintenant que vous l'avez retrouvé.

Elle jeta un coup d'œil à l'horloge en passant dessous. L'aiguille des minutes marquait huit heures moins deux.

Tandis que la porte se refermait derrière eux, ils se regardèrent :

— C'est pas net, tu ne trouves pas ?

L'homme assis au bureau plia soigneusement le reçu qu'elle venait de signer :

— Elle avait peut-être seulement peur qu'on ne le lui rende pas. Ça arrive qu'ils aient peur, les gens. Après tout, elle avait une monture qui allait avec le diamant et qui lui allait au doigt. Moi, ça me suffit.

La jeune fille dévalait les marches, talonnée par une escorte modeste mais insistante de journalistes.

En descendant, elle croisa un homme qui montait. Elle le bouscula un peu dans sa hâte et il se retourna pour la regarder.

Elle sauta dans un taxi qui disparut dans l'obscurité. Quelques rues plus loin, elle plongea la main dans son sac et chiffonna quelque chose qu'elle jeta dans le caniveau derrière elle. C'était le petit bout de papier qui avait tant accaparé son attention pendant qu'elle se rendait au poste de police pour y faire sa réclamation. Si quelqu'un avait pu le lire, il y aurait trouvé les réponses aux questions qu'on venait de lui poser et qu'elle avait consciencieusement apprises et répétées.

— Le voilà, murmura Morse en regardant par la portière dans l'obscurité. Il vient de tourner le coin. Et il fait vinaigre ! Il doit essayer de semer quelqu'un, ma parole.

Il mit le moteur en marche pour être prêt à filer.

— S'il était suivi, y n' viendrait pas vers nous, fit remarquer Reyder. Y n'est pas con à ce point-là.

Mais l'homme qui courait était maintenant arrivé à la voiture. Il s'y engouffra, tête et épaules en même temps, et avant même d'y être entré tout entier, lâcha :

— Ils ne l'ont plus ! Quelqu'un... quelqu'un nous l'a volé !

Reyder tendit la main et lui serra l'épaule d'une poigne d'acier, ce qui montrait que son sang-froid apparent n'était peut-être qu'une façade.

— Quelqu'un est venu et nous l'a soufflé sous le nez ! Quelques minutes avant que j'arrive, ils m'ont dit ! Une greluche, toute seule...

— Qui ça ? demanda Reyder d'une voix gutturale.

— Ils n'ont pas voulu me dire. J'en ai croisé une qui sortait... c'était sûrement elle. J' pouvais trop rien leur dire. J' pouvais pas leur dire qu'elle s'était foutue d'eux, ou ils auraient compris que je savais à qui était le diam…

— Comment elle était ? fit Reyder, toujours avec une voix d'outre-tombe.

— Une grande blonde maigre. Nos manches se sont touchées, tellement qu'on est passés près l'un de l'autre.

— Si elle est sortie juste avant toi et qu'on se grouille, on peut peut-être la retrouver quelque part dans le coin, suggéra Morse, les lèvres serrées. Elle a pas eu le temps d'aller bien loin.

— Et si on la retrouve pas comme ça, attendez voir. Regardez ce que j'ai. (Le Dénicheur sortit un buvard de la poche intérieure de son pardessus.) Un petit tour de passe-passe et j'ai escamoté ça sur le bureau. Il n'y a qu'une signature dessus, ça doit être la sienne. Personne n'a eu le temps entre elle et moi.

— Baisse un peu le rétro, ordonna Reyder. Ils observèrent le reflet du buvard dans le rétroviseur.

Ve-a E-ns, 82 Wayne Street

— On voit pas le grand nom, gémit le Dénicheur.

— On voit très bien le grand nom ! explosa Reyder avec une férocité déchaînée. (Le vernis avait craqué d'un seul coup.) Le grand nom, c'est la Mort ! On a la rue et le numéro, c'est tout ce qu'il nous faut !

La jeune fille était extrêmement nerveuse, comme si elle comprenait clairement que plus vite elle serait partie, mieux ça vaudrait. La chambre était délabrée, le plâtre des murs lézardé. Il n'y avait même pas d'électricité. La flamme d'un bec de gaz scellé dans le mur faisait danser une lumière falote et projetait une grande ombre qui bondissait chaque fois que la jeune fille faisait un mouvement. Un tuyau de caoutchouc débranché était accroché dessus, dont une extrémité était adaptée à un petit réchaud en fer à quatre pieds, posé dans un tiroir de table ouvert. L'unique fenêtre était fermée par un store bleu foncé, élimé et rapiécé. Elle avait poussé le vieux lit de fer contre la porte pour éviter une visite imprévue. Une vieille sacoche en cuir était posée par terre, débordant de toutes ses affaires en attendant qu'elle boucle son bagage.

Elle était assise au bord du lit, en manteau et en chapeau, prête à partir, mais elle n'était chaussée que d'une chaussure et elle avait décollé le talon de l'autre. Elle était occupée à creuser dans ce talon un petit trou, à l'aide d'une branche d'une paire de ciseaux.

Elle fouilla dans le corsage de sa robe, en sortit le petit baluchon précieux qui contenait le diamant, défit le mouchoir et en arracha un petit morceau avec ses dents. Elle en enveloppa la pierre et fourra le petit paquet dans le creux grossier qu'elle avait taillé dans le bois. Puis elle réajusta le talon de la chaussure, avec beaucoup de difficultés, pour faire rentrer dans les quatre trous du talon les quatre pointes qui hérissaient la chaussure. Un écart persistait qu'elle réduisit en cognant le talon doucement mais longuement sur le plancher, et en frappant avec la paume de sa main jusqu'à ce que les deux soient fermement ajustés.

Elle remit sa chaussure, se leva, et essaya de faire quelques pas. Le talon avait l'air de tenir. Et puis, dans un brusque accès de frénésie, comme pour compenser le temps que cette opération lui avait fait perdre, elle saisit et boucla sa sacoche et éteignit le gaz. Dans le noir elle écarta le lit, entrouvrit la porte et se glissa dans le couloir. Elle descendit prudemment l'escalier mal éclairé, l'oreille tendue.

Elle posa un instant son sac derrière la porte de la rue, le temps de jeter un coup d'œil de reconnaissance. Elle ouvrit la porte, se glissa dans l'entrebâillement de façon à ne passer que la tête et regarda des deux côtés de la rue. Elle était déserte, offrant une succession de portes noires qui encochaient les façades, de plus en plus étroites à mesure qu'elles s'éloignaient, jusqu'à n'être plus que de petites fentes, puis devenir indiscernables.

Rassurée par l'absence de mouvement et de bruit, elle tendit la main, attrapa son sac et sortit cette fois carrément, posant résolument un pied sur la chaussée. Le deuxième resta sur la marche du seuil. Quelque chose avait soudain attiré son regard vers le seul endroit où elle n'avait pas jugé bon de regarder jusque-là. La porte qui se trouvait directement en face, de l'autre côté de la rue. Elle était d'un noir impénétrable, il n'y avait rien à voir. Et pourtant, tandis qu'elle regardait, il lui sembla que les contours s'en étaient modifiés, qu'un peu d'obscurité s'était retirée vers le fond. Elle sentait plus qu'elle ne voyait des mouvements se produire furtivement au sein de cette ombre. C'était une impression, rien de plus.

Heureusement que la porte d'entrée ne s'était pas refermée complètement derrière elle. Elle avait une main dessus qui la retenait. Elle se mit à reculer centimètre par centimètre, les yeux fixés sur la niche obscure d'en face. Elle essayait de revenir en arrière sans donner l'impression de bouger.

Soudain, sans crier gare, comme si sa tentative de recul n'avait fait qu'attirer plus vite le danger sur elle, la forme noire tapie dans l'ombre de la porte devint une masse en mouvement qui se déforma jusqu'à ce que s'en échappe une silhouette d'homme qui fonçait vers elle pour l'empêcher de rentrer.

Elle poussa un cri étranglé, jeta son sac qui la gênait et battit en retraite sous la porte. Mais elle dut pour rentrer pousser la porte si fort que celle-ci mit du temps à revenir sur ses gonds et laissa entrer l'homme derrière elle, de justesse, avant de se refermer. Elle avait déjà remonté la moitié de l'escalier, ses jambes travaillaient comme des pistons.

Elle arriva à sa porte, l'ouvrit d'un geste, la claqua derrière elle, donna un tour de clé et repoussa le lit contre. Sa respiration haletante résonnait dans le noir tandis qu'elle attendait, prêtant l'oreille.

Son poursuivant était assez malin pour ne pas faire de bruit qui puisse alerter le voisinage, pour ne pas s'attaquer à la porte à coups de poing ou d'épaule. Au lieu de ça, le bouton de porte tourna doucement, dans un sens, puis dans l'autre, pour éprouver sa résistance. Puis plus rien. Il attendait, comme un chat devant un trou de souris. Bizarrement, cette démarche furtive glaça le sang de la fille plus que ne l'aurait fait la violence déchaînée. Il lui sembla qu'elle percevait une vibration dans le couloir, une vibration insonore, comme si un deuxième individu avait rejoint le premier.

Elle se retourna et s'avança dans le noir. Il y eut le frottement d'une allumette sur le grattoir, un point lumineux, puis une flamme éblouissante et elle ralluma le gaz.

Tandis que les ombres se décollaient du mur, une voix ronronna doucement dans le coin derrière elle :

— Alors, on ne veut plus sortir ?

Elle pivota sur elle-même juste à temps pour rencontrer la main qui s'abattit comme un cataplasme sur sa bouche, l'empêchant de crier. Elle fut tirée en arrière, pendant que ses mains faisaient des efforts dérisoires pour arracher la main qui la bâillonnait. Derrière elle, elle entendit le bruit du lit qu'on repoussait, et un tour de clé. La porte s'ouvrit et se referma.

— T'étais prise, quoi que tu fasses, dit Reyder. Par la rue, par le toit ; même par la cour, derrière. Le seul endroit où on pouvait pas te coincer, c'est ici, dans la chambre. Tu nous a donné cette chance toi-même. Y'a que là que t'étais en sécurité. Si t'étais restée ici, t'aurais duré une heure ou deux de plus, p'tite conne.

Il s'avança, et le masque que lui faisait la main du Dénicheur tomba.

— Si tu gueules, tu sais ce qui t'attends. J'ai une question à te poser. Dis-moi où il est ?

— Je ne sais pas ce que vous...

Il ne cogna pas, ne fit rien de brutal ; il alluma une cigarette avec une précision chirurgicale. Et puis il dit :

— Rebâillonne-la, Dénicheur, pour pas qu'elle ameute le quartier. On veut la réponse, c'est tout ; on veut pas l'entendre beugler. Tu la tiens bien ? (Il approcha la cigarette de sa joue, juste sous l'œil. Elle se débattit inutilement avant de retomber, molle, dans les bras du Dénicheur.) T'as qu'à cligner les yeux deux fois quand tu seras prête à donner la réponse, comme ça on saura, dit Reyder aussi tranquillement qu'un médecin qui s'apprête à badigeonner une écorchure à la teinture d'iode.

La cigarette se rapprocha. Ses paupières clignèrent deux fois. La main gantée tomba.

— Alors ? demanda Reyder.

— Je... Je l'ai donné à mon copain, c'est lui qui a monté tout le truc et qui m'a fait faire ça. Il l'a emporté dès que je suis revenue...

Reyder secoua la tête.

— Nan, fit-il avec l'impassibilité d'une machine à détecter le mensonge. On a surveillé, personne n'est sorti, personne n'est entré avec toi. Même que si ça peut t'intéresser, on est arrivés ici avant toi, quand t'es revenue de chez les flics. On t'a laissé entrer dans notre petit casier à homard parce que c'était plus commode comme ça. Alors, tes bobards, tu peux te les garder.

Cette fois-ci, ce fut elle qui secoua la tête :

— Vous pouvez me brûler, ça ne change rien. Il est à moi, il m'appartient.

— Tu mens et tu le sais bien. Tu nous prends pour qui, des connards de flics ? (Il se tourna vers ses deux compères.) Tenez-la une minute, je vais le trouver. Il colla ses mains brutalement un peu partout sur le corps de la fille. Elle ne l'a pas caché sur elle.

— Il n'est pas dans le sac, dit Morse, elle l'a jeté devant la porte.

— Il n'est pas dans la pièce non plus, ajouta le Dénicheur, puisqu'elle était en train de partir. (Il la lâcha, sortit un étui de sa poche et chaussa les lunettes à verres épais qu'il utilisait pour son travail.) Un instant. Il me semblait bien que j'avais vu quelque chose sur le lit. Des petites échardes de bois. Regardez. (Il leur montra une ou deux esquilles, sur le bout de son doigt. Et comme leurs têtes se rapprochaient pour voir, il continua :) Non, pas le plancher. Elle n'aurait pas soulevé le plancher pour le poser sur le lit et le travailler. (Il tendit un doigt.) Une de ses godasses.

Un instant plus tard, le bijou était dans le creux de la main de Reyder, comme un rayon de soleil gelé.

Le Dénicheur était déjà occupé à réajuster le talon deux fois arraché de la chaussure.

— Descends et remonte ce sac, Morse, dit Reyder. On va défaire les bagages de Madame, elle ne sortira pas ce soir... Elle va faire dodo.

Reyder s'était assis sur la seule chaise de l'endroit, un genou remonté, les bras confortablement croisés :

— J'aime bien quand ça se passe normalement, si vous voyez ce que je veux dire, dit-il d'une voix traînante.

— Vouais, mais y'a pas de baignoire et y'a pas de radio dans c'te turne, fit remarquer le Dénicheur.

— Y'a toujours quelque chose, y suffit de se servir de sa tête et de regarder autour de soi, dit Reyder.

Ils suivirent la direction de son regard. Il contemplait la flamme du bec de gaz. Un cri avorté filtra d'entre les doigts de la main plaquée sur les lèvres de la jeune fille.

— A vous deux, amenez-là ici, ordonna Reyder, indolent. Tenez-la bien, maintenant.

Comme tous trois lui tournaient le dos, il se dressa de toute sa hauteur et, d'une détente sournoise, il abattit violemment son poing sur la nuque de la jeune fille. Sous ce classique coup du lapin, ses jambes mollirent et elle se retrouva suspendue entre les deux hommes.

— Attachez-lui les mains et les pieds, maintenant, elle va revenir à elle dans une minute. Non, pas avec le dessus-de-lit, ils vont regarder quand ils viendront. Prenez vos cravates. Mettez-la sur le lit. Maintenant, sors ta lampe, Morse, pour qu'on puisse s'en servir. Je vais fermer le gaz. Bien obligé, y'a qu'une manette sur ce foutu truc.

La pièce fut plongée dans l'obscurité ; seule la lune jetait une lueur pâle sur le plafond. La lampe donnait un faisceau lumineux étroit. Reyder aboucha une extrémité du tuyau au bec de gaz, défit l'autre du réchaud dans le tiroir et l'amena vers la forme couchée sur le lit.

— Ça ira comme ça ? demanda l'un d'eux.

— Non, pas près de la porte. Pousse le lit par ici, contre ce mur. C'est ça, juste en dessous. Maintenant, assieds-toi à ses pieds, et toi à sa tête. (Il introduisit le bout de tuyau entre les lèvres mollement écartées de la fille.) Tiens bien sa mâchoire, pour que ça ne foute pas le camp. Ça ne prendra que quelques minutes.

Il plaça une petite boulette de tissu dans chaque narine.

La poitrine de la fille se soulevait doucement. Il y eut un affreux silence, un silence de veillée mortuaire, pendant quelques instants.

— Tu crois que ça y est ?

— Elle ne se débat pas, alors ça doit être bon.

— Sens son cœur.

— Il bat toujours.

— Encore une minute ou deux, je crois.

Reyder abandonne son poste sinistre de superviseur pour aller chercher une feuille de papier dans un des tiroirs. Il approcha une chaise du lit :

— Autant le faire tout de suite, son billet d'adieu. De la main gauche, comme ça, les experts sont marron, et avec des bavures au milieu, comme ça fait toujours avec le gaz. Pour bien montrer que son petit ami l'a doublée après l'avoir envoyée chercher le diamant pour lui...

— Ne perdez pas votre temps, ça ne sera pas la peine, fit remarquer froidement une voix proche, mais encore invisible. Vous feriez mieux d'écrire votre mot d'adieu à vous.

Ils bondirent tous trois et leurs têtes pivotèrent dans toutes les directions pour scruter l'obscurité. Reyder dégainait déjà, mais il ne savait où regarder.

Le store bleu foncé se tendit un peu vers l'extérieur, une jambe apparut par-dessous et prit pied sur le plancher, une deuxième jambe suivit de près. Puis le store remonta avec un bruit du tonnerre et découvrit d'abord un flingue, puis un homme derrière ; aucun des trois ne l'avait jamais vu. Il s'appelait Cooper.

Reyder tira mais loupa son coup et le store fit nerveusement un ou deux tours de plus sur son enrouleur. Reyder se retrouva plié en deux entre la chaise et le lit, agrippant son épaule d'une main.

Cooper s'avança un peu, à travers la fumée de son arme.

— Et vous, les gars, vous préférez sortir d'ici debout ou couchés, comme lui ?

Leurs mains s'élevèrent lentement en tremblotant. Deux autres hommes étaient arrivés dans son sillage par l'escalier d'incendie. Il tourna la clé dans la serrure et deux autres entrèrent, venant du couloir.

La jeune fille ligotée sur le lit, revenue à elle avec une soudaineté surprenante quelques instants plus tôt, s'était maintenant redressée, avait craché le tuyau avec une grimace tandis qu'un des policiers la libérait de ses liens.

— Ça va, vous ? demanda Cooper, inquiet. Vous n'avez pas respiré cette saloperie, j'espère ?

— A peine un petit peu au début, pas assez pour me rendre malade.

— Il a fallu faire vite, hein, à la fin. On entendait tout, bien sûr, de la pièce juste au-dessus où on était planqués. J'avais un homme dehors sur l'échelle d'incendie, qui vous couvrait avec son arme à travers un trou du store, au cas où ils utiliseraient un pistolet, un couteau ou la strangulation, mais je ne m'attendais pas au gaz. Il a fallu que je fasse passer très vite la consigne de faire couper le gaz en bas, au robinet qui commande toute la maison, mais j'avais peur qu'il en reste assez dans les tuyaux pour...

Il s'interrompit et se retourna vers les hommes qui l'accompagnaient. « Bon. Emmenez-la. On a largement de quoi les faire inculper. »

Il sortit de la pièce le dernier avec la jeune fille. Ou plutôt avec la jeune fille et le diamant :

— Alors, vous n'avez pas changé d'avis ? Vous voulez toujours poser votre candidature pour entrer dans la police ? Ça ne vous a pas refroidie, cette petite aventure ?

— Non, fit-elle en souriant. Ou plutôt si, ça m'a fait peur, mais seulement à moitié. Et maintenant, j'ai surtout peur, si j'entre dans la police, qu'aucune de mes missions ne soit aussi excitante que celle-là.

— Voilà, dit Cooper à son supérieur. Voilà mon rapport sur l'affaire Kolman. Avec six mois de retard, je sais, mais je crois qu'il est bon.

Son chef le parcourut en lisant à mi-voix :

— Mort survenue par électrocution, entraînée par l'immersion d'un poste de radio dans une baignoire pleine d'eau. Meurtre commis par Eugène Reyder, Harry Morse et Frank Andros, plus connu sous le nom du Dénicheur. Les coupables ont été arrêtés et ont passé des aveux. (Il reposa le document avec un hochement de tête approbateur.) Les résultats sont là, dit-il à Cooper. Nous en sommes tous bien conscients, et aussi que vous avez fait de l'excellent travail. Mais ce qui m'intéresse le plus pour le moment, c'est de savoir comment vous êtes arrivé à ces conclusions. J'ai rarement vu une affaire où il y ait au début si peu d'indices de meurtre.

— J'ai mis bout à bout un certain nombre de petits trucs. Pris un à un ils ne voulaient pas dire grand-chose, mais une fois additionnés, ils m'ont amené aux conclusions consignées dans ce rapport, expliqua Cooper. Sur les lieux du crime, il n'y avait qu'une chose un peu étonnante : Mme Kolman s'était donné la peine de faire installer une chaîne de sûreté à sa porte, et pourtant, elle n'était pas mise quand on l'a trouvée, le gardien est entré tout bonnement avec son passe. Elle pouvait avoir simplement oublié de la mettre ce soir-là, bien sûr. Ça peut arriver. Toujours est-il que ça m'a retenu de faire mon rapport le jour même et de clore le dossier si rien de nouveau ne se passait.

« Rien n'avait disparu, mais enfin, personne ne savait non plus au juste ce qu'elle possédait. J'ai demandé une expertise, et la valeur d'avant-guerre des bijoux que nous avons trouvés chez elle se montait à 2500 dollars. L'aiguille du poste de radio, quand il est tombé dans l'eau était sur 79, c'est-à-dire la Station WJR.

« Jusque-là, rien de bien particulier. Et puis il s'est passé une chose un peu curieuse : une pierre de grande valeur a été rapportée à la police à l'autre bout de la ville, mais *dans les vingt-quatre heures suivant la mort.* C'était la seule chose un peu bizarre à priori : le laps de temps très court entre les deux choses.

« Et puis, quand même, un ou deux détails un peu surprenants. L'honnête homme qui avait fait cette trouvaille semblait ne pas vouloir qu'on publie sa photo. Et puis quelque chose que je vais avoir du mal à vous expliquer, même maintenant. Ce n'est pas la *proximité* des deux postes de police qui m'a donné l'idée de lier les deux affaires, c'est leur éloignement. Je reconnais que je raisonne souvent à l'envers. Quand un accident ressemble trop à un accident, que c'est trop beau, trop parfait, je commence toujours à me demander s'il ne s'agit pas d'autre chose. C'est ce qui s'est passé dans cette affaire. J'ai regardé un plan et j'ai vu que le secteur du poste où cette pierre avait été rapportée était à l'extrémité opposée de celui où était mort Mme Kolman ; le plus loin possible, tout en restant dans la ville. C'était presque comme si on avait mesuré avec une règle.

« La première chose à faire, c'était de vérifier si elle avait possédé cette pierre. Elle était venue d'Europe dans les années 30 avec son mari. J'ai vérifié auprès du Bureau des Douanes à New York, et j'ai trouvé qu'elle avait déclaré et payé des droits sur une valeur de 52 500 dollars en bijoux à son arrivée. On en a trouvé pour 2 500 dollars à sa mort et une pierre de 50 000 dollars a été rapportée dans un poste de police éloigné vingt-quatre heures plus tard. Il suffisait de se fier à la logique la plus froide et à l'arithmétique pour conclure que c'était bien son diamant, mais il n'y avait aucun moyen de l'identifier à l'examen de la pierre elle-même. Elle l'avait achetée en Europe dans un pays avec lequel nous sommes maintenant en guerre.

« Je me suis re-penché sur les circonstances de la mort et j'ai trouvé un autre petit indice. J'ai appelé Radio Station WJR, et j'ai appris qu'ils cessent d'émettre à une heure du matin. Et pourtant à deux heures trente, qui est l'heure de sa mort selon le médecin légiste, elle avait allumé son poste et l'avait réglé sur une station silencieuse.

« C'est à peu près tout pour les indices dont je vous parlais. J'étais convaincu que le diamant lui appartenait et qu'on l'avait tuée pour l'avoir. Ça n'a pas été très difficile d'identifier l'honnête homme qui s'était présenté comme « Joe Miner » ; c'était un personnage connu sous le surnom du Dénicheur, et par lui, de retrouver les deux autres compères. A ce stade, bien sûr, j'avais compris la stratégie assez originale du coup : nous faire délibérément dépositaires du diamant, jusqu'à ce qu'ils puissent en prendre possession ouvertement et sans problème.

« Mais ça n'était pas suffisant, il me fallait une preuve et je n'en avais pas. Alors je me suis dit que si quelqu'un entrait dans la danse et le leur soufflait sous le nez — pas quelqu'un avec qui il faudrait jouer serré comme nous, ou un soi-disant parent de bonne foi de Mme Kolman — mais un quelconque tocard comme eux, qui n'avait pas plus de droits sur le bijou qu'eux-mêmes, ils perdraient la tête et seraient prêts à refaire une connerie du même acabit. Rien de tel qu'un malfrat pour damer le pion à un malfrat, c'est connu.

« Il m'a suffi ensuite d'enrôler une fille qui avait postulé pour entrer chez nous — et je vous fiche mon billet que ça va être une recrue formidable — et de s'arranger pour qu'elle aille retirer le caillou quelques minutes avant eux. Il aurait fallu être une fripouille de grande classe pour garder son sang-froid et se retenir de réagir brutalement devant une pareille provocation. J'ai fait faire une empreinte du diamant et une monture pour aller avec, pour que ce soit plus plausible quand elle viendrait réclamer. Je n'ai pas mis les gars des Objets Trouvés dans la confidence, parce que ces trois lascars sont malins et je ne voulais pas qu'ils flairent quoi que ce soit qui ressemble à un piège en arrivant après elle, mais j'ai téléphoné là-bas pendant qu'elle y était et j'ai arrondi les angles, je me suis porté garant officieusement pour qu'on ne lui fasse pas trop de difficultés. Voilà. C'est à peu près tout.

— Je dois dire que ça valait le coup de prendre son temps », reconnut son supérieur. Un meurtre pour lequel on n'aurait jamais eu de preuve sans ça se retrouve bien proprement étiqueté, et les trois bonshommes sont bons pour la chaise électrique. Et à qui va revenir le diamant maintenant ?

Cooper haussa les épaules.

C'est un orphelin, ça c'est sûr. Seul au monde. Ça fera des Bons de la Défense pour nos services.

MARIOLE, L'INSPECTEUR BROWN.

(Détective William Brown)

1

A quatorze ans déjà, Bill Brown était premier en tout. Il était hâbleur, brillant, haut en couleur. Joe Greeley, lui, était un tâcheron, et ne serait jamais qu'un tâcheron, un dernier de la classe appliqué. Il le savait et tout le monde le savait autour de lui. Les copains l'appelaient Joe l'Omnibus. On pouvait compter sur lui, c'était du béton, mais pas très folichon. Sur le terrain de base-ball, quand Bill Brown répondait au cri de « Batteur en place ! » on pouvait être sûr qu'il allait frapper un coup de circuit. Joe Greeley, lui, s'il n'était pas purement et simplement éliminé sur trois prises, s'en tirait au mieux avec un simple.

En revanche, quand Joe Greeley avait pris une décision, le moins qu'on puisse dire est qu'il s'y tenait. Des millions de gamins ont dit un jour qu'ils voulaient être policiers plus tard, et ont changé d'avis par la suite. Bill Brown et Joe Greeley l'avaient dit aussi, et en ce qui concerne Joe, à partir de ce jour, sa voie fut irrémédiablement tracée. Il ne remit jamais sa décision en question.

— Quand je serai dans la police..., disait-il doucement, ou quand j'aurai ma plaque...

— Je vois déjà Joe l'Omnibus passer sa vie à battre la semelle sur un coin de trottoir, à venir au rapport et à rattraper des chevaux emballés jusqu'à ce qu'on le renvoie dans ses foyers avec une petite retraite, ironisait Brown.

— Eh ben, et toi ? J' croyais que tu voulais être flic aussi ?

— Exact. Mais moi, j'ai pas l'intention de *rester* flic ! C'est bon pour les débiles. Je serai inspecteur, et un as dans ma partie en deux temps et trois mouvements !

— T'auras du galon, disait Greeley, qui n'était pas jaloux.

Ils avaient terminé leur scolarité ensemble bien que Bill Brown ait commencé deux bons trimestres après Joe Greeley. Brown était sorti avec les honneurs et Greeley était passé de justesse. Mais son devoir de fin d'année était entièrement de son cru, il avait sué sang et eau pour l'écrire sans demander d'aide à personne. Le devoir de Brown était fait de petits morceaux glanés auprès de ses voisins, devant, derrière et de chaque côté. Seule l'écriture était bien à lui. Son nom avait figuré en lettres l'or au tableau d'honneur dans la salle de réunion. Il avait été choisi, à cause de sa brillante prestation, pour faire le speech d'adieu après la remise des diplômes. Son discours fut grandiose et émouvant. Aussi grandiose et émouvant que cinq ans plus tôt quand il avait été prononcé mot pour mot par un dignitaire en visite, à qui on avait demandé de présider une quelconque remise de diplômes dans une quelconque école.

Une fois l'école finie, ils avaient tous les deux trouvé un job temporaire pour gagner leur vie en attendant leur entrée dans la police. Ils avaient fait tous les deux la même chose pour les mêmes raisons : chauffeur de camions frigorifiques. Le transport frigorifique était une branche assez nouvelle à l'époque. Pour la première et la dernière fois de leur vie, ils s'étaient trouvés absolument à égalité ; il y a peu de chances de se montrer original et brillant au volant d'un camion.

Ils avaient préparé leur concours d'entrée dans la police ensemble et ils s'étaient retrouvés à des tables voisines dans une grande salle pleine de futurs représentants de la loi. Bill Brown avait passé ses épreuves en deux fois moins de temps et avec deux fois moins d'efforts que Joe, mais Joe était passé, c'était l'essentiel.

Ils avaient fait leurs classes ensemble, assis côte à côte au milieu d'autres candidats flics, à écouter des profs, qui leur crayonnaient des trucs au tableau noir, exactement comme quand ils étaient mômes. Ils avaient appris les raffinements de la lutte au gymnase, comment désarmer un adversaire et tout le toutim.

Ils avaient été bleus ensemble, un peu empruntés dans leurs redingotes à boutons de cuivre et leurs casquettes à visière. Joe, surtout ; mais il était fier aussi. Plus fier qu'il n'y paraissait.

On leur avait donné des boulots de bleus, des rondes dans des coins tranquilles, où tout ce qui risquait de se présenter, c'était qu'un pékin ait perdu la clé de chez lui et fasse appel aux flics pour grimper par la fenêtre d'un deuxième étage et lui ouvrir la porte de l'intérieur. Ce genre d'aventure, donnait à Joe un sentiment aigu de son importance et après ça, il repartait pour sa ronde, le torse bombé encore plus fièrement. Bill, racontant un épisode de ce genre, exprimait un tout autre point de vue.

— Je lui ai dit de grimper lui-même s'il voulait

rentrer chez lui. Non mais, de quoi j'aurais eu l'air, à escalader la façade comme un charpentier ou un peintre en bâtiment ? Qu'est-ce qu'ils croient ? On est pas leur larbin.

— Que dit le règlement ? demanda Joe, soucieux.

— Oh là ! Toi et ton règlement ! Si tu t'en tiens au règlement comme ça, t'iras pas loin dans ce bizeness.

Bizeness ? pensa Joe. Ce n'était pas le mot qu'il aurait employé. Engagement, vocation, oui, c'était plutôt ça.

Finalement, un jour vint où ils ne furent plus des bleus mais des membres à part entière des forces de police. Le même jour pour tous les deux et ils furent affectés au même commissariat. Ils habitaient toujours dans le même bloc d'immeubles, à quelques portes l'un de l'autre. Ils prenaient leur service et le quittaient ensemble quand leurs équipes coïncidaient.

Joe se maria le premier. Maintenant qu'il était dans la police, sa vie était toute tracée, il n'y avait plus qu'à attendre de gravir tout doucement les échelons, il n'y avait plus aucune raison d'attendre. Il avait épousé une fille qui habitait l'immeuble et qu'il connaissait depuis qu'ils étaient tout mômes. Une gentille fille toute simple, heureuse d'être sa femme et de partager sa vie de policier. Bill Brown était sorti avec une fille du voisinage aussi, mais il s'était bien gardé de se marier. Il ne le disait pas tout haut mais il avait l'air de penser : « je trouverai mieux ailleurs. Je vais devenir quelqu'un. Pourquoi se presser ? »

L'agent Joe Greeley et madame s'installèrent dans un petit appartement à deux blocs de l'endroit où ils habitaient depuis toujours. Bill Brown vint les voir une ou deux fois, quand lui et Joe étaient de congé ensemble, mais il arborait un air de mépris complaisant, un air, comment dire... condescendant. Une sorte de compassion. Envers Joe, parce qu'il était Joe. Et envers sa femme, parce qu'elle avait accroché son wagon à ce tortillard.

L'égalité prit fin un jour d'octobre alors qu'ils étaient dans la police depuis un peu plus d'un an. M. Kasimir Swoboda, épicier du quartier, avait été braqué à plusieurs reprises dans les quelques années écoulées et il commençait à en avoir marre. Toujours le même truc : on le poussait dans l'arrière-boutique à la pointe d'un pistolet ; on le ligotait et il lui avait quelquefois fallu une bonne heure pour attirer l'attention, tellement sa boutique était sombre et modeste. Le voleur avait même une fois eu le culot de se faire passer pour le propriétaire et de servir un client qui était entré pendant qu'il vidait la caisse, alors que Swoboda mordait son bâillon rageusement à quelques mètres de là. Le pire était qu'il n'était même pas sûr qu'il s'agissait du même chaque fois. Swoboda avait eu trop peur pour bien le regarder.

Swoboda était venu se plaindre amèrement au lieutenant de ses mésaventures.

— Cette vache-là me suce le sang ! s'indignait-il. Je paie mes impôts et je veux que vous me protégiez ! Chaque fois, vous arrivez trop tard, quand tout est fini, alors à quoi ça sert ? Vous le cherchez partout, sauf là où il a déjà fait son coup ; il le sait bien, alors il revient et ça recommence ! Ce coup-ci, ou bien vous faites ce qu'il faut, ou bien j'écris directement au maire !

Tous les deux, avec le lieutenant, ils mirent au point un petit scénario pour mettre fin aux agissements du malfaiteur une fois pour toutes. Greeley, qu'on savait être consciencieux, patient et absolument sûr, fut envoyé sur les lieux. On perça un trou dans la cloison entre la boutique et l'arrière-boutique, et pendant trois semaines, Joe Greeley resta planqué dans son arrière-boutique, à reluquer tous les clients qui entraient depuis l'ouverture du magasin jusqu'à la fermeture à six heures. Swoboda devait le cas échéant lui faire signe et plonger pour ne pas être dans la ligne de mire. Joe en vint à connaître le prix de tous les articles. Même sa femme, quand il lui en parlait, était d'avis que les supérieurs de Joe auraient pu établir un roulement, plutôt que de laisser Joe s'y coller tout seul pendant vingt et un jours.

— Un ordre est un ordre, disait-il, stoïque. Il faut bien que quelqu'un s'en charge.

2

Le vingt-deuxième jour, à trois heures de l'après-midi, un homme entra et demanda du sucre. Swoboda prit une grande mesure en fer-blanc.

— Pas du sucre comme ça, dit l'homme tranquillement.

Swoboda laissa tomber bruyamment sa louche, plongea à quatre pattes derrière le comptoir et resta là, le cul en l'air comme une autruche. La porte s'ouvrit et une dame d'un certain âge entra avec son panier à provisions. Le comptoir était court, et elle vint se placer directement derrière l'homme, entre Greeley et lui, pour mieux voir le cadran de la balance.

Greeley, qui était déjà dans l'encadrement de la porte, son arme dégainée, renonça à tirer. Le risque était trop grand d'atteindre la bonne femme. Elle courait dans tous les sens, terrifiée, croisant et recroisant la ligne de mire, comme un poulet décapité.

L'homme tira en direction de Joe une balle qui dut brûler les cheveux de la cliente et qui alla se loger dans une boîte de conserve sur l'étagère derrière Greeley. Comme il sortait de son arrière-boutique, la soupe aux légumes se mit à dégouliner. Le voleur tourna les talons et s'élança à l'extérieur.

Greeley fut sur le trottoir quelques secondes après lui, empêché par sa large carrure et la cliente affolée qu'il fallait contourner. Il ne vit de l'homme que la semelle de ses talons. Le magasin jouxtait un coin de rue ; cela suffisait à donner au fugitif quelques secondes de répit, et quand Greeley tourna le coin à son tour, les chances étaient de nouveau du côté du truand.

Il y avait une école à mi-chemin dans la direction du carrefour de la première Avenue. Il était trois heures passées de quelques minutes et un torrent de tout jeunes gens se déversait par tous les escaliers et toutes les issues de l'immeuble et envahissait la rue. L'homme plongea en courant dans le flot, bousculant ceux qui ne s'écartaient pas assez vite de son chemin. Depuis la boutique, c'était risqué de tirer sur lui. Ç'aurait été tout bonnement criminel.

Les gosses se disaient au revoir dans un grand brouhaha de voix excitées, et Greeley fendait la jeune foule sur les trousses du bandit, le revolver pointé en l'air, mais il ne pouvait pas les pousser brutalement comme l'autre l'avait fait. Il louvoyait, s'écartait d'eux aussi souvent qu'eux de lui, et il commença à perdre du terrain.

Les gamins n'occupaient pas seulement cette rue-là, ils s'étaient maintenant répandus dans tout le voisinage, dans un rayon d'un bloc au moins dans toutes les directions, formant de petits groupes bourdonnants et agités qui rentraient chez eux. Le gibier zigzaguait au milieu d'eux, s'éloignant lentement mais sûrement. Il allait droit devant lui parce qu'il avait avantage à agir ainsi — la présence des enfants lui assurait une plus grande sécurité — mais il avait déjà suffisamment d'avance pour que ça ne pose aucun problème quand il déciderait de s'esquiver ; un taxi, une porte cochère ou un sous-sol. Le premier qui se présenterait ferait l'affaire.

C'est alors que Brown intervint. Ils devaient avoir atteint son périmètre de ronde. Greeley ne savait pas encore qui c'était. Brown n'était encore qu'une silhouette en uniforme bleu qui débouchait entre lui et sa proie, venant d'une rue transversale.

Un coup de feu claqua, par-dessus des piaillements des enfants, et la silhouette bleue se laissa tomber sur un genou, puis se releva en s'aidant de la rambarde d'un sous-sol. Il fallait s'y attendre. L'homme se voyait fichu. Qu'est-ce que ça pouvait lui foutre de tirer sur les mômes, du moment qu'il sauvait sa peau ? Et maintenant, le bruit du coup de feu avait rendu la foule des enfants dangereusement volatile. Ils s'éparpillaient et couraient se mettre à l'abri en traversant dans tous les sens. Un coin de rue se dressait droit devant et le type allait disparaître. Joe essaya de forcer l'allure.

C'est alors qu'il vit le collègue, qui avait déjà été touché et qui devait donc être à la fois nerveusement secoué et musculairement handicapé, si ce n'est pire, dégainer de sang-froid et viser l'homme. Ce devait être un fou !

Bien qu'il ait une bonne moitié de bloc de retard, Greeley beugla : « Arrête ! Fais pas l'idiot ! »

Brown ne chercha même pas à mieux se placer pour tirer, il appuya froidement sur la gâchette. Bang ! Les gosses se mirent à pousser des cris aigus et le fugitif tomba raide comme un poteau en entraînant un gosse dans sa chute.

Sur le moment Greeley ne sut même pas lequel avait été touché et lequel avait été renversé par l'autre. Et puis le môme se libéra de dessous l'homme, se remit sur pied et détala en direction de chez lui. Il avait sûrement eu la plus belle frousse de sa vie. Mais ça ne changeait rien à l'affaire.

Greeley émit une bordée de jurons. L'autre flic était là, devant lui, à tenir son épaule blessée, tout en faisant rouler le corps sur le dos d'un coup de pied vindicatif. Et il vit que c'était Bill Brown.

— T'es pas fou de faire un truc comme ça !

Bill Brown le regarda. Il dit seulement :

— Je l'ai eu, oui ou non ? Pas toi.

Et ce fut bien ça, apparemment, qui comptait au moment du rapport. Bill Brown obtint une citation et fut promu inspecteur de troisième classe. Joe Greeley resta où il était et récolta même un savon de son lieutenant pour sa peine. Ou en tout cas un interrogatoire un peu sec.

— Comment se fait-il que vous ayez été planté là trois semaines et que vous l'ayez laissé filer sous votre nez comme ça, Joe ? Vous ne dormiez pas, des fois ?

Le respect de soi empêcha Greeley de répondre à cette dernière question.

— Une mémé s'est interposée entre nous et je ne pouvais pas courir le risque de la toucher.

— Bon, mais elle vous a pas suivi tous les deux le long de trois blocs d'immeubles, quand même ? Comment se fait-il qu'il soit arrivé si loin du magasin sans se faire dégommer ?

— Y'avait des gosses plein le trottoir le long des trois blocs. Y fallait le tuer net. Et même comme ça, je ne pouvais pas prendre la responsabilité de...

— Brown n'est pas meilleur tireur que vous, dit sèchement son supérieur. Il a appris à tirer dans les mêmes conditions.

Joe Greeley baissa la tête. Pas tant pour se rétracter que pour marquer son refus d'admettre qu'il avait eu tort.

— J'ai fait de mon mieux, Lieutenant, dit-il doucement.

Le lieutenant s'adoucit.

— Je sais, Joe. Je comprends votre point de vue, reconnut-il. Mais c'est le résultat qui compte dans ce métier.

Bill Brown passa les voir chez eux pour leur montrer sa nouvelle tenue de travail. Il était affecté aux coffres-forts et aux entrepôts, dit-il en passant.

Madame Joe ne fut ni fâchée ni envieuse.

— Son costume en tweed tissé main a peut-être coûté plus de trente-deux dollars chez le meilleur tailleur de la ville, dit-elle après qu'il fut parti. Un môme aurait pu se retrouver estropié pour la vie. Je te préfère en bleu, Joe.

3

Ils se retrouvèrent au chevet d'un macchabée plusieurs années plus tard. Leurs chemins ne s'étaient plus croisés jusque-là.

Bill Brown le regarda des pieds à la tête par-dessus le corps.

— Alors ? Tu as quand même fini par te sortir de ton bleu, Joe ? dit-il comme s'il avait bien cru qu'il n'y arriverait jamais.

Greeley se contenta de sourire.

— Troisième classe, hein ? continua Brown.

— Ouais, tout juste. C'est ma première affaire.

— Comme je te l'ai dit dans les débuts, continua Brown d'un air sentencieux, il faut jouer chacun pour soi, dans ce jeu de con. Sans ça, on t'envoie épousseter les toiles d'araignées dans un coin.

Alors maintenant, c'était un jeu ? Dans le temps, il parlait de bizeness, se souvint Greeley. Pour lui, c'était ce que ça avait toujours été, une vocation.

— Je suppose que tu as entendu parler du boulot que j'ai fait dans l'affaire Ingram ?

— Tu l'as emballée et ficelée comme un paquet-cadeau, reconnut Joe.

— Exact. Mais dans la boîte, tu vaux pas plus que ce que vaut ton dernier coup. Brown désigna la chose par-dessus laquelle ils discutaient. J'ai fait des prières pour qu'il me tombe un truc comme ça. C'est exactement ce qu'il me fallait. Ça fait plus d'un an, maintenant. Ça va me procurer de l'avancement, tu vas voir ça.

Il se frotta les mains au-dessus du cadavre. Joe Greeley le regardait avec une expression indéfinissable.

— Je travaille de nouveau avec Bill Brown, dit-il à Madame Joe le soir même.

— Ne te fatigue pas, dit-elle en riant. C'est comme si l'affaire était déjà classée.

Mais on n'en était pas là. Loin de là. C'était un vrai casse-tête, un truc à coucher dehors.

L'homme s'appelait Thomas Allroyd. C'était un encaisseur, et on l'avait trouvé assommé dans le couloir du dernier étage d'un immeuble d'appartements apparemment respectable et même d'assez grand standing du West Side.

Retourner ses poches leur avait appris pas mal de choses, avant même de fouiller sérieusement le cadavre. A savoir qu'il encaissait les traites pour une société distributrice de lampes à ultra-violets, la Sol-Ray Company, qu'il avait vu tous les clients qui figuraient sur sa liste, sauf un (il avait coché au crayon les noms des locataires), qu'il avait déjà encaissé près de trois cents dollars quand il s'était fait bousiller (ils avaient déduit ça du fait que les mensualités à payer étaient de vingt-cinq dollars en moyenne, et qu'il avait vu une douzaine de personnes), et qu'on lui avait piqué l'argent — pour le mobile, c'était sans mystère — puisqu'il ne l'avait pas rapporté à son bureau et que son portefeuille avait disparu.

Le reste aurait dû être relativement simple, mais comme il arrive souvent dans ces affaires « simples », les apparences étaient trompeuses. L'immeuble n'était pas du genre où on entre comme dans un moulin. Il y avait un portier à l'entrée. Ce qui voulait dire que quiconque aurait suivi Allroyd depuis la rue aurait dû passer devant le portier, décliner sa raison sociale et être repéré à coup sûr. Ç'aurait été du gâteau. Malheureusement le portier était formel :aucun inconnu n'était rentré vers cette heure-là.

Allroyd avait pénétré dans l'immeuble vers quatre heures et demie de l'après-midi et un locataire avait trouvé son corps environ une demi-heure plus tard. Le portier n'avait pas quitté son poste pendant ce laps de temps ; c'était confirmé par une locataire qui avait fait prendre l'air à son chien à cette heure-là et qui avait guetté soigneusement son toutou par la fenêtre.

L'ascenseur était automatique. Il y avait une entrée de service, mais elle était aussi dans le champ visuel du portier et il était tout aussi formel : il n'y avait pas eu de livraisons vers cette heure-là. On avait passé au peigne fin chaque épicerie, blanchisserie, teinturerie fréquentée par chacun des locataires, et absolument tous les employés desdits commerces avaient été interrogés à fond. Ils avaient tous fourni des preuves tout à fait satisfaisantes de leur emploi du temps.

Ça limitait les recherches à quelqu'un qui habitait l'immeuble et qui n'aurait donc eu ni à entrer ni à sortir vers cette heure-là. Heureusement, ça n'était pas un immeuble gigantesque. Mais l'enquête étage par étage et appartement par appartement n'avait rien donné non plus. Presque tous les hommes, ceux qui gagnaient l'argent du foyer, étaient au travail. Les témoignages du portier et de leurs employeurs les mirent rapidement hors de cause. Parmi ceux qui n'étaient pas sortis, l'un d'eux (un client d'Allroyd), était un médecin du rez-de-chaussée qui utilisait une lampe de la société pour ses patients ; il avait non seulement son infirmière pour confirmer son alibi, mais un de ses patients avec qui il était en consultation. Le second (qui figurait aussi sur la liste de l'encaisseur) était un invalide cloué dans un fauteuil, et d'ailleurs il avait aussi un témoin. Le client qu'Allroyd avait encore à voir quand il s'était fait buter était opportunément « sorti » tout l'après-midi — peut-être bien qu'il savait que l'encaisseur passait — mais de toute façon, le client en question était sûrement resté dehors longtemps après l'heure à laquelle il risquait de rencontrer son créancier.

Une quatrième lampe fut découverte dans la maison, appartenant à une Mme Ruth Crosby. Elle ne figurait pas sur la liste d'Allroyd pour la bonne raison qu'elle avait été achetée comptant. La dame était une couche tard, expliqua-t-elle un peu nerveusement, recevait beaucoup, et avait besoin de ça pour se redonner bonne mine le lendemain. Son appartement était luxueusement meublé et ils découvrirent qu'elle payait un loyer exorbitant, presque le double des autres. Leur insistance semblait la déranger étrangement ; elle mettait un zèle un peu servile à se les concilier, leur offrait à boire et faisait beaucoup de simagrées. Toujours est-il qu'elle avait, le jour du meurtre, deux jeunes amies chez elle, et aussi sa domestique noire, et que toutes les quatre dormaient à l'heure où c'était arrivé ; c'était vraiment ce qu'on appelle une grasse matinée.

Ils n'avaient donc rigoureusement rien à se mettre sous la dent. Tous les locataires de l'immeuble étaient hors du coup, personne n'était entré du dehors, et pourtant l'homme avait bel et bien été trucidé et volé dans ce couloir, pendant qu'il attendait que les clients « sortis » reviennent au bercail. A l'époque, Greeley, qui était à l'échelon le plus bas et nouveau à la Criminelle, avait écopé de tout le sale boulot. Il fallait reconstituer l'emploi du temps d'Allroyd pas à pas depuis le moment où il avait ouvert les yeux ce matin-là, celui de son dernier jour. Ça représentait des jours et des jours d'interrogatoires insipides, stéréotypés, à poser dix fois les mêmes questions. « A quelle heure est-il arrivé ce jour-là ? Combien de temps est-il resté ? » Et puis il fallait confronter chaque témoignage à un autre et voir si ça collait. En fin de compte, il s'agissait de construire un emploi du temps minutieux qui servirait d'outil aux autres, et ça n'était pas très gratifiant.

— C'est quelqu'un, répétait sentencieusement Brown, qui est sur sa liste de débiteurs. Quelqu'un qui savait ce qu'il faisait ; donc que, selon toute probabilité, il finirait sa tournée avec une somme considérable sur lui. Peut-être qu'ils avaient zieuté son paquet de reçus quand il est passé chez eux, et ça leur a ouvert l'appétit. Et si on ne comprend pas comment ils sont entrés dans la baraque derrière lui tant pis. Y'a qu'à laisser tomber pour le moment, plutôt que de se laisser coincer. Faut prendre le problème par l'autre bout. On reviendra là-dessus plus tard, quand on aura un canevas plausible et qu'il n'y aura plus qu'à boucher les trous. Ça se fera p't' être bien tout seul. Ce qu'il nous faut, c'est quelqu'un qui possède une de ces foutues lampes, quelqu'un qu'Allroyd serait déjà passé voir ce jour-là, qui a besoin de blé, et qui ne peut pas fournir un emploi du temps absolument impeccable cet après-midi-là.

Ils écrémèrent la liste des clients, à l'aide de renseignements fournis par les registres de la société. Il n'y avait bien sûr personne susceptible de cracher sur trois cents dollars. C'était clair du seul fait qu'ils avaient acheté le truc à crédit au lieu de payer comptant. La majorité d'entre eux, après un petit flottement expliqué par l'émotion, était à même de donner un emploi du temps rigoureusement vérifiable.

Les jours passaient, les semaines aussi et cela fit un beau jour deux mois sans que l'affaire ait avancé.

Le Capitaine sous les ordres duquel ils travaillaient les réunit un soir pour tenir un conseil de guerre. Ses supérieurs avaient dû le secouer. Et puis la Sol-Ray Company, la société qui employait Allroyd, avait de son côté bruyamment offert une récompense à qui capturerait l'assassin de leur employé, ce qui était bel et bien une pierre dans le jardin de la police.

— Alors remuez-vous, ou ça va barder, et j'en connais qui vont changer de costard autrement que pour aller danser le samedi soir ! (Il martelait son bureau rageusement.) Je veux le salaud qui a tué Allroyd ! Je veux qu'on me l'amène ici, vu ? Si vous ne pouvez pas travailler ensemble, travaillez séparément, mais travaillez, nom d'un chien ! Celui qui me l'amènera aura de bonnes chances de promotion. C'est moi-même qui m'en occuperai !

Ils sortirent de son bureau en maugréant.

— A entendre le patron on dirait vraiment qu'on est resté à se tourner les pouces. Ou qu'on fait exprès de lui cacher des choses. Qu'est-ce qu'y veut ? Qu'on le lui sorte de notre chapeau, son type ?

Bill Brown, pour une fois, n'avait rien à dire. Greeley le remarqua. Il avait l'air dépité, comme quand quelque chose qu'on convoite vous file entre les doigts. Il avait une lueur froide, décidée, dans les yeux, et peu de temps après, il disparut. Personne ne sut où il était passé.

Greeley, pour sa part, retourna chez Ruth Crosby. Il ne se faisait bien sûr aucune espèce d'illusion sur le genre de l'endroit, mais ça n'avait rien à voir.

Mme Crosby, appelée par la bonne noire, l'accueillit avec un mélange d'ennui et de résignation. Il lui posa quelques questions de routine, mais il n'obtint rien de vraiment nouveau.

— Je vous l'ai déjà dit, soupira-t-elle. J'ai acheté la lampe comptant, j'ai payé rubis sur l'ongle. Cet encaisseur n'est jamais venu chez moi, et je ne l'ai jamais vu. Attendez voir... Je vais vous montrer ma facture.

Elle la leur avait déjà montrée depuis longtemps, il essaya de la dissuader, mais pour une raison mystérieuse, elle semblait vouloir qu'il la voie encore une fois.

— Ça va, je comprends, dit-elle sèchement en sortant.

Elle revint une minute plus tard et lui tendit la facture. Elle était pliée autour d'une petite enveloppe gonflée de billets. Il ne prit pas la peine de regarder combien.

— Vous avez fait une connerie, hein ? fit-il.

— C'est vous qui le dites.

— Eh bien je vous le dis. Faites gaffe, ou vous allez vous attirer des ennuis. Des ennuis sérieux !

Elle comprit qu'elle avait gaffé, et il vit qu'elle prenait peur. La facture et l'enveloppe disparurent comme par enchantement.

— Je... Je croyais que quelqu'un vous avait dit quelque chose, bredouilla-t-elle.

— Ah oui ? Qui, par exemple ? demanda-t-il, l'air dangereusement attentif.

— Euh... Je ne sais pas, un de vos collègues, peut-être, balbutia-t-elle.

Il ne put s'empêcher de dire :

— Ça n'est donc pas la première fois que vous faites une petite connerie comme ça. Mais quelquefois, ça marche.

— On fait toujours mieux de rester chez soi tranquille. Il n'en tira plus rien.

4

Il fut de retour au commissariat juste à temps pour la bombe. L'explosion se produisit dans le téléphone du Capitaine et l'onde de choc se répandit en larges cercles frémissants, de bouche en bouche et de bureau en bureau.

— Brown tient l'assassin d'Allroyd ! Il l'a déniché tout seul. Il vient d'appeler ! Il est en route pour nous l'amener.

— Qui est-ce ? demanda Greeley.

Personne ne savait.

Le Capitaine sortait de son bureau accompagné d'un autre policier, il vit Greeley dans l'antichambre et lui fit de la tête signe de les suivre. Ils grimpèrent dans une voiture et démarrèrent en trombe.

— Qui est-ce, capitaine? redemanda Greeley. Ou bien il ne savait pas ou bien il était trop excité pour répondre.

— Si seulement j'avais un ou deux autres types comme lui sous mes ordres... marmonna-t-il.

— Ce serait trop beau pour une seule brigade, termina l'autre à sa place.

— Pas de danger que ça arrive ! fit le Capitaine, méprisant.

La conversation languissait à mesure qu'ils approchaient de leur destination. C'était une petite maison individuelle qui occupait un coin d'un grand espace vide. C'était peu construit dans le coin et l'éclairage était parcimonieux. Mais avant qu'ils n'aient atteint la maison un homme surgit de l'obscurité dans la lumière des phares et leur fit signe de s'arrêter. C'était Bill Brown. Il était seul.

La voiture de police fit une embardée et s'arrêta. Les trois hommes sortirent et l'entourèrent.

— Où est-il? demanda le Capitaine en criant presque. Je croyais que vous deviez nous l'amener. Il s'est taillé ?

— Non, il ne s'est pas taillé.

Brown parlait avec difficulté, d'une voix basse, haletante, comme s'il n'arrivait pas à reprendre son souffle. Il avait une expression ahurie ou plutôt vaguement déçue. Il tenait son revolver d'une main et son chapeau neuf de l'autre. Il y avait un trou dans la coiffe.

— Il est là-bas, dans le lotissement, dit Brown. Il a

sorti son flingue. (Il leva son chapeau et le regarda.) C'était lui ou moi.

Le Capitaine émit un juron. Puis :

— Nous l'avons eu, c'est l'essentiel. (Et il ajouta précipitamment.) Vous êtes sûr que c'est notre bonhomme, Brown ?

Bill Brown croisa leur regard avec fermeté dans la lumière des phares.

— Il a avoué, dit-il. Et j'ai trouvé l'argent d'Allroyd chez lui.

Il tourna les talons et plongea dans l'obscurité, traversa le trottoir et s'enfonça dans les fourrés d'un terrain envahi par les broussailles, traversé en diagonale par un chemin qui menait de la maison à l'angle opposé. Ils le suivirent en filc indienne. Tout en trébuchant sur les cailloux Greeley pensait : « Pourquoi est-ce qu'il l'a amené ici ? Il les a cherchées, les emmerdes. »

Le bruit de sanglots étouffés d'une femme qui gémissait leur parvenait de l'obscurité, droit devant. Il y avait une forme tassée par terre. Il y en avait même deux. La torche de Bill Brown s'alluma et l'autre policier aida une femme éplorée à se relever. Greeley ne l'avait jamais vue. Restait une forme par terre, inerte au milieu des herbes folles. La torche l'éclaira : c'était le portier de l'immeuble où Allroyd avait été assassiné. Un filet de sang noir lui partageait le front en deux.

Brown se mit à parler, de la voix détachée de quelqu'un qui s'attend à ce qu'on le félicite.

— Ça faisait un moment que je l'avais à l'œil. Il fallait bien que quelqu'un soit entré derrière Allroyd, et on n'avait vu personne. Ça, c'était prouvé. Je crois que nous avons tous été aveugles en ce qui concerne cet homme, nous l'avons ignoré depuis le début. Uniquement parce qu'une locataire a affirmé qu'elle ne l'avait pas quitté des yeux puisqu'il faisait prendre l'air à son chien. C'était vrai. Elle ne mentait pas. Seulement l'autre jour, je lui ai demandé : « Qui est-ce qui vous a ramené votre chien après la promenade ? Est-ce que vous êtes descendue le chercher ou est-ce qu'il vous l'a ramené ? — Il me l'a ramené, bien sûr », elle m'a dit. C'est clair que c'est à ce moment-là qu'il a fait le coup… pendant qu'il avait encore le chien, en le ramenant à sa propriétaire. Combien de temps ça lui a pris ? On n'y a vu que du bleu parce que c'était trop évident et qu'on cherchait un truc extraordinaire. (Il fouilla dans sa poche intérieure.) Et voilà l'argent pour faire bon poids. Où croyez-vous qu'un portier peut trouver une somme pareille et pourquoi est-ce qu'il l'aurait cachée où je l'ai trouvée ?

— Et il a avoué, vous m'avez dit ?

— Ouais. Je regrette seulement de ne pas avoir eu le temps de le prendre par écrit.

— Non, non, sanglotait la femme.

— Pas devant vous, bien sûr, dit Brown doucement. Il ne voulait pas que vous sachiez. Mais il a avoué dès que nous sommes sortis de la maison, loin de vous. (Il se retourna vers le Capitaine avec un air de remords teinté de modestie.) Je suis désolé, Capitaine.

— Désolé ? s'esclaffa le Capitaine. Si tout le monde dans cette brigade avait de quoi être désolé comme ça, je serais au bout de mes peines ! Occupez-vous de cette femme, Greeley, ajouta-t-il. Ramenez-la chez elle. Et demandez à une voisine de rester avec elle.

Greeley regarda s'éloigner Bill Brown, symboliquement sinon réellement porté en triomphe sur les épaules des deux autres. Il guida la veuve de fraîche date le long du chemin du retour. Il la ramena chez elle. Elle était dans un piteux état. Agrippée à sa manche des deux mains, elle le suppliait comme s'il avait le pouvoir de ressusciter son mari.

— Non, non, gémissait-elle. Il l'a tué. Il a tué mon mari, là-bas dans le noir. Il n'a pas résisté, Dick. Il l'a suivi de son plein gré. Oh, monsieur, il faut que vous m'écoutiez ! *J'étais là* quand il l'a emmené ! Il a fait exprès de l'emmener dehors pour que je ne voie pas ce qui se passait. Dick a dit : « Bien sûr que j' vais venir avec vous. Allons-y tout de suite. J' suis prêt à répondre à toutes les questions qu'on voudra me poser. Je suis sûr qu'on me croira. » C'est ces mots-là qu'il a dits ! Il l'a suivi comme un agneau à l'abattoir.

Joe Greeley était plus pâle que jamais.

— Il avait une arme ? Une arme à lui ?

Il avait parlé si bas qu'elle l'avait à peine entendu. Il avait peur de dire à haute voix ce qu'il pensait.

— Oui, oui. (Aussitôt elle hocha la tête.) Il avait gardé ça de quand il était dans l'armée. Mais ce n'est pas lui qui l'a prise. C'est votre collègue. Il l'a mise dans sa poche avant de sortir de la maison avec Dick. Je l'ai vu faire !

— Quelle poche ?

Elle tapota sa hanche.

— Là.

C'était vraiment pas prudent de le mettre là, du côté du prisonnier. Et il ne lui avait pas passé les menottes. Pourquoi n'avait-il pas utilisé ses menottes, se demandait Greeley. Ils avaient oublié de le lui demander. Voulait-il que le prisonnier tente de s'évader ? Cherchait-il une excuse pour abattre cet homme, afin de se distinguer encore une fois ? Ou bien s'était-il passé quelque chose de pire encore sur ce terrain obscur, avec pour seuls témoins les herbes folles et les étoiles ?

Joe alla lui chercher un verre d'eau, mais il avait besoin de boire un coup lui-même.

— Combien de coups de feu avez-vous entendus ? murmura-t-il.

— Deux.

— Coup sur coup ? Très rapprochés, presque ensemble ?

— Pas tellement rapprochés. Un d'abord et l'autre un peu après, *mais pas tout de suite.*

Le temps peut-être... de changer d'arme. De jeter la première, de dégainer la seconde, d'enlever son chapeau et de tirer à travers, alors que son « assaillant » était déjà mort.

— Et l'argent ? demanda-t-il après une pause atrocement longue. Ou a-t-il trouvé l'argent ?

— Derrière le poste de radio, entre le poste et le mur. Il a passé la main et il a sorti ça. (Elle se balançait d'avant en arrière, les mains sur les yeux.) J'ai fait le ménage ce matin et ça n'y était pas ! (Et puis elle dit la chose la plus horrible de toutes :) Il avait l'air de savoir d'avance où il fallait regarder. (Greeley sursauta comme si on l'avait brûlé.) C'est pas Dick qui l'avait caché là. Je l'ai su en le regardant. Il ne savait pas que ça y était. Pas plus que moi ! Il a assassiné mon mari. Ce n'est pas un policier, c'est lui l'assassin !

Il sortit précipitamment. Mais les mots le poursuivaient sur le trottoir désert, lui résonnaient aux oreilles. Il les entendit, ou crut les entendre jusqu'au bout de la rue : « Il a assassiné mon mari ! Il l'a tué de sang-froid ! »

Joe ne retourna pas au commissariat partager le triomphe de Bill Brown. Il entra dans une cabine et appela la femme Crosby. Sa voix était dure et sèche.

— Ici l'inspecteur Greeley. Je veux que vous me disiez une seule chose. Répondez franchement et vous n'avez rien à craindre, ça n'ira pas plus loin. Essayez de me couillonner et je vous mets au placard sur-le-champ !

En guise de réponse il l'entendit prendre une respiration brusque.

— Qui était l'homme qui est passé avant moi, celui avec lequel vous avez fait une « connerie », comme vous l'avez essayé avec moi ce soir ?

— J' sais pas comment y s'appelle. Je vous promets que j' sais pas !

— Grand, beau gosse, élégant ?

— Oui, dit-elle à contrecœur.

Il n'y en avait qu'un dans la brigade qui réponde à ce signalement.

— Combien ?

Elle baissa la voix, mal à l'aise.

— Trois cents.

Il raccrocha brutalement, mais oublia de sortir tout de suite de la cabine. Il lui semblait voir grouiller de la vermine partout. Trois cents dollars, ça n'était pas suffisant pour offrir une promotion à Bill Brown. Mais bien placés, épinglés sur un assassin très demandé qu'il sortirait au bon moment de sa manche... ça suffisait à lui faire obtenir son galon. Et il avait encore sept cents dollars devant lui sur les mille dollars de récompense de la Sol-Ray Company.

Non, ce n'est pas possible, se dit-il, et c'était plus le désespoir qui l'emportait que la conviction intime. Bill Brown se fait graisser la patte, mais ça n'a rien à voir avec l'histoire. D'accord, c'est pas mon truc. Mais c'est pas mes affaires non plus. D'autres l'ont fait avant lui, et d'autres le feront encore. Mais à part ça… je ne sais rien. C'est tout ce que je veux savoir. C'est tout ce qu'il y a à savoir.

5

Il s'appelait Danny Halpern, il était recherché pour un meurtre dans une salle de billard, et il leur avait fallu trois semaines pour lui mettre la main dessus.

Bien sûr, ce n'était pas lui qui avait fait le coup. Il n'était pas allé dans cette salle de billard ce soir-là. Ceux qui avaient dit qu'il y était étaient des menteurs. Il n'y était allé aucun autre soir. Il n'y était jamais allé. Il n'avait jamais tué personne, il était innocent comme l'enfant qui vient de naître, il était injustement accusé, on lui faisait porter le chapeau, il avait un alibi long comme le bras. Et cætera.

Alors ils s'étaient mis à le travailler au corps. Greeley était maintenant admis à participer aux interrogatoires des suspects. Pour celui-là, ils avaient besoin du maximum de gars. Ils travaillaient par équipes, en se relayant à mesure que le suspect les épuisait.

Ils appelèrent Greeley à la rescousse vers minuit. Ça durait depuis la veille midi. Il croisa Brown qui remontait du sous-sol, en bras de chemise, l'air vanné et déconfit.

— Prends-le entre quatre z'yeux et tâchez de savoir ce qu'il a dans le ventre, marmonna-t-il. Moi, j'ai les jointures en compote.

Ça n'était guère dans ses cordes, ces interrogatoires qui traînaient en longueur. Il n'avait pas la patience. Greeley serait plus à son affaire. Avec

Halpern, les questions vicieuses, ça ne marchait pas. Il était né vicieux. Lui cogner la tête contre les murs, ça ne donnait pas grand-chose non plus. Il avait pris des coups toute sa vie. Mais sa vitalité, qui l'avait fait tenir le coup jusque-là, était en train de s'épuiser.

Le tableau n'était pas beau à voir, mais il avait tué un homme et ça n'avait pas dû être beau à voir non plus. Qu'il avoue ou pas, il ne rendrait pas la vie à sa victime. Et puis ça n'était pas un enfant de chœur. Il était suspect d'une longue série de crimes. Il n'avait jamais eu pitié, jamais laissé une chance aux autres ; c'était son tour.

On le faisait tomber de sa chaise ; on approchait de ses lèvres enflées, fendues, des verres d'eau qu'on vidait sur le plancher quand il tentait d'y boire.

— A boire, pleurait-il. Si vous êtes les enfants d'une mère, donnez-moi à boire... Une goutte et j' vous dis tout ce que vous voudrez.

Il avait craqué. Comme ça, tout d'un coup.

— Alors, parle !

— Oui, j'ai tué Tomasso. J'étais en manque et y m' fallait du blé. J'ai attendu jusqu'à ce qu'il ferme sa boîte ce soir-là. J'avais laissé mon chapeau. Je suis retourné et j'ai fait semblant de l'avoir oublié. Y m'a fait entrer et j'ai...

« Je suis bon pour la chaise électrique. Alors comme on peut pas me griller deux fois, autant que j' vous dise... Frankie Reynolds, c'est moi qu'ai fait le coup. Et Allroyd, l'encaisseur, c'est moi aussi.

Ils n'étaient plus que deux avec lui. Greeley et un autre policier. Le capitaine avait filé à peine les aveux du dernier meurtre passés, dictés et signés.

Il y eut un silence tendu. Les deux flics se regardaient par-dessus la tête baissée du prisonnier. Et puis Greeley l'empoigna par l'épaule et le souleva de sa chaise.

— Qu'est-ce que tu viens de dire ? Allroyd ? Comment es-tu entré dans l'immeuble ?

— J'étais à l'intérieur depuis midi. J' suis entré pendant que le portier d'vait être allé déjeuner. J'étais chez le médecin. Y me soignait comme toxico. Un malade est arrivé, une urgence, et on m'a dit d'attendre. J'ai été me faire bronzer sous sa lampe dans un petit box qui donne dans la salle d'attente. J'étais déjà recherché et j'avais peur de sortir, alors je suis resté où j'étais. Le toubib et l'infirmière avaient tous les deux trop à faire pour s'occuper de moi. J'ai vu Allroyd qui passait encaisser ses traites, j'ai vu ses reçus et ça m'a donné l'idée. J'ai enfilé ma chemise, je suis sorti et je l'ai suivi dans les étages. Dès que... dès que ça a été fait, j' suis redescendu, j'ai ôté ma chemise et j' me suis remis sous la lampe. Y z'ont même pas remarqué que j'étais sorti.

Ses globes oculaires roulèrent sous ses paupières et il s'écroula brusquement comme une chiffe sur le bras de Greeley.

— Tu entends ça ! Y faut faire revenir le vieux tout de suite !

Mais l'autre flic balaya l'air d'un revers de la main.

— Fais pas attention à ce qu'il raconte. Ces oiseaux-là, ils avouent n'importe quoi une fois qu'ils ont commencé. Il délire. Après c' qu'on lui a passé, y sait plus ce qu'il raconte.

Il prit le prisonnier inerte à bras-le-corps et se mit à le secouer comme un prunier et à lui flanquer des baffes pour le réveiller.

— Tu vas voir comment y va se rétracter et tout nier, même l'histoire Tomasso, dès qu'y se sera refait une santé et qu'il aura pris contact avec son avocat. T'es nouveau, Greeley. T'es prêt à gober tout ce qu'ils racontent.

Sans prendre le temps de discuter, Greeley

remonta à la recherche du capitaine. « Je suis nouveau ? C'est bien possible », se disait-il. « Mais les gens ne s'amusent pas à avouer des trucs qu'ils ont pas fait. Surtout des trucs qu'on n'essaie même pas de leur faire cracher. »

Brown était dans le vestiaire quand Greeley le traversa. Il enfilait son pardessus, prêt à rentrer chez lui. Il avait dû prendre une douche pour se rafraîchir après la petite séance. Il avait une cigarette au bec.

Greeley s'arrêta, pivota sur ses talons et revint vers lui. « On va bien voir », pensait-il. « C'est une façon de savoir. » Il chercha les yeux de Brown et accrocha son regard fermement au sien.

— Il vient de dire qu'il avait tué Allroyd, dit-il doucement.

La cigarette tomba des lèvres de Brown et il détourna la tête, le temps de la chercher et de la rattraper. Et puis il la jeta. Et quand il se retourna vers Greeley, son expression était calme, mais il avait eu un instant pour se composer un visage à l'abri des regards.

Il parla avec un sang-froid parfait.

— Eh ben, ça alors. C'est un scoop. C'est vrai ? Y devait être complètement givré.

Ils savaient bien tous deux que ce n'était pas possible. Ça faisait vingt-quatre heures qu'il était gardé à vue et aucune drogue n'agit si longtemps. Leurs regards étaient fermement rivés l'un à l'autre, comme aimantés. Brown semblait résolu à ne pas flancher. (« Sacré contrôle », pensa Greeley.) Et puis Brown dit :

— Qui était en bas avec lui ?

Soigneusement désinvolte. Trop soigneusement.

C'est à ce moment-là que le déclic se produisit. « Maintenant, je sais », pensa Greeley, et son estomac se révulsa.

Il tourna les talons et passa son chemin à la recherche du capitaine. Derrière lui, Brown ne semblait plus si pressé de rentrer chez lui. Il restait là sans bouger, à chercher quelque chose dans son placard. Ou en tout cas perdu dans ses pensées, devant son placard ouvert.

Greeley entraîna le capitaine au sous-sol, mais Halpern était dans les pommes. Il fallait lui laisser le temps de récupérer. De toute façon, ils ne le croyaient pas. Greeley en était sûr. Même le capitaine.

— Emmenez-le. Il a eu son compte, dit le capitaine, et le prisonnier fut emmené dans une cellule du bâtiment adjacent et enfermé pour la nuit.

Greeley rentra chez lui. Mais quand il partit, Brown était encore là. Histoire de tuer le temps, parce que plus rien ne le retenait.

Quand Greeley arriva le lendemain matin, il les trouva tous très excités. Le prisonnier s'était suicidé dans sa cellule pendant la nuit. Quand ils étaient venus le chercher pour le sortir de sa cellule avant la séance du retapissage, ils l'avaient trouvé les poignets et la gorge tranchés. Il s'était procuré une lame de rasoir. Personne ne savait comment. Ils l'avaient trouvée à côté de lui. Une vieille lame toute rouillée. Une Jewel, à un seul tranchant. On lui avait retiré ses lacets de souliers, sa ceinture et tout ce qu'il aurait pu utiliser pour se détruire, et il avait quand même trouvé ça.

Bill Brown était le dernier qui l'avait vu vivant. Il l'avait escorté jusqu'à sa cellule et avait supervisé son incarcération. Le prisonnier avait supplié qu'on lui donne des cigarettes une fois la porte verrouillée, et Brown avait eu pitié, lui en avait déniché un paquet et le lui avait jeté à travers les barreaux en présence du gardien. On l'avait découvert à ses pieds, avec une cigarette à moitié fumée.

Le capitaine fit venir le gardien et lui passa un savon maison.

— Vous étiez responsable de sa sécurité à partir du moment où on vous l'a confié ! Il avait été fouillé à fond et il n'avait pas une épingle sur lui ! La lame devait être par terre et il l'a trouvée ! Je vais vous coller un rapport pour négligence, mon vieux.

— Je connais mon métier ! C'est pas su' l' plancher de la cellule qu'il a ramassé ça, j' vous l' dis. Ça v'nait d'être balayé à fond juste avant qu' vous l'ameniez.

— Me racontez pas de conneries ! C'était un camé et ils sont vicelards ! rugit le capitaine. Il fallait le surveiller mieux que ça.

« Il y en avait peut-être d'autres qu'il aurait fallu surveiller mieux que ça », ruminait Greeley.

Deux semaines plus tard, il arriva un matin un peu plus tard que d'habitude, avec une barbe d'une nuit comme s'il n'avait pas eu le temps de se raser, ce qui lui valut de se faire charrier par les collègues.

Bill Brown était de bonne humeur depuis qu'il savait qu'on envisageait sa promotion. Il lui offrit de lui prêter sa trousse de rasage qu'il avait dans son placard. Plusieurs collègues avaient ce qu'il fallait pour se raser sur place.

A peu près à la même heure, Mme Joe rangeait son nécessaire de rasage qu'elle lui avait préparé et qu'il n'avait pas utilisé. « Je me demande vraiment pourquoi », se disait-elle.

C'est qu'il était en train de se raser dans les lavabos du commissariat avec le matériel de Brown. Un rasoir Jewel, fait pour des lames à un seul tranchant.

6

— Ouais, disait Brown un soir. Ça fait du bien d'avoir de l'avancement, mais c'est d'attendre cent sept ans entre chaque coup qui vous flanque des boutons. Ça fait combien de temps, depuis l'affaire Allroyd ?

— Un an à peu près.

Greeley se détourna légèrement comme s'il ne tenait pas à en parler.

— Tu vois, c'est ça qui me tue. Il a fallu que j'attende un an entre l'affaire Ingram et celle-là. Et maintenant, ça fait encore un an. C'est bon pour toi, ça, Joe. Question de tempérament. Tu t'en fous, de rester dans tes pantoufles. Joe l'Omnibus. Mais moi, ça me rend dingue rien que d'y penser. Ça me tue.

Joe Greeley lui lança un coup d'œil.

— T'es monté en grade rapidement.

— Pas assez vite pour moi, insista Brown.

Et il passa dans son regard cette même lueur froide, calculatrice, comme si son regard traversait son interlocuteur pour scruter l'avenir. Son avenir.

Un flic passa la tête dans l'entrebâillement de la porte.

— Brown. Greeley. Au rapport tout de suite dans le bureau du Capitaine Hackett.

— Tu vas peut-être être servi, dit Joe tandis qu'ils passaient la porte ensemble.

Ils rencontrèrent le capitaine au moment où il sortait de son bureau. Il avait attrapé son chapeau sans les attendre et il traversait le hall comme une flèche, direction la rue.

— Quelqu'un s'est fait refroidir au 295 Russel

Street. On y va, lança-t-il sèchement par-dessus son épaule.

Tout en suivant le mouvement, Greeley se demandait : « Qu'est-ce que je viens faire là-dedans, moi ? Pourquoi est-ce que c'est moi qu'on met avec super-Brown et pas un des autres ? » Mais il connaissait en fait très bien la réponse à sa question. Brown pour le bouquet final ; et à lui le sale boulot, les mille et un détails mesquins pour lesquels il ne fallait ni imagination ni originalités, seulement une patience de fourmi, mais qui étaient tout de même essentiels à la résolution de l'affaire. Au fond, il faisait du bon travail, à sa façon. C'était un rouage nécessaire de la machine. Brown, lui, faisait passer le courant. Et puis on manquait de personnel ces temps-ci. La brigade tout entière était occupée à plein temps à essayer de mettre la main sur un braqueur responsable de la mort de deux convoyeurs et d'un policier.

L'adresse de Russel Street était celle d'une résidence cossue, à l'écart de la rue sur un terrain privé, et flanquée d'un garage. Elle appartenait à un couple d'un certain âge, un tenancier de *saloon* à la retraite du nom de Jerold Nolan et sa femme.

Ils sortirent de la voiture et comme ils se dirigeaient vers la porte d'entrée, l'un des hommes de patrouille qui avaient signalé le coup vint à leur rencontre.

— Ça ne s'est pas passé dans la maison, capitaine Hackett... C'est dans le garage, expliqua-t-il.

Ils rebroussèrent chemin et traversèrent la pelouse pour rejoindre l'allée cimentée qui menait au garage. Les portes du garage étaient grandes ouvertes et les lumières allumées. Une berline vieille d'un an au plus était garée en marche arrière, et dans l'espace entre la bagnole et le mur du garage, une jambe semblait sortir du sol, grotesquement levée.

Ils ne purent voir le tas que formait le reste du corps qu'en s'approchant du mur et en regardant à l'intérieur. Il y avait une seule fenêtre dans le mur du garage, juste au-dessus, assez haut placée et plutôt étroite, avec une vitre protégée par un grillage. Le châssis était relevé au maximum. Un homme mince, pas trop large de hanches, avait pu se glisser à travers ; le corps, ou du moins ce qu'on en voyait, avait appartenu à un homme trapu, rondouillard. Il avait manifestement essayé de sortir par la fenêtre lui aussi. Il y avait un bon nombre d'indices en ce sens, même avant qu'on sorte la voiture du garage. Le bout de ses godasses était très éraflé, bien que les talons et le dessus aient été récemment cirés. Il y avait des traces sales à l'emplacement des genoux sur son costume par ailleurs propre et fraîchement repassé, confirmant qu'il avait essayé de grimper au mur et de se hisser jusqu'à l'appui de la fenêtre. Et il y avait aussi des marques de pieds noires sur le mur, là où le cirage avait laissé des traces.

A première vue, ça pouvait ressembler à une morte accidentelle. Il avait pu retomber en arrière entre la voiture et le mur en essayant d'atteindre la fenêtre, et donner de la tête sur le sol cimenté du garage ou contre le marchepied bordé d'acier de la voiture. Mais Greeley savait qu'on ne les aurait pas appelés si ça n'était que ça. Quand on eut dégagé la voiture, dûment arrosée de poudre pour la recherche d'empreintes, et qu'ils purent s'approcher, Joe s'agenouilla à son tour près de l'homme, après Hackett et Brown, et il vit que la sale blessure que le mort avait au front (alors qu'il était tombé en arrière) était centrée sur un trou noir qu'aucun sol cimenté n'expliquait. Une balle.

Greeley se releva et s'écarta pour que les photographes puissent opérer.

— Qui l'a trouvé ? demanda le capitaine.

Un des hommes de patrouille répondit :

— C'est nous, chef. On passait par là et on a remarqué une femme penchée à une des fenêtres du dernier étage de la maison, qui criait quelque chose. On s'est arrêté pour voir ce qui se passait, mais elle appelait seulement son mari pour savoir pourquoi il mettait si longtemps à ranger la voiture. Alors je suis allé voir dans le garage, où elle m'a dit qu'il était. Les portes étaient fermées et les clés étaient dessus, à l'extérieur. Il a fallu que j'appelle mon collègue pour ouvrir. Un des battants s'était coincé. (Il les emmena voir.) Regardez. Le gond est tordu et le vent a dû claquer le portail derrière lui et coincer les battants. On a fini par arriver à ouvrir, et on a trouvé la lumière allumée et lui, avec sa jambe contre le mur, comme ça.

— Qu'est-ce qui vous a fait pensé qu'il avait été tué ?

— Ben... Il est tombé en arrière, c'est pas le ciment qui lui a fait ce vilain trou dans le front. Je l'ai vu rien qu'en jetant un coup d'œil par-dessus le garde-boue. J'ai déjà vu des trous causés par balle.

— Bien observé, dit le capitaine sèchement. C'est une balle, y'a pas d'erreur. Encore une question. Ce portail, vous êtes sûr qu'il était simplement coincé et pas fermé à clé de l'extérieur ?

— Ouais, chef. Un des battants était faussé. Sur la moitié de sa hauteur, il était un petit peu plus enfoncé que l'autre vers l'intérieur, et sur le restant de sa hauteur, il ressortait un peu plus. On voyait la lumière dans l'entre-deux, tout en haut et en bas. De son côté à lui, je suppose qu'il ne pouvait pousser que dans une direction. C'est pour ça qu'y n' pouvait pas les débloquer. Voici ce qu'on a fait avec mon collègue : j'ai tiré en haut pendant qu'il poussait en bas, jusqu'à ce que ça se remette de niveau et que ça se débloque.

— Prenez toujours ces clés, ordonna le capitaine aux hommes des empreintes. En espérant qu'elles n'ont pas été déjà tripotées. Et faites tout le tour de la fenêtre, centimètre par centimètre. Je voudrais bien savoir s'il l'a ouverte pour essayer de sortir, ou si quelqu'un d'autre l'a ouverte pour le buter. Ça fait combien de temps, à votre avis ? dit-il en se tournant vers le médecin légiste.

— Une bonne heure. Peut-être même plus.

— Qu'est-ce que vous en pensez ?

Il se tourna quasi instinctivement vers Brown pour poser la question.

— En gros, avec ce qu'on a jusqu'à présent, je vois ça comme ça : le vent a fait claquer les portes et il s'est retrouvé coincé dans le garage où il venait de ranger sa voiture. Il n'est pas arrivé à ouvrir, comme nous ont dit les gars de la patrouille. Alors il a essayé de sortir par la fenêtre. Ou bien il a attiré sans le vouloir l'attention de quelqu'un qui est venu voir, ou bien il s'est trouvé coincé et il a appelé pour qu'on vienne lui donner un coup de main. Je ne sais pas qui c'était, mais ce qui est sûr c'est qu'on lui a tiré dessus, et qu'on l'a rectifié au lieu de l'aider.

— Ça se tient. En tout cas, on peut démarrer là-dessus, opina le capitaine. On va partir de là et voir ce que ça donne jusqu'à preuve du contraire. Pour le moment, ça ne nous donne pas de mobile, mais à ce stade il ne faut pas trop en demander. (Il montra le portefeuille rembourré et l'étui à cigarettes en argent qu'on avait trouvés sur le corps.) En tout cas, c'était pas pour le voler. Allons voir si on peut parler à sa femme.

Comme ils approchaient de la maison, il ajouta :

— Cette histoire va faire du bruit. Plus vite on tiendra le bout de la ficelle, mieux ça vaudra pour nous. Vous savez de qui il s'agit ?

Greeley vit Brown hocher la tête, mais pour sa part, il n'en avait pas la moindre idée.

— Vous n'avez jamais entendu parler de Big Bill Nolan, le politicien ? C'est son frère.

Greeley savait vaguement que c'était une huile, une sorte de grand manitou dans le secteur.

— Ouais, renchérit Brown, on ferait bien de pas traîner.

Il avait l'air confiant.

Mme Nolan était dans un piètre état, comme il fallait s'y attendre, mais parvint quand même à leur donner son emploi du temps et celui de son mari juste avant le meurtre.

— Nous étions allés dîner chez Big Hill, Jerry et moi, sanglota-t-elle. C'est mon beau-frère, vous savez. Après le dîner, il donnait une espèce de réception pour les membres de son club, et il voulait que Jerry reste. Mon Dieu, si seulement il était resté. Mais on mange tellement chez lui, et on avait bu un peu de vin au dîner, on n'est pas habitués et ça nous a donné sommeil. Jerry n'était pas un gros buveur non plus, bien qu'il ait travaillé dans un bistrot. On est rentrés un peu après neuf heures et je suis venue directement à la maison pendant qu'il allait garer la voiture. J'ai dû m'endormir. Quand je me suis réveillée, une heure avait passé et il n'était toujours pas là. Je n'avais pas peur qu'il soit enfermé ni quoi que ce soit, parce qu'il avait fait faire cette fenêtre dans le garage justement pour ça, il y a près d'un an.

Les deux messieurs dans la voiture radio sont arrivés au moment où je l'appelais.

— Vous n'avez pas entendu un coup de feu, madame Nolan ?

— Je ne peux pas vous dire. On est rentrés dans un bruit de pétarade assourdissant, le pot d'échappement avait besoin d'être nettoyé et Jerry avait remis à plus tard de s'en occuper. Ça a continué une fois la voiture dans le garage, mais j'avais fermé les fenêtres de la chambre et ça ne m'a même pas empêché de m'endormir.

— Est-ce que vous savez si quelqu'un en voulait à votre mari, madame Nolan ?

— Personne. Tout le monde l'aimait, dit-elle, en pleurs. Il était si facile à vivre. C'est Big Bill qui a des ennemis.

— Bon. On ne va pas vous embêter plus longtemps ce soir, dit le capitaine gentiment. Nous savons ce que c'est pour vous.

Et il fit signe à ses deux acolytes de le suivre.

Dans l'entrée, ils se trouvèrent nez à nez avec Big Bill Nolan qui arrivait comme une tornade, après avoir appris la nouvelle. Il était encore en smoking, la fleur à la boutonnière. C'était un bonhomme au teint rubicond et aux cheveux argentés. Il mâchonnait férocement son cigare.

— Il faut me trouver ce salopard, capitaine ! tonna-t-il en pointant un cigare menaçant vers Hackett. Il faut trouver l'enfant de salaud qui a fait ça, vous m'entendez ? Attendez seulement que je la tienne, cette charogne !

— Nous le trouverons, monsieur Nolan, répondit doucement le capitaine. Nous allons y mettre le paquet. Je vais brancher les meilleurs de mes hommes sur le coup. Tenez, en voilà déjà un. (Il posa une main sur l'épaule de Brown.) C'est Bill Brown, un des meilleurs de la brigade. Vous vous souvenez de l'affaire Ingram ? Vous vous souvenez de l'affaire Allroyd ? C'est lui.

Nolan le dévisagea un moment, avec le coup d'œil aiguisé d'un homme habitué à juger un caractère au premier coup d'œil. Et puis il attrapa la main de Brown et la secoua avec fureur.

— Brown, grogna-t-il. J'ai le bras très, très long ! Je peux vous faire grimper tout en haut de l'échelle ! Si vous êtes aussi fort qu'on le dit, trouvez-moi l'ordure qui a fait ça à mon frère, et je me charge de votre carrière. Vous pouvez compter sur Big Bill Nolan !

Et il passa superbement devant eux pour aller consoler sa belle-sœur, sans un regard pour Greeley.

— Bon, les gars, vous avez entendu, dit brièvement Hackett tandis qu'ils retournaient au garage. Notre boulot est en jeu.

— A priori, dit Brown, c'est sans doute un ennemi de Big Bill qui n'a pas pu avoir sa peau à lui et qui s'est contenté de son frère.

— Ça me paraît logique, convint Hackett. Big Bill n'est pas marié, son frère est son plus proche parent et il a toujours eu beaucoup d'affection pour lui. Il lui a donné tout ça. (Il désigna la maison derrière eux.) Il l'a sorti de la limonade, et il lui a fait une rente à vie.

On avait maintenant extrait Nolan du garage.

— Je ne pense pas que cet endroit puisse nous apprendre grand-chose pour le moment, remarqua Hackett après avoir jeté un dernier coup d'œil alentour. Je vais aller voir ce que la Balistique peut nous dire sur ce pruneau. C'est important. Brown, vous allez accrocher Big Bill dès qu'il sera un peu calmé et voir si vous pouvez en tirer quelque chose, s'il a une idée de la personne qui peut lui en vouloir à ce point. Il a dû se faire pas mal d'ennemis. Greeley, quadrillez tout le voisinage, et essayez de voir si on a vu quelqu'un traîner par là plus tôt dans la soirée, si on a repéré une voiture inconnue dans le coin. Des trucs comme ça. Quelquefois, vous savez, des petits détails qui n'ont l'air de rien pèsent plus lourd que des trucs énormes.

Encore le sale boulot. Il s'y colla sans murmurer. Hackett retourna à son bureau pour attendre les rapports d'autopsie et de balistique, et Brown resta à s'affairer autour du garage, à mesurer la fenêtre avec un mètre de poche et à examiner à la loupe le portail faussé. Tout ça était très bien, mais ça ne lui ressemblait pas de s'occuper de ça. C'était plutôt le genre de chose qu'il confiait d'habitude à Greeley. C'était sans doute histoire d'attendre que Big Bill ressorte, pensa Greeley. Avant de partir, Joe le vit passer au peigne fin le sol au-dessous de la fenêtre du garage à l'extérieur, accroupi une torche à la main.

Greeley fit toute la rue, maison par maison, du côté le plus proche du garage de Nolan. Il n'en tira à peu près rien. Ç'avait été, et c'était encore, une soirée particulièrement venteuse. Personne n'avait entendu de coup de feu, ou en tout cas, rien qu'ils aient pu distinguer du claquement incessant des volets mal assurés ou du fracas des châssis de fenêtres branlants. Chez les voisins les plus proches des Nolan, mais séparés d'eux par un lotissement vide, on se souvenait d'avoir entendu pétarader la voiture qui rentrait, mais comme ça durait depuis plusieurs jours, ils n'y avaient pas fait plus attention que ça.

— Je crois qu'il oubliait de faire nettoyer son pot d'échappement. C'était un chic type, mais il était très tête en l'air, des fois. (La voisine soupira, pensive.)

Pauvre homme. Il n'y a pas plus d'une semaine, il s'est enfermé dehors, un soir — sa femme était sortie ou je ne sais quoi — et un automobiliste s'est arrêté et l'a vu en train d'escalader pour entrer par la fenêtre. Il s'est trouvé que c'était un policier en civil. (Elle eut un petit rire triste.) Le pauvre M. Nolan a été obligé d'expliquer qui il était, de dire qu'il était le frère de Big Bill Nolan et tout ce qui s'ensuit, pour que le policier veuille bien le lâcher. Et puis Nolan lui a demandé de grimper à sa place et de lui ouvrir de l'intérieur. Il était un peu fort pour faire ça, vous comprenez. L'homme lui a dit : « Vous me prenez pour qui, un acrobate ou un chimpanzé ? » Et il est parti en laissant Nolan planté là à deux heures du matin. Il a fallu que j'envoie mon mari le dépanner. Sans ça, il serait resté toute la nuit dehors. (Son sourire s'effaça et elle soupira encore.) Et maintenant il est mort. Je n'arrive pas à y croire.

L'incident rappela à Greeley l'époque où ils étaient des bleus et où ce genre de chose était leur pain quotidien. Brown était déjà comme ça dans ce temps-là, un peu trop imbu de sa dignité.

7

Quand il revint, Brown était parti. Big Bill aussi sans doute, puisque les deux sous-fifres et l'énorme limousine avaient disparu. Seule une petite lumière derrière un store du dernier étage de la maison du mort indiquait que Mme Nolan était là, sous surveillance médicale. Un flic s'apprêtait à fermer le garage.

Greeley s'approcha de lui dans l'ombre, son par-dessus léger gonflé comme une voile, le chapeau à la main.

— Tu veux bien rouvrir le portail, suggéra-t-il. On va voir si le vent arrive à le refermer.

Ils ouvrirent les deux battants assez largement pour qu'une voiture passe, les lâchèrent et observèrent ce qui allait suivre. Rien ne se produisit pendant quelques minutes ; et puis, au moment où Greeley commençait à avoir des doutes, une rafale de vent rabattit les deux portes avec un bruit de tonnerre. Cela prit cinq bonnes minutes aux deux hommes pour les rouvrir.

Une jeune femme coiffée d'un bonnet d'infirmière ouvrit la fenêtre voisine de celle où brillait une lampe et souffla :

— Vous allez partir, oui ou non ? Cette femme est dans un état critique !

— Excusez-nous, répondit Greeley à voix basse.

Mais il ne se résignait pas à s'éloigner du garage fermé. En regardant le flic s'en aller dans la rue, il se posa la question : « Pourquoi est-ce que je ne m'en vais pas ? Qu'est-ce que je fabrique ? Je joue au fin limier ? Parce que je n'en serai jamais un... »

Il se dirigea vers le côté du garage en fouillant l'ombre de sa torche, comme il avait vu faire à Brown. Il se demandait si Brown avait trouvé quelque chose. On pouvait compter sur lui, se disait Joe ; s'il y avait quelque chose à trouver, il l'avait trouvé. Bill cherchait peut-être le flingue. Non, ça n'était sûrement pas ça. Même lui, Joe l'Omnibus, le balourd, savait qu'aucun assassin n'était assez couillon pour laisser choir son arme à quelques mètres des lieux du crime. Autant laisser son nom et son adresse. Peut-être que Brown n'avait fait que tuer le temps en attendant que Big Bill sorte de chez sa belle-sœur.

Dans le petit œuf de lumière blanche que sa torche faisait danser à ses pieds, Joe ne voyait que de la broussaille, des feuilles mortes et du gravier. Il tournait sur place en fouillant le sol du bout du pied, sachant que si ça n'avançait pas à grand-chose, au moins ça ne faisait pas de mal non plus.

Il vit seulement une sorte de bestiole qu'il avait délogée de sous un caillou. Il fourragea du bout du pied. La chose sauta et rebondit contre le mur du garage avec un petit bruit sec. Il la chercha du regard et la retrouva. Ça n'était pas une bestiole, c'était un bouton.

C'était un de ces boutons fantaisie recouverts de cuir, arrondis, qui n'avaient pas de trous pour passer le fil à travers, mais une sorte de chas métallique par-dessous. Le genre de boutons qu'on trouve sur certains vêtements de sport sophistiqués. Ou sur des uniformes.

Tout en l'examinant, il se disait : « Est-il possible que le grand Brown soit passé à côté, et pas moi ? » Ça paraissait inconcevable. C'était possible, bien sûr. Après tout, Brown était un homme comme les autres. Il avait pu passer à côté d'un petit caillou au milieu de plusieurs dizaines de petits cailloux. Mais il était beaucoup plus vraisemblable que Brown ait perdu le bouton lui-même tout à l'heure, pendant qu'il était accroupi à fouiller. Si ce n'est qu'il portait un costume bleu marine, se souvint Greeley après coup, et que ce bouton était marron. Ça n'était donc pas ça. C'était un bouton de gilet ou de manche, à en juger par la taille, plutôt qu'un bouton de veste.

« Ça a peut-être son importance », jugea-t-il. « Je ferais bien de l'emporter et de le montrer. »

Hackett n'était pas dans son bureau quand il revint au commissariat. On lui dit qu'il avait eu un tuyau sur le braqueur des convoyeurs et qu'il était ressorti. Brown n'était pas là non plus et personne ne semblait savoir où il était. Probablement toujours en train de tirer les vers du nez à Big Bill Nolan sur ses éventuels ennemis.

Joe était sur le point de poser le bouton sur le bureau de Hackett mais ça lui parut complètement idiot. Il entendait déjà grommeler le patron : « A quoi vous jouez, mon vieux ? » Et plus il y pensait, plus ça lui paraissait bête d'entrer pour annoncer : « J'ai trouvé un bouton par terre près du garage. » Il savait bien que des choses comme ça s'étaient avérées des indices très importants. Que certaines affaires avaient été résolues avec moins que ça — un brin de laine, un seul cheveu, une pointe de mine de crayon cassée — mais peut-être qu'il manquait de confiance en lui ; toujours est-il qu'il ne pouvait pas se voir autrement qu'en deuxième violon sur une affaire où il travaillait avec Brown. De la part de Joe Greeley, on ne prendrait pas un truc comme ça au sérieux, on en rigolerait, c'était sûr. Autant qu'on puisse dire, le bouton pouvait tout simplement avoir appartenu à Jerrold Nolan lui-même. Il ne l'avait sûrement pas perdu ce soir-là, parce que lui aussi portait un costume bleu sombre, mais peut-être plus tôt dans la semaine. Il décida, avant d'en parler, de retourner là-bas le lendemain et d'examiner les costumes de Nolan, pour voir. Dans l'immédiat, il remit le bouton dans la poche de sa veste, enveloppé dans le petit morceau de papier journal.

L'expertise balistique et le rapport d'autopsie étaient rentrés et posés sur le bureau de Hackett, sous ses yeux. Greeley ne pouvait pas savoir, bien sûr, si Hackett les avait lus avant d'être appelé pour l'autre affaire. Il les prit et y jeta un coup d'œil. Travaillant sur l'histoire, il avait le droit d'être informé. La balle qui avait tué Nohan provenait d'un calibre 45, et avait été tirée de très près, bien que pas tout à fait à bout portant. L'autre feuille dactylographiée était moins importante. La cause de la mort était due à une balle dans la tête. Nolan avait aussi reçu un mauvais coup à l'arrière du crâne, allant se cogner contre le marchepied de la voiture, mais ça n'était pas suffisant pour avoir causé la mort. Et surtout, ça n'avait saigné que très peu, ce qui voulait dire qu'il était déjà blessé à mort. On avait retrouvé une quantité modérée d'alcool dans le sang.

Le téléphone sonna sur le bureau de Hackett pendant que Joe lisait les rapports, et il décrocha. Il reconnut la voix de Brown. Elle était plus claironnante que jamais. Il devait avoir trouvé quelque chose.

— Hackett est là ?

— Non. On l'a appelé pour l'affaire Wolf Bernstorff. Joe Greeley à l'appareil.

— Bon. Ecoute-moi, Joe. Je viens de parler avec Big Bill Nolan et on a fait une liste de coupables possibles. Tu sais, des gens qui ont un jour menacé de se venger, qui ont une vieille rancune contre lui, enfin des trucs comme ça. Il y a des choses qui ont l'air valables, et je crois qu'on tient le bon bout. Mais c'est un trop gros morceau pour moi tout seul. Je tiens à donner un maximum de tuyaux à Hackett le plus vite possible. Alors il va falloir qu'il mette quelqu'un d'autre que moi sur le coup pour me décharger un peu.

— Bon, vas-y. Je note.

— Numéro Un, Anthony Trusso, politicard dans le *secteur Italien de Harlem*, battu par Nolan, a perdu sa circonscription. Numéro deux...

Au bout du compte, Brown donna six noms avec quelques indications pour chacun.

— Et tu t'occupes toi-même desquels ? demanda Greeley à brûle-pourpoint.

Jusque là, la voix de Brown avait le staccato régulier d'un tir de mitrailleuse. La machine s'enraya un peu, bégaya, avant de retrouver son tempo :

— Euh... Trusso et le dénommé P'tit Benny.

« Il me raconte des cracs », se dit Greeley. « Il ne s'attendait pas à la question et il s'est pris les pieds dedans. Il ne va sûrement pas s'occuper de ces deux-là. Mais pourquoi il se donne la peine de me baratiner ? Il a peur de quoi ? Que je marche sur ses plates-bandes ? Ça m'étonnerait. »

— D'accord, dit-il. Je souligne ces deux-là, pour que le patron sache.

— Ouais. Très bien. (La voix de Brown manquait singulièrement d'enthousiasme. Ces mecs-là ne l'intéressent pas vraiment, pensait Greeley.) Qu'il trouve mon message tout de suite en rentrant, hein ? Et que ça ne circule pas dans la maison, c'est de la dynamite.

Brown avait raccroché avant que Joe ait le temps de lui demander s'il avait vu le rapport de l'expertise ballistique.

8

Hackett revint à deux heures du matin. Il tirait une tronche absolument sinistre.

— Il s'est encore esbigné, commenta-t-il sobrement. C'est une véritable anguille, ce type. Qu'est-ce que c'est que cette liste ?

Greeley expliqua.

— Je n'ai pas un seul homme de plus à lui donner, Big Bill ou pas Big Bill, fit Hackett. Il faut qu'on mette la main sur Bernstorff, Bon Dieu ! Il a tué un policier et si on laisse courir, c'est exactement comme si on allait agiter un drapeau blanc sous le nez de tous les gangs du coin. Nos vies ne vaudront plus un clou. (Il tendit la liste à Greeley.) Il faut que Brown et vous, vous démerdiez tout seuls. Trouvez Brown et dites-lui que ce sont mes ordres.

Greeley ne trouva pas Brown cette nuit-là. Il avait dû se mettre au travail. Joe attaqua de son côté et s'offrit la satisfaction d'éliminer deux noms sur six. Pour l'instant en tout cas, et sauf coup de théâtre ultérieur. Tous les deux possédaient une arme, mais pas un calibre 45. Tous les deux reconnaissaient qu'ils détestaient Big Bill — ils le reconnaissaient même si facilement que c'était trop beau — mais ils étaient parfaitement au clair sur leur emploi du temps, avec des preuves irréfutables qu'ils se trouvaient loin de Russel Street ce soir-là.

C'était déjà l'heure du laitier et Brown n'était toujours pas revenu. Joe commençait à être pas mal crevé et il rentra chez lui dormir une heure ou deux avant de s'y remettre. Il s'allongea tout habillé sur le canapé du living avec un réveil sous son oreiller, pour ne pas déranger sa femme qui n'avait pas dormi tranquille depuis longtemps. A six heures, il était debout.

Il se dit qu'il choperait peut-être Brown au vol en s'arrêtant chez lui avant d'aller au commissariat, mais il le loupa encore. La femme de Brown était déjà levée et c'est elle qui lui ouvrit la porte. C'était une grande rousse distinguée. Brown avait bien fait les choses dans tous les domaines.

— Il n'est pas rentré de la nuit, dit-elle. Il m'a

appelée vers une heure pour me dire de ne pas l'attendre. Il travaille sur une affaire, et... (elle haussa gentiment les épaules) je suis comme une femme de marin. (Elle avait un veston plié sur un bras.) Je me distrais en recousant ses boutons. (Elle était folle de son type, ça crevait les yeux.) C'est très amusant jusqu'au moment où il en manque un qu'on ne peut pas réassortir.

— Il y en a un que vous ne pouvez pas réassortir ?

— Là-dessus. Un drôle de petit bouton de cuir. Qu'est-ce qu'il y a ? Vous n'avez pas l'air bien.

Il sentit son épaule peser plus lourd contre le montant de la porte.

— Je ne suis pas bien, c'est vrai, madame Brown. Je n'ai même jamais été si mal de ma vie.

— Je peux vous donner quelque chose ?

Il marmonna quelques mots qui ressemblaient à : « Excusez-moi de vous avoir dérangé », et la porte disparut en fondu enchaîné.

Il se retrouva au coin de la rue, pas très loin de là, à ruminer. « Il va falloir que je sauve la vie de quelqu'un ! Quelqu'un dont le nom ne figure pas sur la liste. S'il y était, il ne l'aurait pas donnée. Quelqu'un qui va se faire arrêter, qui va essayer de se tailler en route en plongeant dans le noir et qui va se faire canarder en « légitime défense ». Mais qui, Bon Dieu ? Comment est-ce que je pourrais savoir ? »

Et puis il trouva un annuaire et, d'un doigt tremblotant, il chercha William Francis Xavier Nolan, l'homme qui avait payé pour avoir ses quatre noms en entier dans le bottin.

Il était sept heures à peine passées quand Joe sortit du taxi devant la maison. C'était une maison de quatre étages en pierre de taille et tous les stores étaient encore baissés. Il garda le doigt sur la sonnette jusqu'à ce qu'un secrétaire pas très bien réveillé vienne lui ouvrir la porte.

— Police. Il faut que je voie M. Nolan.

— Pas à cette heure-ci. Il a été debout la moitié de la nuit. Il vient de perdre son frère et...

— N'essayez pas de me renvoyer. J'en prends toute la responsabilité. Mais je vous dis que ça ne peut pas attendre.

Convaincu par la mine livide et les traits tirés de Joe, le secrétaire céda.

— Vous avez trouvé le meurtrier ? C'est ça ?

On le conduisit au deuxième étage et on lui fit signe d'attendre devant une immense double porte. Il se demanda en faisant les cent pas : « Qu'est-ce que je vais lui raconter ? Comment est-ce que je vais tourner les choses ? »

Il ne savait toujours pas quand la porte se rouvrit et que le secrétaire fit un geste du pouce. La chambre de Big Bill était fabuleuse, mais Greeley y jeta à peine un coup d'œil. Il vit vaguement un lit à baldaquin, un superbe piano, une descente de lit en peau de tigre, une table de nuit avec un revolver à crosse de nacre et une petite lampe dont la flamme vacillait devant un portrait de Jerrold Nolan.

Big Bill était assis sous le baldaquin dans son pyjama à rayures, et il passa sa main sur ses yeux tandis que la douleur revenait avec le souvenir de la nuit passée. Greeley restait figé, observant un silence respectueux.

— Eh bien, qu'est-ce qu'il y a ? rugit finalement Nolan. Vous avez trouvé Schreiber, comme je vous l'ai dit ?

Ce nom ne figurait pas sur la liste de Brown. C'était donc lui.

Greeley, sous le choc, articula avec difficulté :

— Je suis désigné pour m'occuper de l'affaire avec Brown. Si vous pouviez me donner quelques détails...

La figure de Big Bill vira au rouge sombre sous l'effet de la colère :

— J'ai donné tous les détails à Brown ! Demandez-les-lui ! Faut que je fasse votre travail à votre place ? On va quand même pas faire défiler tous les guignols de la Criminelle dans ma chambre à coucher au milieu de la nuit ? C'est pas permis d'être gourde à ce point-là ! Je vous remettrai sur un trottoir, moi, et plus vite que ça ! Qu'est-ce que c'est que ça ? (Il regardait la liste.) Où est Schreiber ? Pourquoi est-ce que son nom n'est pas là ? C'est le plus important de tous. Les autres ne comptent pas. Nous les avons déjà éliminés un par un ! C'est *lui* qui a déclaré publiquement qu'il se vengerait. On est à couteaux tirés depuis des années ! J'ai dit tout ça à Brown. Je lui ai donné tous les détails et tous les documents avant qu'on se quitte hier soir.

Greeley eut une drôle de voix étouffée pour répondre :

— Oui, m'sieur. Brown... doit être en train de le chercher.

— Alors, qu'est-ce que vous foutez là ? (Et, comme son visiteur refermait déjà les portes derrière lui, il explosa :) De mon temps, on ne devenait pas inspecteur quand on était débile !

— Ni quand on n'était pas régule, murmura Greeley d'une voix inaudible.

Ça lui prit une bonne heure, dans Yorkville, de trouver où nichait Schreiber. Un tenancier de bar matinal qui ouvrait sa boîte finit par bien vouloir le lui dire. Greeley s'y rendit à pied. Quand il eut tourné le coin de la rue, il s'arrêta net et revint sur ses pas pour se mettre à l'abri des regards. Un taxi arrêté attendait à quelques portes de l'adresse qu'avait donnée le barman. Quelque chose dans son allure suggérait qu'il était là depuis un moment et qu'il allait encore rester un bout de temps.

C'était trop tard. Le jeu du chat et de la souris avait déjà commencé.

Il retourna d'où il venait en longeant le bloc d'immeubles voisin, jusqu'à se trouver à peu près à la hauteur de la maison de Schreiber. Il entra dans un immeuble, traversa une cour et escalada une palissade pour se retrouver dans la cour de la maison de Schreiber. Il frappa à la porte de derrière jusqu'à ce qu'une ménagère typiquement teutonne vienne ouvrir.

— Laissez-moi entrer, dit-il. Il faut que je parle à Schreiber. N'ayez pas peur. Je suis de la police.

Il entra sans attendre d'être invité et s'élança vers les étages en secouant son chapeau que la pluie avait trempé. La femme pleurnichait et baragouinait quelque chose derrière lui. Dans une pièce de l'étage principal il trouva un homme corpulent, une serviette autour du cou, qui buvait du café entouré d'enfants de toutes les pointures.

— Vous êtes Gus Schreiber ? Police. Il faut que je vous parle. Eloignez la petite famille.

L'ancien responsable de quartier se leva. La colère lui faisait sortir les yeux de la tête :

— Fous afez un mandat pour fenir chez moi ? Alors foutez-moi le camp ! Faut qu'on arrête de m'emmerder, ou cheu fais faire un malheur, moi !

— Ecoutez-moi, s'il vous plaît. Il fallait que j'entre comme ça. Si j'avais attendu que vous sortiez de chez vous, ç'aurait été trop tard. Vous avez une arme ?

Schreiber hocha la tête agressivement.

— Quel calibre ?

— Quarante-cinq.

— C'est bien ce que je craignais, murmura Greeley. Où est-il ?

La question parut rendre fou de rage l'ennemi de Big Bill.

— Vous me demandez où il est ? Nein. Cheu fous demande où il est ! Cheu fous demande pourquoi on me l'a pris !

— Qui vous l'a pris ?

— Un de fos hommes ! Ch'afais bu un petit beu trop de bière un soir. Fotre collègue, il est entré avec moi, il a vu mon revolver sur moi et il a dit : « Fous feriez mieux de me donner ça avant que ça vous fait des ennuis. » On lui a dit qui cheu suis et que ch'ai dit que cheu tuerais ce Nolan si cheu le trouve sur mon chemin à cause de ça qu'il m'a fait.

— Pourquoi est-ce que vous n'êtes pas allé le réclamer ?

— Ch'ai été et on ne me l'a chamais ramené ! Cheu ne peux pas retrouver cet homme. Cheu sais que si cheu fait trop de bruit, les ennuis sont pour moi. Cette fripouille de Nolan, il foudrait me faire mettre en prison, comme il a fait pour mon fils aîné. (Il souffla bruyamment à travers des narines largement dilatées.) Attendez foir. Mon tour fiendra.

— Peut-être, mais cette fois-ci, c'est mal parti. Le frère de Nolan a été tué avec votre revolver hier soir. Vous feriez mieux de foutre le camp d'ici, vite fait ! Ne perdez pas de temps à discuter ou à poser des questions.

Schreiber manifesta un entêtement proprement germanique.

— Cheu ne pougerai pas ! Ch'étais au club hier soir. Cheu peux proufer !

— Où ça, prouver ? Où voulez-vous prouver ? demanda seulement Greeley.

— A la police ! Qu'est-ce que fous croyez ?

— Vous n'y arriverez jamais vivant. C'est ce que j'essaie de vous faire comprendre. Vous n'irez pas jusque-là. Pas plus que votre revolver. Venez par ici un instant. Regardez par la fenêtre avec moi. Ne touchez pas les rideaux. Vous voyez ce taxi ? Il y a un homme dedans qui vous attend pour vous arrêter. C'est l'homme qui a enfouraillé votre revolver. Vous le récupérerez. On le retrouvera dans votre poche, ou dans votre main, au coin d'un terrain vague où vous vous ferez coincer.

Schreiber le regardait comme hypnotisé, avec une expression d'horreur sur le visage, il voyait la scène. Il porta la main à sa gorge et ses doigts se crispèrent comme s'il sentait le nœud coulant se resserrer.

— Votre seule chance, c'est qu'il est seul aussi. Otez votre bavoir et suivez-moi. Vous pouvez sortir par l'arrière, par où je suis venu. Sortez de la ville et ne revenez pas pendant un ou deux jours. Après, ça ira. Vous pourrez rentrer.

Il dévala l'escalier, s'arrêta à mi-chemin pour voir si Schreiber le suivait, puis continua à descendre. Déjà à la porte, Schreiber cria :

— Qui est-ce qui me dit que ce n'est pas fous qui allez me foutre dedans ? Est-ce que cheu sais qui fous êtes ?

Greeley, déjà à cheval sur la palissade, répondit :

— Restez ici si vous voulez. J'ai fait ce que j'avais à faire. Je m'en fous, après tout, de ce qui va vous arriver. Je ne vous ai jamais vu de ma vie.

Une sonnette retentit sur le devant de la maison, parfaitement audible.

Schreiber courut vers lui les bras tendus.

— Tonnez-moi un coup de main. Cheu ne suis plus très sportif.

9

Greeley ne retourna pas au commissariat tout de suite après avoir laissé Schreiber au métro de la 125ᵉ rue. Au lieu de ça, il alla droit chez Brown. C'était sûrement là qu'il trouverait ce qu'il cherchait. Pas au commissariat.

Il attendit patiemment plusieurs heures, rencogné sous le porche, les mains enfoncées dans les poches, le col du pardessus relevé pour se protéger des stries argentées de la pluie. La tête baissée tout le temps ; pas pour éviter d'être reconnu, mais courbée sous le poids de la responsabilité.

Le trottoir passa insensiblement du gris étain à un beau noir luisant. Il faisait nuit maintenant. Il n'avait pas bougé. Son corps était engourdi. Il lui semblait que la moitié de la nuit s'était écoulée quand un chuchotement de pneus se fit entendre et vint s'arrêter le long du trottoir près de lui. Il ne leva pas les yeux. Une portière claqua et un lourd pas d'homme retentit sur le trottoir. Une paire de chaussures s'immobilisa dans son champ visuel.

Il leva lentement la tête et reconnut Brown.

— Nom d'un chien ! grimaça Brown en guise de reconnaissance. Qu'est-ce que tu fous là au lieu de t'abriter ?

Greeley, lui, se dégonfla jusqu'au bout. Il ne pouvait pas faire ça là, dans la rue. Il dit :

— Montons. Il faut que je te parle.

Tout en montant, Brown grogna :

— Je viens de rater un truc terrible.

Greeley ne lui demanda pas ce qu'il voulait dire. Ça n'était pas la peine.

La femme de Brown dormait. Greeley alla fermer la porte pour qu'elle ne les entende pas. Il s'assit et sortit son arme.

Brown le regardait en souriant :

— Pourquoi tu me mets en joue, moi ? Tu répètes ce que tu vas faire à...

— Vas-y, finis ta phrase, dit Greeley. Ce que je vais faire à l'homme qui a tué Jerry Nolan. Ça n'est pas une répétition. C'est le grand soir. Donne-moi ce .45 que tu as pris à Gus Schreiber la semaine dernière. Envoie-le-moi. Tu l'as sur toi, je le sais. Le tien aussi. Donne. Et ne bouge pas. Je tirerai si c'est ça que tu veux. L'enfer, j'y suis déjà.

— Comment sais-tu que j'ai... ? Et il essaya de raconter qu'il venait de le dénicher chez Schreiber.

— Comment est-ce que je sais... tout depuis le début ? (Greeley eut une grimace de dégoût.) Tu veux vraiment qu'on en parle ? Nous nous connaissons depuis toujours. Si on la bouclait, tu ne crois pas que ce serait mieux ?

Brown s'assit enfin.

— Pourquoi tu me fais ça ?

Greeley lui lança le bouton couvert de cuir :

— Apporte-moi donc la veste d'où est tombé ce bouton et montre-la-moi. Et puis ne me regarde pas comme ça, comme pour essayer de savoir ce que je sais. Parce que je sais tout. Ça s'est fait progressivement. L'affaire Ingram, c'était régule. Ça t'a valu de l'avancement. L'affaire Allroyd aussi était régule, mais tu n'es pas arrivé à l'élucider, alors tu as trouvé un pigeon à qui faire porter le chapeau et tu l'as abattu de sang-froid. Ça t'a encore valu de l'avancement. Après ça, les choses ne sont pas allées assez vite à ton gré. Tu as entendu cet abruti de Schreiber beugler à qui voulait l'entendre qu'il voulait étriper Big Bill Nolan. Tu as emporté son flingue. Jusque-là, tu étais de bonne foi. Jusque-là seulement. Le même soir, tu es passé dans Russell Street et tu as vu Jerry Nolan qui s'était laissé enfermer hors de chez lui. C'était fou comme coïncidence, et ça t'a tapé sur le système. Le reste a dû germer dans ta tête à ce moment-là. Tu n'as rien pu faire tout de suite, parce que les voisins étaient à leur fenêtre. Tu as dû repasser dix fois dans cette rue. Et finalement tu es tombé pile. Tu l'as trouvé accidentellement emprisonné dans son garage, en train d'essayer de sortir par la fenêtre, un soir où le vent faisait assez de barouf pour étouffer un coup de feu.

— Tu as perdu un bouton. Tu ne savais pas où, mais tu étais emmerdé. Je t'ai vu le chercher longtemps ce soir-là. Je n'aurais jamais pensé à regarder si je ne t'avais pas vu. Alors donne-moi ces deux flingues... crosse en avant. Doucement.

Brown obéit. Joe Greeley empocha le 45 et vida le chargeur du Police Positive.

— Je vais sortir, maintenant. Je vais te laisser là... avec ta femme. Dis-lui au revoir ou pas, c'est comme tu veux. Je vais te laisser ton arme. Avec une seule balle.

— Je ne peux pas, Joe ! Je ne peux pas ! Pas ça ! Je n'ai pas le courage ! Pas ce courage-là, en tout cas !

— Alors, je vais au rapport, dit Joe. Je ne te forcerai pas à m'accompagner à la pointe de mon flingue, mais vaut mieux que tu viennes. Que veux-tu faire d'autre ? Tu serais un paria pour le restant de tes jours, traqué, pourchassé comme la vermine que tu as traquée jusqu'à présent toi-même. Ce serait terrible pour la brigade, un naufrage. Il n'y a rien de pire qu'un chien de berger qui rejoint les loups.

La porte s'ouvrit et la femme de Brown passa la tête par l'entrebâillement.

— Vous voulez du café ou de la bière, toi et ton ami, Bill ? demanda-t-elle en souriant.

— Non, non, on s'en va tout de suite, dit Brown. Il a... un rapport à faire. Ne m'attends pas. Je ne sais pas quand je rentrerai.

Il lui tourna le dos et chercha son chapeau là où il n'était pas.

Ils allèrent à pied, côte à côte, comme si de rien n'était.

— Combien de mecs j'ai ramenés comme ça, dit Brown à un moment. Maintenant je sais l'effet que ça fait.

— Ta gueule ! lâcha Greeley d'entre ses lèvres crispées. (Il vit une voiture prendre un virage dangereusement court juste devant eux.) T'es pas obligé. Il suffit d'un pas dans la mauvaise direction, sans te retourner...

Brown secoua la tête. Greeley sut à qui il pensait.

Un bloc plus loin environ, quelqu'un laissa tomber une ampoule électrique dans un coin sombre d'un des taudis misérables devant lesquels ils passaient ; ils sursautèrent tous les deux et échangèrent un regard penaud, comme pour dire : « On fait une sacrée paire, tous les deux... »

Ils firent encore quelques pas et quelqu'un toussa derrière eux. Greeley se retourna pour jeter un coup d'œil en arrière. Il y avait un flic en uniforme sous la porte devant laquelle ils venaient de passer, qui s'affaissa brusquement et resta étalé, face contre terre sur le pas de la porte.

L'arme au poing, Greeley pivota et fit un saut en arrière. Brown était derrière son épaule. Joe s'accroupit près de l'homme et lui releva la tête. Un filet de sang dégoulinait près de l'oreille du garçon.

— Bernstorff, murmura-t-il. Depuis le temps qu'on...

Le flingue fut arraché de la main de Joe Greeley et quelqu'un s'élança bruyamment dans l'escalier branlant, au mépris de toute espèce de précaution. Joe se releva. Il était seul sur le pas de la porte.

— Bill ! hurla-t-il. Fais gaffe ! C'est ton flingue et y a qu'une balle dedans !

Mais il savait que Brown avait pensé à ça avant de s'élancer.

Joe fonça derrière lui, mais la fusillade éclata avant même qu'il ait atteint le pied de l'escalier. Six claquements secs, vindicatifs, si rapprochés qu'on avait du mal à les compter. Une pause, et puis un seul coup de feu qui sonnait comme une réponse hautaine, assurée, tranquille. Un coup tiré par le genre de pogne capable de viser par-dessus les têtes d'une bande d'écoliers sans trembler.

L'inspecteur William Brown était allongé sur le palier du quatrième étage quand Greeley y arriva. Il y avait un autre corps tassé sur le plancher, à l'autre bout du couloir obscur.

Les yeux de Brown étaient encore ouverts et il vit Greeley quand le visage de Joe frôla le sien alors qu'il passait un bras sous les épaules du détective blessé à mort, pour que son dernier souffle s'échappe plus facilement.

— Ça va, comme ça ? haleta-t-il. On est quittes ?

Brown baissa la tête et la garda baissée.

— Tu ne leur diras pas ?

— Je n'ai rien à dire d'autre... Seulement que tu as eu Bernstorff. Bonne chance, Bill Brown.

La dernière chose que dit Brown, les paupières déjà lourdes, ce fut :

— Je n'étais pas si mariole que ça, finalement.

Si, si... Il était mariole, mon copain, pensa Joe Greeley en détournant la tête, et son admiration était profondément sincère. Plus fort que je ne le serai jamais. C'était ça la question, justement. Un peu plus bête, un peu plus lent, il s'en serait très bien sorti. Un peu moins rapide, un peu plus de maîtrise...

ON CHANGE DE VICTIME

(Change of murder)

A Chicago, un beau soir, Donleavy La Calebasse se mit en route pour aller rendre une petite visite à son ami Passe-passe Williams. Il portait pour l'occasion un pardessus bleu marine ultra-cintré, un *derby* enfoncé jusqu'aux yeux et un .38 niché sous l'aisselle. Il soufflait un petit vent, et il aurait attrapé froid sans ces trois accessoires, surtout le dernier.

Passe-passe et lui se connaissaient depuis des années. Ils en savaient si long l'un sur l'autre qu'ils étaient forcément les meilleurs amis du monde ; autant dire que le .38 était plus une habitude qu'une précaution. Pour être exact Passe-passe n'était pas le nom de baptême du monsieur. Bien qu'il ait une étrange façon de disparaître comme par enchantement pendant de longues périodes, son surnom ne lui venait pas non plus de cette particularité. Il lui avait été donné parce qu'à certains jeux de hasard, par exemple au populaire jeu de dés connu sous le nom de « craps », il excellait à certains tours de main susceptibles de favoriser le hasard.

Non pas que Passe-passe jouât beaucoup aux dés. Il connaissait de meilleures façons de gagner sa vie. Il était fabricant d'alibis semi-professionnels, fourgue à ses heures et arrangeur de coups fourrés en tout genre. Bien que des honoraires confortables aient toujours récompensé ses adroites jongleries avec les heures, les lieux et les circonstances, il lui fallait préserver son statut d'amateur. Il ne figurait pas dans l'annuaire des professions et il n'avait pas d'enseigne à sa porte. Il fallait qu'il vous connaisse ; on ne pouvait pas entrer chez lui comme ça, verser des arrhes et ressortir avec un bel alibi dans un paquet-cadeau. De trop fréquentes apparitions à la barre des témoins pour blanchir des personnes « injustement » soupçonnées de meurtre auraient pu inciter la Justice, méfiante, à loucher un peu trop du côté de Passe-passe.

Mais le score de Passe-passe était si glorieux que faire affaire avec lui, c'était s'acheter un certificat d'immunité. C'est pourquoi Donleavy La Calebasse était en route pour lui rendre visite, car il avait un meurtre en perspective.

La Calebasse aurait été indigné d'entendre employer un mot pareil. Pour lui, il s'agissait de « régler un compte ». Meurtre, c'était bon pour les autres, pas pour lui. Sur la demi-douzaine de « règlements de comptes » qu'il avait déjà à son crédit, il n'avait jamais été à court de bonnes raisons de se faire justice. Il ne tuait pas pour tuer, et même pas pour un profit quelconque. Non, c'était seulement qu'il avait une capacité proprement éléphantesque à entretenir de vieilles rancunes.

Pourtant, si impitoyable qu'il puisse être quand il s'agissait d'effacer de vieilles ardoises, il n'en était pas moins très sentimental. Une chanson irlandaise pouvait lui tirer des larmes si sa bière avait été convenablement corsée. On l'avait vu briser une vitrine à coups de pierres au milieu dc la nuit pour libérer des petits chats emprisonnés. Il arriva donc devant une des boîtes bon marché qui infestent le quartier du Loop, au-dessus de laquelle flambait en lettres rouges une enseigne « A l'Oasis ». Ça n'était ni un club ni un cabaret, seulement un café qui servait à Passe-passe de couverture. Un poste de radio fournissait l'essentiel des attractions. Le barman pencha la tête pour demander :

— Qu'est-ce que ça sera pour vous ?

— Ça sera le patron, dit La Calebasse. Dis-lui que c'est Donleavy.

Le barman ne bougea pas mais se pencha seulement comme pour voir ce qu'il avait en réserve sous le bar. Ses lèvres remuèrent en silence, il se redressa et un pouce jaillit de son poing fermé.

— Là-bas au fond, dit-il. Vous voyez la porte, là-bas ?

La Calebasse voyait et il prit la direction indiquée. Mais avant qu'il n'y arrive, la porte s'ouvrit pour livrer passage à Passe-passe venu lui souhaiter la bienvenue.

— Comment qu' ça va, mon gars ? fit-il avec bienveillance.

— Faut que j' te cause, fit La Calebasse.

— Pas de problème, fit Passe-passe. Donne-toi la peine d'entrer.

Il le guida, un bras gentiment passé autour de ses épaules, se retourna pour scruter l'horizon autour de l'établissement et referma la porte derrière eux.

Il y avait un petit couloir avec une cabine téléphonique de chaque côté, qui menait à la porte ouverte du bureau de Passe-passe. Sur la cabine de gauche était accroché un écriteau « Hors service ». En passant, La Calebasse le bouscula et le fit tomber. Passe-passe le ramassa soigneusement et le remit en place avant d'entrer derrière lui dans le bureau. Puis il referma la porte derrière eux.

— Alors, dit-il, qu'est-ce que tu penses de ma nouvelle cambuse ? C'est chic, hein ?

La Calebasse regarda autour de lui. Sur le bureau que venait de quitter Passe-passe, il y avait un .38, démonté. A côté de l'arme, un morceau de peau de chamois sale et un petit tas de balles sorties du barillet. Calebasse sourit finement :

— Tu t'attends à des ennuis ? demanda-t-il.

— J' fais ça tous les jours, j'aime bien jouer avec, les nettoyer, expliqua Passe-passe. Ça fait passer l' temps. Avec ça qu'ici, je fais comme qui dirait des heures de bureau. J'en ai une belle collection, quèqu'fois je les sors et je les passe en revue, ça me rappelle des souvenirs. (Il s'assit, ramassa les balles dans le creux de sa main et les replaça une à une dans le barillet.) Alors, qu'est-ce que j' peux faire pour toi ? dit-il, tout absorbé par sa tâche.

La Calebasse s'assit brusquement en face de lui.

— Ecoute. J'ai un petit compte à régler demain soir, commença-t-il d'un ton confidentiel. Tu veux bien m'arranger quèqu'chose ? Quèqu'chose de bien...

— Un meurtre ? demanda Passe-passe, sans même lever les yeux. Encore ?

— Comment, encore ? J'ai pas utilisé mon feu depuis dix-huit mois, protesta vertueusement La Calebasse.

— P'têt', bien, mais c'est que t'en as passé douze au trou, à c' que j'ai entendu dire. Pourquoi tu laisses pas tomber un peu ? Tu devrais prendre des vacances.

— C'était pas pour un meurtre que j' m'étais fait signaler, rectifia La Calebasse. Tu devrais le savoir, c'est toi qui m'as arrangé le coup la dernière fois. C'est parce que j'avais renversé une vieille dame en apprenant à conduire avec la bagnole d'un copain.

Passe-passe remit en place avec un bruit sec le barillet de son arme et la reposa.

— Ça me fait penser, dit-il en s'approchant d'un petit coffre mural. J'ai bien l'impression que tu m' dois encore un p'tit quelque chose sur cette affaire de Cincinnati que je t'ai arrangée.

— C'est vrai, reconnut placidement La Calebasse en tapotant sa poche intérieure de veston. J'ai justement l'oseille sur moi.

Mais Passe-passe ne s'en laissait pas conter comme ça ; il ouvrit le petit coffre encastré, en sortit une poignée de papiers et les examina un à un.

— La voilà, c'est bien ça, fit-il. Cent cinquante dollars, déguisés en dette de jeu. Tu m'avais donné les autres cent cinquante la veille, tu te rappelles ?

Il remit le reste dans le coffre, et apporta la petite note qu'il posa sur le bureau tout en gardant la main dessus.

La Calebasse compta laborieusement des billets de dix en mouillant son pouce. Quand il eut fini, il poussa la petite liasse sur le bureau !

— Et voilà...

— Tu veux que je déchire ça ? suggéra Passe-passe en faisant glisser la reconnaissance de dette d'une main et en ramassant l'argent de l'autre.

— Je m'en charge, dit La Calebasse. (Il regarda le papier, le plia soigneusement avant de le ranger.) Ça pourrait te sortir de la tête. (Il n'y avait aucune animosité de part et d'autre.) Alors, qu'est-ce que t'en dis ? continua-t-il. Pour demain soir, tu t'occupes de moi ?

Passe-passe reprit le .38 et la peau de chamois et se remit à nettoyer.

— Tu deviens un client à risques, La Calebasse, murmura-t-il tout en soufflant délicatement un peu de buée sur le métal de son arme. Une ou deux fois, c'est du gâteau, mais toi, tu y reviens trop souvent. Si je ramène ma fraise à tous les coups lorsque t'es mouillé, de quoi j'ai l'air? Ils flairaient déjà une embrouille à Cincinnati, l'autre fois, ils sont revenus me cuisiner pendant des semaines. (Il continuait à frotter amoureusement.) Ça sera cinq cents, cette fois-ci, si je m'occupe de toi, annonça-t-il à son client. Ça devient un peu plus coton chaque fois de t'arranger un coup qui tienne debout.

— Cinq cents! s'écria La Calebasse avec fougue. T'es dingue! Pour ce prix, je peux me payer une demi-douzaine de gus pour le faire à ma place!

Passe-passe, impassible, montra la porte d'un mouvement de tête.

— Alors, vas-y, je m' demande pourquoi tu viens me voir.

Mais La Calebasse ne manifestait pas l'intention de s'en aller.

— Tu sais aussi bien que moi, continua Passe-passe, que les gars que t'engagerais iraient se déboutonner dans la première arrière-salle de commissariat où on les emmènerait passer une heure. Sans compter, ajouta-t-il d'un air finaud, que ce qui te plaît, c'est de le faire toi-même.

La Calebasse opina vigoureusement :

— C'est vrai. On règle pas ses comptes en appuyant sur un bouton de commande à distance. Ça me plaît de voir la gueule qu'y font quand y voient arriver le pruneau que je leur réserve. Ça me plaît de les voir perdre l'équilibre et tomber, comme qui dirait au ralenti, tu vois ce que je veux dire? (Il compta l'argent qui lui restait en main.) J' te donne cent dollars tout de suite, c'est tout ce qui me reste sur moi. J' te promets que j' te file les quatre cents autres quand l'affaire sera tassée. De toute manière, j' vais pas te donner tout d'avance. Ça se fait nulle part.

Il glissa l'argent d'un air tentateur sous la main de Passe-passe.

— Qu'est-ce t'en dis ? C'est du billard, ça se fera tout seul... Tu m'arrangeras ça les doigts dans le nez. (Et, pour flatter sa vanité professionnelle.) J'aurais pu lui faire son affaire la semaine dernière à Gary, mais j'ai laissé tomber. J'ai pas voulu me lancer sans une bonne petite esbroufe à ta façon pour assurer mes arrières.

Passe-passe reposa sa peau de chamois, fit claquer un ou deux fois la liasse de billets sous l'ongle de son pouce et la plaqua enfin sur le bord du bureau en guise d'assentiment.

— Mets-moi un peu au parfum, dit-il, bougon. Et tâche que ça soit la dernière fois d'ici un bout de temps, hein ? J' suis pas Houdini, moi.

La Calebasse approcha sa chaise avec empressement.

— J'ai mes raisons de vouloir sa peau. Ce mec-là, il a marché sur mes plates-bandes. T'a pas besoin de savoir qui c'est et je te le dirai pas. Je l'ai suivi jusqu'ici depuis Gary au début de la semaine, comme je t'ai dit, et depuis, je lui ai filé le train. Y s'attend pas à ce qui va lui arriver, c'est ça le plus beau. (Il joignit les mains, cracha dedans et se les frotta vigoureusement, les yeux brillants.) Y crèche dans un hôtel miteux du North Side, et de la façon dont c'est fait, c'est du tout cuit. J'ai fait des croquis toute la semaine et j' connais l'endroit par cœur.

Il sortit un crayon et un papier et se mit à griffonner. Passe-passe se pencha en avant, intéressé, et l'avertit :

— Parle doucement, tu veux.

— Y'a sept étages et sa piaule est sous les toits.

J'ai même pas besoin d'entrer ni de sortir par la porte et je risque pas de croiser quelqu'un pour arriver chez lui, tu comprends ? La fenêtre de sa piaule donne sur une cheminée d'aération qui fait un renfoncement dans le mur. Y'a pas d'échelle d'incendie, rien, juste un tuyau qui monte le long de la cheminée. Juste en face de la cheminée y a un immeuble d'appartements de six étages tout contre l'hôtel. C'est tellement minable qu'y ferment même pas la porte qui va sur le toit, on y monte directement en entrant par la rue. J'y ai passé toute la semaine, à plat ventre, à regarder dans sa piaule. J'ai caché une planche là-haut, qui m'attend pour quand je voudrai traverser. J'ai même mesuré la distance à l'appui de sa fenêtre pendant qu'il était sorti et la planche est largement assez longue. Il est au septième étage, l'autre immeuble a six étages, ce qui fait que le toit est à même pas un mètre au-dessus du haut de sa fenêtre, la planche sera même pas assez inclinée pour que ce soit difficile de revenir... (Il tendit les mains dans un geste triomphant.) Je tire à travers une grosse patate et on n'entendra même pas de la pièce à côté. Alors de la rue, tu parles...

Passe-passe se curait le nez d'un air songeur.

— Y'a du pour et y'a du contre, admit-il. Fais gaffe au coup de la planche. Rappelle-toi ce qui est arrivé l'autre fois à Hopewell.

— Je l'ai même pas rentrée avec moi dans la maison, exulta La Calebasse. Elle était à moitié passée et je l'ai foutue par-dessus la palissade de la cour.

— Et s'il te voit arriver sur ton truc, il a le temps de foutre le camp, non ?

— J'entre pendant qu'il est sorti et je l'attends dans la penderie jusqu'à ce qu'y revienne. Y laisse sa fenêtre ouverte en bas quand y sort, pour aérer.

— Et les autres fenêtres à l'étage ? T'as pas peur que quelqu'un mette le nez à sa fenêtre et te voie traverser ?

— Y'a pas de renfoncement dans le mur de l'immeuble en face et pas de fenêtre du tout de ce côté-là. Du côté de l'hôtel y'a une fenêtre par étage dans la cage d'aération, toutes à l'aplomb de la sienne. La chambre juste au-dessus est vide depuis avant-hier... rien à craindre. Et au cinquième étage et en dessous, je ne crois pas qu'ils pourraient voir la planche à cette distance et contre le ciel noir ; elle est peinte en vert foncé et la cage d'aération est noire comme un four. Voilà pour ce qui est de moi, c'est un jeu d'enfant. A toi de jouer. Qu'est-ce que tu comptes faire de ton côté pour qu'il soit bien clair que c'est pas moi qu'ai fait le coup pour la bonne raison que j'étais pas là ?

— T'as besoin de combien de temps ? demanda Passe-passe.

— Une demi-heure à tout casser pour aller et revenir après l'avoir refroidi, dit La Calebasse.

— J' te donne une heure pour partir d'ici et r'venir, trancha Passe-passe. Maintenant signe-moi ce papier et écoute-moi bien. Si ça foire, faudra t'en prendre qu'à toi.

La Calebasse lut le papier que Passe-passe avait rempli. Comme pour la dernière transaction de ce genre entre eux, il avait maquillé la chose en dette de jeu et ça n'avait strictement aucune valeur légale. Ça n'était d'ailleurs pas nécessaire. La Calebasse savait ce qu'il en coûtait de rechigner devant un de ces petits papelards. Il n'était pas question d'échéance, mais Passe-passe était finalement plus sûr de rentrer dans ses frais que n'importe quel créancier bardé de toutes sortes de garanties légales.

La Calebasse traça laborieusement *Calebasse Don-*

leavy au bas du document, la bouche ouverte, et le rendit à Passe-passe qui le remit dans le coffre à côté des cent dollars et referma sans prendre la peine de fermer à clé.

— Maintenant, viens avec moi un instant, dit-il que je te montre quelque chose.

Une fois dans le couloir entre les deux cabines téléphoniques il dit :

— Ecoute ça et garde-le pour toi, tu l'as payé cinq cents dollars, mon tuyau : on ne peut ni entrer ni sortir de mon bureau autrement que par le devant, comme t'es entré. Pas de fenêtre, rien. Une fois que t'es entré, c'est clair que t'y es, jusqu'à ce que tout le monde là-bas devant te voie ressortir. (Il poussa son coude dans les côtes de la Calebasse.) Mais j' vais te montrer comment tu vas sortir et comment tu vas rentrer une fois que t'auras réglé ton affaire là-bas.

Il décrocha l'écriteau « Hors Service », le mit sous son bras, et poussa la porte vitrée qui fermait la cabine.

— Vas-y, entre, comme si t'allais donner un coup de fil... Et pousse fort sur le mur du fond de la cabine.

Ce que fit La Calebasse, qui faillit tomber en arrière. Le mur tournait sur ses gonds comme une porte. Il jeta un coup d'œil rapide autour de lui et vit qu'il se trouvait au fond d'un garage mal éclairé. La plus proche ampoule électrique était placée très loin. L'extérieur de la porte était blanchi à la chaux pour se confondre avec le mur de plâtre. La carcasse bosselée d'une vieille voiture à laquelle manquaient les roues était placée de façon à masquer la sortie dérobée.

La Calebasse rentra et la porte retomba derrière lui. Il sortit de la cabine. Passe-passe referma et remit l'écriteau en place.

— Le garage est à moi, fit-il remarquer, mais ne te fais quand même pas voir par le gars. Y n' connaît pas le truc. Et de ce côté-ci, le barman non plus. J'ai fait faire c'te cabine factice exprès pour moi.

— Et ça s'ouvre de dehors quand on veut rentrer ? voulut savoir La Calebasse.

— Non. Faut que tu laisses un petit carton pour la coincer en sortant, comme un chausse-pied, lui dit Passe-passe, mais en faisant attention qu'on voit pas la lumière par la fente. Bon. A quelle heure tu radines ?

— Dix heures, fit La Calebasse. Y rentre toujours vers la même heure tous les soirs, vers dix heures et demie.

— D'accord, dit Passe-passe d'un ton décidé. Tu me demandes là-bas devant, comme ce soir. Je viens, on se fout quelques bonnes claques dans le dos, on écluse un ou deux godets au bar. Et pis on revient ici et on entame une petite partie de poker à deux, entre amis. Je demande à boire et le barman qui nous apporte ça nous voit tous les deux en bras de chemise. On gueule tant et plus pour qu'on nous entende bien de là-bas... Je m'assurerai que la radio ne marche pas. Et puis ça se calme et toi, tu fous le camp. Je pousserai une gueulante de temps en temps, comme si t'étais toujours là avec moi. Quand tu seras revenu, on ressort tous les deux et je t'accompagne jusqu'à la porte. Tu fais celui qu'a gagné gros et tu payes une tournée avant de partir... Comme ça tout le monde se rappellera, tu comprends. Et voilà ton alibi aux petits oignons.

La Calebasse le regardait avec admiration.

— Vingt Dieux, dit-il. A t'entendre, ça les vaut presque, les cinq cents dollars !

— Merde alors ! dit Passe-passe d'un air lugubre. Je ne gagne quasiment rien, moi, là-dedans. Rien que d'installer cette cabine-bidon, j'en ai eu pour cent cinquante dollars.

Il se rassit à son bureau, reprit son .38 et son chiffon et se remit à astiquer.

— Encore un mot. Si tu reviens en taxi, fais des zigzags, change de voiture plusieurs fois. Ne leur laisse aucune chance de te filer le train jusqu'au garage. Je t'ai dit, il m'appartient.

Il loucha le long du canon de son arme, en direction de la crosse, et souffla doucement dessus.

— Fais gaffe, avec ton feu. Tu l'as rechargé, j' te signale, fit La Calebasse, nerveux. Un de ces jours tu vas te faire sauter la cervelle, à jouer au con comme ça. Bon. Ben j' vais rentrer me coucher et pioncer pour être en forme demain soir.

Il leva un sourcil en guise de salut et sortit.

— Qu'est-ce qu'il a, le poste ? Il est naze ? demandait un habitué le lendemain soir quand La Calebasse entra dans le bar. Un silence inhabituel régnait sur l'*Oasis*, bien qu'il y ait des clients en double file devant le comptoir.

— Y va falloir le faire réparer, répondit sèchement le barman.

En voyant arriver La Calebasse, il plongea sous le comptoir sans qu'on lui dise rien et approcha sa bouche du tuyau acoustique que Passe-passe avait bricolé entre le bar et son bureau. La porte du fond s'ouvrit et Passe-passe fit irruption, rayonnant de cordialité, pour accueillir son copain. Toutes les têtes se tournèrent.

Passe-passe et La Calebasse, se tenant chaleureusement par les épaules, se firent une place au comptoir.

— A boire pour mon pote Donleavy, commanda Passe-passe. (La Calebasse voulut payer.) Pas question, t'es chez moi, protesta Passe-passe.

Ils s'égosillèrent comme ça pendant cinq minutes jusqu'à ce que le barman pose une paire de dés devant eux. Les dés cliquetèrent activement pendant un moment, suivis par des regards paresseux. Finalement Passe-passe les repoussa avec impatience.

— Ça commence à m'énerver, se confia-t-il. J' connais un meilleur moyen de prendre ma revanche ! Allez, viens dans mon bureau, on va se faire ça aux cartes.

La porte se referma derrière eux.

— Y z'en ont pour la nuit, fit le barman d'un air sagace.

Une fois derrière la porte, toute leur belle cordialité s'évanouit. Ils se mirent au travail en silence, froidement. Passe-passe ouvrit un paquet de cartes neuf, les éparpilla sur la table. Il se débarrassa de son pardessus et de son veston qu'il pendit à une patère. La Calebasse en fit autant, découvrant son étui d'aisselle. Ils prirent chacun cinq cartes au hasard et s'assirent l'un en face de l'autre.

— A toi de mettre, murmura Passe-passe en tapotant la table.

La Calebasse prit une pleine poignée de monnaie et de billets d'un dollar qu'il jeta entre eux sur la table. Ils se détendirent et examinèrent attentivement leur jeu.

— Vas-y, joue, marmonna Passe-passe, y va nous apporter à boire tout de suite.

La deuxième porte, entre le bureau et les cabines téléphoniques, avait été laissée ouverte. La Calebasse se débarrassa de deux cartes et en prit deux. La porte du fond s'ouvrit brusquement et le barman entra avec deux verres et une bouteille sur un plateau. Il avait laissé la porte ouverte et, pendant quelques minutes, ils furent visibles de tous les clients du bar. Il posa la bouteille et les verres et s'arrêta pour regarder par-dessus l'épaule de son patron. Ses yeux s'écarquillèrent : Passe-passe avait un flush royal. C'était tombé comme ça.

— Allez, dégage, dit Passe-passe, et laisse-nous tranquille. Y faut que j' me concentre.

L'homme ressortit avec son plateau, ferma la porte derrière lui et retourna dire aux clients que son patron avait un pot du tonnerre.

Passe-passe retourna son jeu pour que La Calebasse apprécie.

— Fais un maximum de boucan, ordonna-t-il, et taille-toi ! Et n'oublie pas de caler la porte, sans ça tu rentres pas.

La Calebasse s'affairait à enfiler veston, pardessus et cache-poussière et à boutonner tout ça. Il abattit son poing sur la table avec assez de force pour l'ébranler et lâcha une bordée de jurons sonores. Passe-passe lui répondit sur le même ton ; leurs visages étaient totalement inexpressifs.

— Je pousserai une gueulante de temps en temps, comme si t'étais toujours avec moi, promit Passe-passe.

La Calebasse vida son verre, joignit les mains et fit le geste de serrer celles de son pote, poussa la porte de la cabine qui portait l'écriteau et se faufila à l'intérieur. Il referma la porte, déchira le rabat d'une pochette d'allumettes et le plia, puis poussa la porte du fond et se glissa dehors. Une fois calée par le petit carton, il restait juste de quoi tirer la porte avec les ongles.

Le fond du garage était plongé dans l'obscurité. Il s'avança en contournant la carcasse abandonnée et regarda autour de lui. Le seul employé était loin devant l'entrée, en train de parler à un automobiliste qui venait de s'arrêter.

La Calebasse fila vers eux, mais en rasant le mur, à

l'abri d'une longue rangée de voitures garées, se pliant en deux pour franchir chaque trouée entre une voiture et la suivante. L'une d'elles avait été garée trop près du mur ; il lui fallut grimper sur le pare-choc arrière et faire de l'équilibre dessus comme un singe pour franchir l'obstacle. La dernière de la rangée était à une bonne quinzaine de mètres de l'entrée, et un large espace vide, taché d'huile, le séparait encore de la rue. Il resta un moment dans l'ombre de la dernière voiture. Une minute plus tard, le client s'éloignait à pied, le mécanicien montait dans la bagnole et passait près de la cachette de Calebasse pour se ranger au fond du garage. C'était le moment ou jamais de sortir sans être vu. Il n'en avait pas espéré tant. Il se releva et traversa d'un sprint l'étendue de béton, tourna le coin du garage et s'éloigna d'un pas tranquille sur le trottoir.

Deux rues plus loin, il prit un taxi, le quitta à mi-chemin de son trajet. Il entra dans une boutique, demanda le prix d'un stylo et prit un autre taxi. Cette fois-ci, il descendit à deux rues de sa destination. Le taxi s'éloigna d'un côté, lui de l'autre, et il tourna le coin. Il se dirigea sans hésiter vers l'immeuble minable, comme s'il y habitait ; il ne regarda pas derrière lui en entrant, et surtout il ne commit pas l'erreur de passer devant une première fois et de revenir sur ses pas.

Il n'y avait personne sur le perron pour le voir passer. Il poussa la porte et monta tranquillement l'escalier, comme s'il rentrait chez lui fatigué. Décidément, la chance était avec lui ce soir, il ne croisa personne dans les six étages, alors que la maison entière bourdonnait comme une ruche.

Quelqu'un sortit et descendit l'escalier, mais il était déjà deux étages au-dessus. Passé le dernier étage, son pas s'allégea et se fit plus rapide. La porte qui menait au toit, fermée par un loquet à l'intérieur, ne grinça pas ; il avait huilé les gonds lui-même deux jours plus tôt. Il la referma derrière lui et se retrouva dans le noir, à avancer silencieusement sur du goudron. La planche était là où il l'avait laissée, du côté opposé à l'endroit où il allait s'en servir, de façon à ce que quelqu'un qui la verrait dans la journée ne puisse pas établir un lien avec la fenêtre de l'hôtel, de l'autre côté de la cage d'aération. Il la prit, la posa par terre, se mit à plat ventre et regarda par-dessus le bord du toit.

Il se fit à lui-même un sourire en coin. La chambre derrière la fenêtre était sombre, son occupant n'était pas rentré. Le panneau inférieur de la fenêtre était soulevé d'une vingtaine de centimètres, pour donner un peu d'air. Exactement ce qu'il avait dit à Passe-passe ! La fenêtre au-dessous était vide ; ils n'avaient pas loué cette chambre depuis la veille. La deuxième et la troisième fenêtre au-dessous étaient sombres aussi ; il n'y avait pas une seule lumière au-dessus du troisième étage et à cette distance la fenêtre était grande comme un timbre-poste. Tout ça baignait dans l'huile.

Il se mit à genoux, passa la planche par-dessus le rebord de zinc et la laissa doucement descendre en direction de la fenêtre. Il gardait un pied appuyé dessus pour que son propre poids n'entraîne pas l'autre extrémité au-dessous du niveau de l'appui de la fenêtre. La planche passa sur le rebord de la fenêtre et repoussa le rideau sous la vitre relevée. Il la laissa doucement prendre appui et le tour fut joué. Il s'assura qu'elle dépassait bien du rebord du toit pour qu'elle ne risque pas de glisser une fois qu'il serait dessus ; puis il la lâcha, s'essuya les mains, se releva, mit le pied dessus et s'élança avec assurance.

Il n'avait pas peur qu'elle cède sous son poids ; il

l'avait testée plusieurs fois sur le toit. Il s'accroupit, attrapa un bord avec chaque main et commença la traversée à quatre pattes. La distance n'était pas grande, et il évita de regarder en bas, gardant les yeux rivés sur la fenêtre en face. Il y avait une légère pente, mais pas assez pour que ce soit impressionnant. Il faisait attention de placer son poids bien au milieu pour ne pas faire basculer la planche. En somme, tout marchait comme sur des roulettes. L'affaire était dans le sac. Le panneau de la fenêtre avança à sa rencontre jusqu'à ce qu'il ait le nez dessus, et il se contorsionna pour se glisser dessous dans la chambre. Ça n'était pas plus difficile que ça !

La première chose qu'il fit fut de remettre le panneau de la fenêtre au niveau où il l'avait trouvé. Puis il repoussa un peu la planche pour qu'elle ne soulève pas le rideau de façon trop voyante, mais il la laissa en place. Pas besoin d'allumer ; il avait repéré la position de chaque meuble de son poste d'observation sur le toit en face. Il ouvrit la penderie, et repoussa un peu les vêtements d'un côté pour se faire une place. Puis il sortit son .38 de dessous son bras, s'approcha de la porte de la chambre et tendit l'oreille. Pas un bruit dehors. Il fouilla dans la poche de son cache-poussière et en sortit une grosse pomme de terre crue dans laquelle un petit trou avait été consciencieusement creusé. Il l'enfonça sur le canon de son pistolet en guise de silencieux, en s'assurant que ça tenait bien. Puis il s'assit un moment sur une chaise, son arme à la main, les yeux fixés sur la porte.

Au bout d'environ un quart d'heure, une porte d'ascenseur claqua quelque part dans le lointain. Il se leva, entra à reculons dans la penderie et referma la porte devant lui. Il laissa une infime ouverture, une petite fente de visibilité, de quoi guetter d'un œil. Le sourire en coin était revenu sur son visage. Une clé tourna dans la serrure. La porte s'ouvrit et une silhouette noire se découpa sur la lumière du couloir. La porte se referma et la lumière jaillit dans la chambre.

Pendant un bref instant, le visage de l'arrivant fut dans sa ligne de mire, et La Calebasse hocha la tête, satisfait ; c'était la bonne chambre et le bon locataire, et surtout le dernier gag, improbable mais toujours possible qui aurait pu faire échouer son plan était écarté : il était rentré seul.

Et puis le visage sortit de son mince champ visuel. La clé fit du bruit en tombant sur la vitre qui recouvrait le bureau, un bout de manteau sombre sur le dessus de lit blanc, puis il y eut un déclic et un poste de radio miniature se mit à chauffer avec un bourdonnement sourd. Le type bâilla bruyamment et il l'entendit se déplacer dans la pièce. La Calebasse attendait, son flingue étouffé à la main.

L'ouverture de la porte se produisit avec la rapidité d'un obturateur d'appareil photo. Ils se retrouvèrent face à face, à pas plus de vingt centimètres l'un de l'autre. L'homme avait une main sur la poignée de la porte et son autre main tenait le manteau prêt à l'accrocher. Il commença par le laisser tomber par terre. La Calebasse n'eut pas à lever son arme, elle était déjà en position. Le visage du mec passa du rose au blanc puis au gris, se mit à se déformer comme une sorte de gelée prête à couler sur son support osseux. Il fit un pas très lent en arrière pour ne pas tomber, et La Calebasse fit un pas très lent en avant. Il repoussa le manteau du pied sans le regarder.

— Alors, Hitch, dit-il doucement, les trois premières portent ton nom gravé. Tu peux fermer les yeux si tu veux.

Hitch n'en fit rien ; au contraire, ses yeux devinrent gros et ronds comme des œufs durs épluchés. Sa bouche et sa langue remuèrent pendant une bonne minute sans parvenir à sortir un son.

Finalement, il articula :

— C'est pour quoi ?

La Calebasse n'entendit que parce qu'il était très près.

— Tourne-toi lentement pendant que j' te rafraîchis la mémoire, dit-il. Papattes en l'air comme un bon chien qui veut un susucre.

Pendant que la victime tournoyait lentement sur place comme une toupie en train de s'arrêter, les mains pendant à hauteur des épaules, La Calebasse lui asséna prestement quelques tapes aux endroits stratégiques pour s'assurer qu'il n'était pas armé.

— Ça va, fit-il. C'est la dernière fois que tu prends un peu d'exercice.

L'autre arrêta de tourner, ses genoux fléchirent un peu et il resta là, suspendu comme à une corde à linge.

Le poste de radio miniature avait fini de chauffer et le bourdonnement avait cessé tandis qu'une troisième voix se faisait entendre dans la pièce, métallique et chevrotante. Le regard de Calebasse se porta un instant dans cette direction puis revint au visage terreux en face de lui.

— Je suis sorti du trou y'a six mois, grogna-t-il, et la première chose que j'ai faite c'est d'aller voir ma copine de l'an dernier. Goldie on l'appelle. Tu m'avais vu avec elle, tu t' rappelles ?

Les yeux de Hitch se mirent à rouler dans leurs orbites comme des plombs de chasse.

— Pas trace de Goldie, reprit La Calebasse, alors je demande autour de moi, et qu'est-ce que j'apprends ? Qu'un salopard du nom de Hitch, qu'était censé être un pote à moi, s'est tiré avec Goldie pendant que j'avais le dos tourné. Alors, écoute-moi bien. (Il ébaucha un mouvement du bout du canon de son arme.) C'est pas tellement la grognasse qui me chagrine ; c'est des connes et j'en voudrais plus, même si elle revenait. Mais personne me fait un truc comme ça, à moi. Que ça soit les affaires, une bonne femme ou simplement des remarques désobligeantes, c'est du pareil au même, le mec qui me marche sur les pieds, je lui règle son compte.

Sa peau blanchit sur la jointure de son index qui se crispait sur la détente. Les yeux de Hitch, rivés dessus, s'écarquillèrent comme d'énormes loupes.

— J' peux dire un mot ? fit-il d'une voix rauque.

— Ça t'avancera à rien, assura La Calebasse, mais vas-y toujours, fais voir un peu ton boniment. De toute façon, ma réponse à moi, elle est derrière cette patate.

Hitch se mit à trembler de tous ses membres, pressé de cracher le plus grand nombre de mots possible dans le minimum de temps.

— Je te mens pas, tu me tiens et ça me servirait à quoi ? Elle crevait la dalle, bégaya-t-il, y lui restait plus rien du fric que tu lui avais laissé... (Au plus fort de sa panique, il prit la peine d'évaluer du regard la réaction de La Calebasse à ses déclarations.) Je sais qu' tu l'avais pas laissée sans rien, mais elle s'est fait tirer son fric, on l'a ratissée, corrigea-t-il. Elle est venue me voir, elle avait pas de quoi se payer un repas, pas un endroit où dormir. Je... j'ai commencé à m'en occuper pasque t'étais mon pote...

La Calebasse poussa un grognement méprisant. La sueur ruisselait sur la figure de Hitch. La voix qui parlait à la radio avait été remplacée par une musique douce et plaintive. La Calebasse jeta un nouveau coup d'œil dans cette direction, s'y attarda un instant et revint à son vis-à-vis.

— T'aurais pas fait la même chose, dis? plaida Hitch. Tu l'aurais pas fait?

Et pis, c'est arrivé comme ça, on a commencé à en pincer l'un pour l'autre...

La Calebasse ne clignait pas une paupière, mais le canon de son arme avait un peu baissé, visant la cuisse de sa victime et non plus sa poitrine; c'était peut-être le poids de la pomme de terre. La tête de Hitch s'inclinait avec, les yeux rivés dessus; il avait l'air de fixer le plancher d'un air contrit.

— On savait qu'on aurait pas dû. On en a beaucoup causé, tous les deux; on se disait que t'étais un type formidable... (un peu de couleur était revenue à ses joues; il était encore pâle mais il n'était plus gris. Il avalait sans arrêt sa salive, soit que l'émotion ait été grande soit qu'il lui ait fallu se maintenir le gosier lubrifié.) Finalement, on a craqué... on en pouvait plus... on s'est mariés...

Un discret sanglot épaissit sa voix.

Pour la première fois, La Calebasse manifesta son étonnement; sa bouche s'ouvrit un peu et resta entrouverte, Hitch semblait puiser son inspiration dans le dessin du tapis qu'il avait sous les yeux.

— Et pis c'est pas seulement ça... mais Goldie a un môme maintenant. On a un bébé... (Il leva les yeux d'un air penaud.) On lui a donné ton nom...

Le pistolet était maintenant dirigé vers le plancher; l'espace entre le nez de La Calebasse et son menton s'était allongé. Sa bouche s'était détendue.

— Attends voir, j'ai une de ses lettres là dans le tiroir... T'as qu'à lire toi-même. Ouvre-le, l'invita Hitch, pour être sûr que j'essaie pas de te faire une entourloupe. J' vais me mettre contre le mur.

La Calebasse passa devant lui, ouvrit brusquement le tiroir et regarda dedans.

— Sors-la, dit-il d'une voix incertaine.

Hitch avait posé un moment la main sur le petit poste de radio ; le volume augmenta. « Ce n'est qu'une chanson au crépuscule », susurrait la voix. Il fouilla précipitamment dans le tiroir, sortit une enveloppe dont il tira fiévreusement une feuille de papier. Il déplia la lettre, la tourna vers La Calebasse, lui montra la signature.

— Tu vois, c'est d'elle… Goldie.

— Montre-moi pour le môme, dit La Calebasse d'un ton bourru.

Hitch tendit le papier en montrant du doigt le bas de la première page.

— Tiens, c'est là, t'as qu'à lire… Je la tiens.

La Calebasse avait de bons yeux, il n'eut pas besoin de s'approcher. C'était écrit noir sur blanc. *Je m'occupe de ton bébé. Je pense à toi chaque fois que je le regarde.*

Hitch laissa retomber la lettre. Sa mâchoire tremblait.

— Eh ben voilà. Vas-y, mon vieux, fais ce que tu t'es dit que tu ferais, soupira-t-il.

Le front bas de La Calebasse était creusé de profonds sillons par un effort surhumain de réflexion. Son regard allait du poste de radio à la lettre sur le plancher et de nouveau au poste. « Et dans la douceur du crépuscule », continuait la voix, « s'élève une chanson d'amour… » Il cligna des paupières à deux reprises. Ses yeux n'étaient pas vraiment humides, mais ils avaient pris un aspect un peu gélatineux et son regard était lointain. Hitch semblait ne même pas respirer tellement il se tenait immobile.

Il y eut un *plouf* et la pomme de terre se retrouva fendue en deux sur le tapis. La Calebasse reprit laborieusement ses esprits.

— Et vous lui avez donné mon nom ? dit-il. Donleavy Hitchcock ?

L'autre acquiesça d'un air mélancolique.

La Calebasse poussa un profond soupir.

— Je sais pas si je fais pas une connerie, fit-il d'un air malheureux. Je devrais p'têt' pas te laisser t'en tirer comme ça ; c'est p'têt' con. C'est bien la première fois que je change d'avis. (Il lui jeta un regard dégoûté.) Mais tu m'as fait passer l'envie, maintenant... (Il fourra le pistolet sous son bras et attrapa la clé de la chambre sur le bureau.) Attends un moment dans le couloir, ordonna-t-il sèchement. J'ai pas l'intention de sortir par la porte, j' m'en vais comme je suis venu, d'accord ? Comme ça, y'aura pas d'embrouille. T'as qu'à leur dire que t'as laissé ta clé à l'intérieur. Je veux pas que tu soyes dans la chambre derrière moi pendant que je traverse, vu ?

Hitch était presque à la porte avant qu'il ait fini de parler.

— Et fais pas le malin, ou je peux encore changer d'avis, l'avertit La Calebasse. (Il passa une jambe par la fenêtre, s'assura que la planche était en place et tourna la tête pour demander :) Il a les yeux de quelle couleur, ce lardon ?

Mais Hitch n'avait pas demandé son reste, il était déjà dans le couloir, à s'éponger le front tout en courant.

Traînant ses pieds derrière lui sur sa planche comme un infirme, La Calebasse marmonna d'un air sombre :

— J' pouvais quand même pas le flinguer ; il a appelé son fils comme moi. P'têt' bien que Passe-passe avait raison. Je devrais p'têt' raccrocher un peu. J'ai descendu assez de mecs comme ça. Ça peut pas faire de mal d'en laisser courir un. P'têt' même que ça me portera bonheur.

Ce fut encore plus facile au retour qu'à l'aller. L'inclinaison de la planche facilitait les choses. Il franchit le petit parapet et atterrit sur le toit de l'immeuble. Il tira la planche derrière lui. Puis il sortit la clé de la chambre de Hitch de sa poche et la laissa tranquillement tomber dans la cage d'aération. Il se frotta les mains pour les essuyer avec un curieux sentiment de grandeur d'âme, d'avoir accompli une bonne action, un sentiment nouveau qu'aucun des meurtres qu'il avait effectivement commis ne lui avait jamais jamais procuré. Il releva d'un coup de pouce désinvolte l'arrière de son chapeau, ouvrit la porte du toit et descendit l'escalier pour regagner la rue. Ça n'avait plus aucune importance qu'on le voie, mais comme à l'aller, il ne croisa personne.

Il arriva sur le trottoir et chercha un taxi pour retourner chez Passe-passe ; il allait récupérer ses cent dollars, bien sûr ; il n'avait plus besoin d'un alibi. Fallait espérer que Passe-passe allait pas essayer de garder les arrhes, mais en tout cas, il pourrait lui montrer son flingue, toujours chargé, pour le convaincre qu'il n'avait rien fait. C'était pas un coin pour trouver un taxi ; il n'y en avait pas en vue, et il se mit à marcher en attendant d'en trouver un. Il se sentait tellement bien qu'il remonta encore d'un cran l'arrière de son galure.

— Merde alors, ça fait quand même quèqu' chose de savoir qu'y'a un môme qui porte mon nom, marmonna-t-il.

Pendant ce temps-là, Hitch était revenu dans sa chambre après avoir envoyé un grouillot ouvrir la porte avec un passe pour être sûr que la voie était libre. Il avait fermé la porte, verrouillé la fenêtre et baissé le store, et pour être tout à fait tranquille, il s'apprêtait à déménager et à aller dormir ailleurs dès qu'il aurait rassemblé ses affaires. Mais pour le moment, il était absolument incapable de rien faire, appuyé sur le bureau, son corps tout entier agité d'un tremblement, sa tête de soubresauts incontrôlés. Ce n'était pas la peur qui lui secouait la carcasse, mais un rire énorme et inextinguible. Il tenait à la main la lettre de l'ancienne dulcinée de Calebasse, Goldie, qu'il avait ramassée par terre. En bas de la première page, on pouvait lire, comme avait pu le constater Calebasse : « *Je m'occupe de ton bébé. Je pense à toi chaque fois que je le regarde.* » Mais chaque fois qu'il tournait la page, un nouveau spasme d'hilarité le secouait. La lettre continuait : « *Et je suis bien contente que tu me l'aies laissé. On ne sait jamais ce qui peut arriver pendant que tu n'es pas là. Y'a rien de tel que d'avoir un bon .32 sous son oreiller quand on est toute seule. N'oublie pas de t'en dégoter un autre à Chicago au cas où tu te trouverais nez à nez avec tu-sais-qui...* » L'heureux père fut contraint de se tenir les côtes ; s'il continuait à rigoler comme ça, il allait se péter la rate.

La Calebasse prit un taxi à environ trois rues de là. Il ne se donna pas la peine de changer en cours de route, mais pour ne pas faire de tort à Passe-passe, il ne se fit pas conduire jusque devant le garage. Il descendit un bon bout de chemin avant. Il aurait pu entrer tout bonnement par la porte de l'Oasis, mais après tout, le coup de la porte dérobée, c'était le truc à Passe-passe, pourquoi lui casser sa baraque ? Pourquoi vendre la mèche à tous les clients du bar ? Ils découvriraient forcément le pot aux roses, s'il faisait ça.

L'entrée du garage était comme d'habitude largement béante. Mais ce coup-ci, même le mécano n'était pas dans les parages ; les affaires n'avaient pas l'air de marcher très fort. Il rentra comme il était sorti, en se glissant entre le mur et la rangée de voitures et en escaladant le pare-chocs de celle qui était garée trop près. Ni vu ni connu.

En passant devant la porte ouverte du bureau, il avait vu le gars assis en train de lire le journal. Il contourna le châssis sans roues, trouva le léger décrochement que faisait la porte de la cabine dans le mur peint à la chaux et agrippa le bord de la porte avec ses ongles. Il ôta la petite cale de carton et ouvrit. Il resta dans la cabine jusqu'à ce que la porte se soit refermée derrière lui, puis il regarda par la porte vitrée. La porte de devant était toujours fermée, la porte du bureau de Passe-passe était ouverte. On n'attendait que lui. Il sortit de la cabine, referma la porte derrière lui, écriteau et tout, et s'arrêta pour écouter. Bon Dieu, quel boucan ils faisaient tous. On aurait dit qu'ils piétinaient tous ensemble. Quelqu'un martelait la porte à coups de poing. Ils voulaient voir Passe-passe. Ma parole, il était temps qu'il arrive. Il entendait beugler le barman derrière la porte :

— Hé, patron ! Ça va, oui ? Qu'est-ce qu'y a, patron ?

La Calebasse pivota et s'engouffra dans le bureau.

— J'ai changé d'avis, haleta-t-il. Y t'appellent... qu'est-ce qu'y te veulent, là-bas ? Attends que j'ôte mon... !

Ses doigts coururent le long du devant de son cache-poussière, déboutonnèrent fébrilement son veston. Il fit glisser le tout en secouant ses épaules. Ses vêtements restèrent accrochés sur ses coudes, à moitié enlevés, pendant qu'il clignait des yeux en fixant l'autre côté du bureau.

Le décor n'avait pas bougé — les cartes, les verres, le fric — mais Passe-passe s'était endormi le nez dessus en l'attendant. Son menton touchait sa poitrine et sa tête continuait à plonger en avant, sous les yeux de Calebasse, d'un mouvement saccadé. Il y avait un brouillard bleuté qui flottait au-dessus de la tête de Passe-passe en lignes horizontales, et pourtant il n'y avait pas de cigare en train de fumer sur la table.

La Calebasse se pencha par-dessus la table et agrippa Passe-passe par l'épaule. Il sentit la chaleur du corps à travers la chemise.

— Hé... Réveille-toi... !

Et puis il vit le flingue tombé sur les genoux de Passe-passe, et le petit filet de brouillard qui sortait du canon. La peau de chamois était par terre. Il avait compris avant même de ramasser le revolver, de relever la tête de Passe-passe et de le regarder. Passe-passe avait nettoyé sa collection une fois de trop. Le visage relevé le regardait d'un seul œil. L'autre avait été traversé par une balle.

La porte du devant claqua et ils s'engouffrèrent dans le bureau, tous autant qu'ils étaient. La pièce fut envahie. Ils le virent en train de se redresser au-dessus du bureau, le flingue à la main, le pardessus à moitié enfilé. Il sentit que quelqu'un lui ôtait le revolver des mains, on le ceintura et le barman demanda :

— Qu'est-ce tu lui as fait ?

Il fit appeler les flics. C'était plus la peine de garder le secret maintenant que Passe-passe était mort ! Il se débattit furieusement en essayant de se libérer, sans succès.

— Je viens d'arriver ! rugissait-il. Y s'est flingué tout seul... Je vous dis que je viens d'arriver !

— On vous a entendu vous chamailler toute la soirée ! cria le barman. Une minute avant le coup de feu je l'ai entendu qui gueulait après toi ; tout le monde ici l'a entendu... T'es gonflé de dire que tu viens d'arriver !

La Calebasse eut un mouvement de recul, comme si une massue invisible venait de s'abattre sur sa tête, et resta figé sur place. Il sentait des mains inconnues fouiller partout. C'était les flics maintenant, et il se demandait comment il allait pouvoir s'en sortir. Il gambergeait dur pendant qu'ils comparaient la reconnaissance de dette qu'il avait récupérée auprès de Passe-passe avec celle qu'il venait de lui donner. Il secoua la tête, sonné, pour s'éclaircir les idées.

— Attendez, faut que je vous montre, s'entendit-il articuler, y'a une fausse cabine téléphonique devant la porte ; je suis entré par là juste après le coup de feu... attendez que je vous montre !

Il savait qu'ils le laisseraient faire, qu'ils iraient voir... Mais il devenait clair dans son esprit que ça lui ferait une belle jambe. Personne ne l'avait vu sortir et personne ne l'avait vu entrer. Y'avait que Hitch qui l'avait vu, mais fallait pas compter sur lui pour lui tirer l'épine du pied.

Tout en les menant voir la cabine, le corps tendu en avant dans sa hâte, il gémissait à mi-voix :

— J'en ai refroidi six et on m'a pas eu pour ça ; le septième, je le laisse courir, et je me fais gauler pour quèqu' chose que j'ai pas fait !

J'AI TOUT VU !

(Vision of murder)

Mme Oberholtz tenait une pension qu'elle définissait elle-même comme « raffinée, calme et accueillante » dans un de ces quartiers en pleine décadence. Ce coin-là n'avait pas encore touché le fond de la mutation en taudis, mais l'époque bénie où ç'avait été un quartier résidentiel était depuis bien longtemps révolue. Depuis une cinquantaine d'années, pour être exact.

Cependant, Mme O. restait très ferme sur les principes dans sa maison, qui avait été un hôtel particulier habité par des gens cossus à une époque où elle traînait encore ses galoches dans un village de Bavière. L'impalpable manteau de la splendeur perdue était descendu sur ses épaules par procuration, pour ainsi dire. Elle triait ses locataires sur le volet. Pas de cuisine dans les chambres, pas d'alcool, pas de visites après dix heures, pas de chats, pas de chiens, pas d'enfants, pas plus d'un bain chaud par semaine et par personne... et prière de nettoyer la baignoire après usage. Quant au meurtre, il était évidemment, absolument et résolument proscrit. Elle n'oubliait jamais de signifier les autres interdictions à ses locataires potentiels ; si elle omettait le meurtre, c'est simplement qu'elle n'y avait pas pensé.

Aussi, quand, sur le coup de neuf heures un beau matin, on l'entendit émettre un cri de sirène d'usine sur le seuil de la chambre du devant au deuxième étage, on la vit renverser un baquet d'eau savonneuse et descendre l'escalier en imitant un moulin à vent avec ses bras, il y avait gros à parier que cet interdit tacite venait d'être transgressé. C'était en effet le cas.

Elle avertit le voisinage de toute la force de ses poumons, et c'étaient d'excellents poumons, à longue portée. La porte de la rue s'ouvrit brusquement, elle dévala le perron en faisant toujours le sémaphore et on l'entendit à l'autre bout de la rue :

— Au secours ! Polizei ! A l'assassin !

Des fenêtres se relevèrent, des têtes apparurent, des passants s'arrêtèrent pour regarder. Un camion de transport frigorifique ralentit même pour profiter de la distraction. Mme O. en était maintenant aux stades suivants : elle se tordait les mains et se cachait le visage dans ses paumes ouvertes. La sono était moins stridente, mais c'était une question de degré. On l'entendait encore dans un rayon respectable.

Un flic entra en scène, se fraya un chemin jusqu'à la pauvre dame traumatisée qui pleurait maintenant dans son tablier.

— Ach, offizier ! bramait-elle. Allez foir ça ! au zecond étage ! Ma plus belle jambre, quel malheur !

Il eut l'air de penser que c'était en effet son devoir d'y aller et gravit les marches du perron. Elle le suivit en se dandinant et le chignon en brioche qui ornait le dessus de sa tête était animé d'un frétillement tragique. Il se retourna et fit un grand geste avec sa matraque pour écarter la suite qui s'apprêtait à les accompagner.

— Restez là, tout le monde !

Et la population du quartier reflua jusqu'au trottoir.

Il monta au deuxième étage, chambre de devant, jeta un coup d'œil, redescendit et fit usage du téléphone automatique qui se trouvait dans l'entrée.

Des inspecteurs arrivèrent, et parmi eux un certain Benjy Benson qui est le héros de notre histoire. Benjy Benson n'avait pas l'intellect d'un géant, et même ses meilleurs amis ne le prétendaient d'ailleurs pas. Mais il était serviable, complaisant et parfois compétent, et il savait déchirer d'un seul coup un annuaire du téléphone en deux morceaux.

Ce qui s'offrit aux regards de Benjy Benson et de sa suite, au nombre desquels un lieutenant du nom de Schenley, quand ils arrivèrent devant la porte de la chambre de devant, au deuxième étage, fut le spectacle suivant : premièrement, une grande chambre qui évoquait le naufrage du *Lusitania* ; deuxièmement, le corps d'un homme jeune à plat ventre au milieu de la chambre. Troisièmement, un lourd tisonnier qui se trouvait près du corps au lieu d'être au coin de la cheminée désaffectée. Quatrièmement et cinquièmement, en y regardant de plus près, il y avait beaucoup de sang sur le tisonnier et le crâne du jeune homme avait été enfoncé.

Ce qui suivit fut de l'ordre de la routine. Des allées et venues multiples. Pas de la part du jeune homme, bien sûr. Des photographes de la police vinrent prendre des photos, beaucoup plus de photos sans doute qu'on n'en avait jamais prises dans cette chambre. Ils photographièrent le jeune homme sous tous les angles, le plancher, les murs, les meubles. Les spécialistes des empreintes vinrent ensuite saupoudrer le tout. Ils emportèrent carrément le bouton de porte ; ils emportèrent aussi le tisonnier, l'interrupteur qui commandait la lumière de la chambre ; ils prélevèrent des morceaux de tapisserie sur les sièges et des mégots dans la cheminée. Ils prirent même un morceau du chambranle de la porte pour l'emporter. Ça n'avait déjà pas très bonne allure quand ils étaient arrivés, mais après leur passage le résultat était indescriptible.

En tout dernier lieu, deux hommes vinrent avec une grande panière recouverte d'une alèze en caoutchouc et emportèrent le corps pour le livrer au médecin légiste qui allait se permettre avec lui à diverses privautés.

Pendant ce temps-là, on interrogeait Mme Oberholtz en long et en large à propos du locataire qui avait causé tout ce remue-ménage. Il avait dit s'appeler Joseph McAvoy et il avait loué la chambre la semaine précédente. Il avait payé d'avance, il ne sortait pas beaucoup et personne ne lui avait rendu visite.

— Et z'est dout ze que je zais.

Après avoir vu dans quel état on avait mis sa meilleure chambre, elle était devenue assez intraitable et difficile à interroger. Vociférante, pourrait-on dire.

— Gomme zi ça n'était pas assez terrible gomme za ! Il faut que fous embordiez des zouvenirs ! Che fais border blainte. Che fais border blainte gondre la municipalité !

Les autres locataires furent interrogés, un par un ou par paquets. Un seul sur la quantité avait vu l'homme en question au cours de la semaine qu'il avait passée là. Personne n'avait rien entendu d'anormal la veille au soir. La chambre qui jouxtait la sienne, et qui en avait fait partie dans le temps avant d'en être séparée par une cloison légère, était malheureusement vide depuis longtemps.

La journée s'écoula ainsi. Les journalistes s'agglutinèrent autour de Schenley quand il redescendit du perron et il s'arrêta le temps de leur dire :

— Rien pour le moment, les gars. Si y'a du nouveau, je vous tiendrai au courant.

Le lendemain, on s'aperçut qu'il manquait une clé de verrou. Mme O. en avait fait faire une douzaine, et voilà qu'il n'y en avait plus que onze. Le fait parut assez prometteur pendant quelques heures, et puis on retrouva la clé dans la poche de son autre tablier. Après quoi, ils classèrent la taulière dans les nuisances plutôt que comme une auxiliaire précieuse.

Le rapport du médecin légiste revint ; il précisait que la mort avait été causée par un coup porté au moyen d'un objet lourd à la base du crâne. Comme tout le monde l'avait compris depuis le début, l'information ne donna lieu à aucune réjouissance superflue. Les renseignements fournis par l'étude des empreintes digitales étaient à peu près de la même eau. Toutes celles qu'on avait trouvées sur le bouton de porte, le chambranle, l'interrupteur, etc. correspondaient à celles de McAvoy, relevées sur son cadavre. Le tisonnier devait avoir été essuyé. Il ne portait pas d'empreintes identifiables.

Et cela fit une semaine de passée. Pour dire les choses de façon bénigne, ça n'avançait guère.

Benjy Benson avait à cœur de se distinguer dans cette affaire. Il travaillait dur. Il parcourait la ville dans tous les sens en faisant les gros yeux à d'honnêtes pékins, et il parvint à plonger dans la terreur quelques timides citoyens. Il ramena tous les témoins éventuels qu'on l'avait envoyé chercher, plus quelques autres pour lesquels on ne lui avait rien demandé.

Il ramena aussi un représentant de produit à entretenir les parquets qui avait essayé de vendre sa camelote miracle à Mme O. deux jours avant le meurtre. Il y avait des traces de sa mixture sur le seuil de la porte de la chambre du crime. On s'aperçut vite qu'il y en avait des traces devant toutes les portes de la maison. Ce jour-là, le représentant avait fait une démonstration de son produit dans l'entrée au rez-de-chaussée, et tous ceux qui étaient passés en avaient emporté un peu à la semelle de leurs souliers. Ils libérèrent précipitamment le malheureux quand il commença à tartiner ses échantillons sur le plancher du commissariat, et qu'un flic pourtant sportif faillit se rompre le cou.

Benjy traqua et retrouva un homme à la barbe rousse qui vivait à une bonne trentaine de rues de là, parce qu'une voisine qui habitait en face de chez Mme O. disait avoir remarqué un rouquin barbu qui rôdait alentour et qui regardait les gens d'un drôle d'air en marmonnant dans sa barbe (rousse) d'un air revendicateur. Le barbu reconnut avoir arpenté le trottoir et même regardé un peu les passants ces derniers temps, et tout son syndicat qui était en grève le rejoignit au commissariat, et ils continuèrent leur piquet de grève sur place. C'est alors que la voisine craqua et avoua qu'elle n'avait pas ses lunettes quand elle l'avait remarqué, que d'ailleurs sa barbe devait cacher sa pancarte, et comment aurait-elle pu deviner ?

Finalement, au bout d'une semaine de ce cirque, Schenley s'adressa à Benson d'un air de ne pas y toucher :

— Tu fais du bon boulot, Benjy, mais on commence à avoir des suspects à ne savoir qu'en faire. On n'a pas de place pour tout ce monde-là, tu sais. Euh… Pourquoi est-ce que tu ne te reposes pas un peu ? Va au spectacle, essaie de penser à autre chose…

— Aller au spectacle dans un moment pareil! s'écria Benjy, scandalisé.

L'instinct de conservation avait soufflé à Schenley de faire cette suggestion, mais il ne pouvait quand même pas dire tout le fond de sa pensée. Après tout, les flics ont un cœur.

— Ça te donnerait peut-être un œil neuf, dit-il. Quelquefois ces choses-là vous rafraîchissent les idées, vous empêchent de vous scléroser. (Et quand Benjy fut parti, il expliqua d'un ton chagrin à ceux qui l'entouraient :) On ne peut quand même pas arrêter toute la ville d'un coup. Il doit bien y en avoir quelques-uns sur la quantité qui n'ont rien à voir avec le meurtre de McAvoy.

Benjy Benson se rendit donc un soir dans un des derniers hauts lieux du music-hall, anciennement connu comme le *Permanent Midi-Minuit*. Le spectacle ne parvenait pas à accrocher son attention. Il n'arrivait pas à détacher son esprit de l'histoire McAvoy, malgré la consigne de Schenley. Les phoques savants, les acrobates japonais, les danseurs de claquettes, les comiques-troupiers défilaient et se confondaient devant ses yeux, pendant que son cerveau, tel un moteur d'au moins six chevaux-vapeur, faisait tourner la machine à un rythme régulier : « Qui a fait le coup ? Qui a bien pu faire le coup ? »

Une ouvreuse lui tapota le bras et lui tendit un carton et un crayon. Benjy Benson cligna les yeux et émergea de son brouillard.

— C'est pour quoi faire ? demanda-t-il.

— Ecrivez une question à laquelle vous voudriez une réponse.

Benjy promena un regard ahuri sur ce qui l'entourait. Sur la scène, un jeune homme au visage tout à fait inexpressif était assis sur une chaise, sous un projecteur. Un homme plus âgé en queue-de-pie était penché par-dessus la rampe, et prenait les cartons que les ouvreuses lui tendaient. Des panneaux lumineux de part et d'autre de la scène annonçaient : *Le Grand Lenox répond à vos questions.*

Benson, perplexe, grignotait la pointe de son crayon.

— Ne faites pas ça, m'sieur, dit poliment l'ouvreuse. D'autres gens vont l'utiliser après vous.

— Qu'est-ce que je vais demander? s'enquit Benson.

— Ce que vous voulez.

Benson griffonna laborieusement : *Quand est-ce que j'aurai une preumotion?* et tendit la carte à l'ouvreuse.

Le grand Lenox attacha un bandeau sur les yeux de son médium. Puis il prit les cartons et les brandit un à un en silence. Le jeune homme assis énonçait successivement la question et la réponse. Le public restait en grande partie impassible, fermement convaincu que la chose s'expliquait grâce à des compères disséminés dans la salle. C'était aussi l'opinion de Benson. Et le numéro n'était de toute évidence pas un franc succès.

Brusquement, le jeune homme au bandeau s'anima :

— Je ne peux pas répondre à celle-là. Il s'agit d'une question portant sur l'avenir. Je ne lis pas l'avenir, seulement le passé et le présent.

— Lis toujours la question, Freddie, suggéra le grand Lenox d'une voix suave.

— Elle est écrite pas un monsieur, elle est écrite

par un monsieur... hésita le médium, qui porte un costume gris, d'une trentaine d'années...

— Le monsieur ou le costume ? s'enquit le maestro.

La salle hurla de rire.

« Hé là, » se demandait Benson, déconcerté. « Je me demande s'il parle de moi. Il est p't'être plus fortiche qu'il n'en a l'air, après tout ! »

— Ce monsieur a trente ans. Il fait des fautes d'orthographe. Il veut savoir quand il aura une promotion...

— Bon Dieu, éructa Benson, les yeux écarquillés.

— Ce monsieur n'a sans doute pas fait très attention au début de notre numéro, gronda doucement le grand Lenox. Freddie ne lit pas l'avenir, seulement le passé et le présent. Ce monsieur veut-il essayer une autre question, pour se convaincre de notre bonne foi ?

Benson se fit connaître et acquiesça. Le carton et le crayon revinrent à lui et il écrivit : *Comment s'appelle l'homme pour qui je travaille ?* Ça, pensait-il triomphalement, ça va leur clouer le bec ! Je voudrais bien voir comment y vont s'en tirer !

Lenox brandit le carton. Il y eut un long moment de silence complet. Et puis, assourdissante comme l'explosion d'un obus — en tout cas aux oreilles de Benson — vint la réponse du jeune homme :

— Luke Joseph... Schenley.

— Est-ce exact ? fit Lenox rayonnant.

Benson était cloué sur son siège, la mâchoire pendante.

— Ce monsieur veut-il avoir la gentillesse de dire au public... reprit Lenox avec une nuance d'agacement, comme un intermédiaire qui voudrait bien être dans le coup.

Mais Benson avait attrapé son chapeau et il courait déjà dans l'allée centrale.

— Comment est-ce qu'on va dans les coulisses ? demanda-t-il à une ouvreuse.

Il était fermement convaincu qu'il avait trouvé la poule aux œufs d'or.

Il arriva dans leur loge avant même qu'ils soient sortis de scène, et il y flottait déjà la fumée d'un cigare impatiemment tété quand ils y entrèrent après avoir salué.

Freddie avait l'air aussi hébété hors de scène que pendant son numéro. Lenox pâlit à la vue de la plaque.

— Ecoutez, monsieur, commença-t-il d'un air furieux, nous ne disons pas la bonne aventure, vous ne pouvez pas...

— Est-ce que vous êtes un charlatan, coupa Benson, au comble de l'énervement, ou est-ce que vous pouvez vraiment l'*hynoptiser* pour lui faire dire des choses ? J'ai besoin de savoir, alors pas d'histoires.

Lenox avait l'air las comme s'il avait passé sa vie à répondre à cette question :

— Il n'y a aucun trucage, croyez-moi. Ce garçon, mon médium, travaille avec moi depuis huit ans maintenant. Il ne s'agit ni de transmission de pensée, ni de bonne aventure. Il s'agit d'une sensibilité particulière aux vibrations en état d'hypnose, c'est tout. Son subconscient se comporte comme une sorte de paratonnerre, il attire les vibrations de son entourage proche. Mais je ne pense pas que vous me croirez, personne ne nous croit. Même pas notre imprésario.

— Moi, je vous crois, dit Benjy Benson. Vous m'avez eu, là, tout de suite, avec votre numéro. Et s'il trouve la réponse à partir d'un mot griffonné sur un bout de carton, qu'est-ce que ça sera avec quatre murs, un plancher, un plafond...

— Nous donnons trois représentations par jour, dit Lenox, nous sommes fatigués et nous ne pouvons pas donner de spectacle gratuit. Si le Syndicat des Acteurs l'apprenait...

— Alors comme ça, vous ne voulez pas *hymnoptiser*, hein ? dit Benson agressivement. Très bien, je vous arrête.

— Pourquoi ? gémit Lenox. Nous n'avons rien...

— Je ne sais pas moi-même, admit Benson, déchiré par sa propre franchise, mais je trouverai bien quelque chose, un vieux décret. Ou alors vous venez gentiment avec moi comme je vous le demande et vous faites votre truc pour mon patron.

— On aura des articles dans les journaux ? voulut savoir Lenox.

— Sûr. Si vous nous aidez, toute la gloire sera pour vous.

Lenox regarda son somnolent compère.

— C'est de la bonne publicité, fit-il en hochant doctement la tête. Il en est capable, je sais qu'il en est capable, assura-t-il à l'adresse du policier-impresario. N'est-ce pas, Freddie ?

Freddie n'avait pas l'air très enthousiaste.

— Comment veux-tu que je te dise ? geignit-il. Je ne sais pas ce que je fais quand je suis en transe. Je passe la moitié de ma vie inconscient ! J'ai faim, conclut-il de façon abrupte.

— C'est ma tournée, dit Benjy Benson généreusement. Il les entraîna à la plus proche cafétéria et prit trois tickets. Celui de Freddie se retrouva transformé en passoire avant qu'il ait fini de le faire perforer.

— Ne mange pas trop maintenant, rappela Lenox

à son partenaire. Il devient un peu débile quand il mange trop, expliqua-t-il à leur mécène.

— Vous me promettez que vous n'allez pas me laisser tomber maintenant ? demanda Benson, inquiet, en lapant son café dans sa soucoupe. J' voudrais pas passer pour un con devant mon lieutenant.

Le médium lui-même dit d'un air maussade :

— Nous sommes régules. Nous devrions être riches, mais presque personnne ne nous croit.

Le lieutenant Schenley n'était visiblement pas très impressionné. Il avait travaillé dur toute la journée, et même toute la semaine, et ses nerfs étaient à vif.

— Merde, Benson ! grogna-t-il, qu'est-ce que tu veux au juste ? Nous faire passer pour des guignols ? Dis-leur de foutre le camp, allez ! Non mais, faut être dingue...

— Mais patron, donnez-leur une chance, plaida Benjy Benson. C'est pas parce que ça c'est jamais fait que ça vaut pas la peine d'essayer. Puisque je vous dis que ce type est formidable...

— Rien que le fait que tu me le recommandes, ça me rend méfiant, dit Schenley brutalement. (Mais il se tourna quand même vers Lenox.) Donc, vous croyez que vous pouvez sous hypnose faire dire à votre médium qui a commis ce meurtre alors que ça fait deux semaines qu'on s'échine et qu'on n'est arrivés à rien !

L'amour-propre professionnel de Lenox prit le dessus.

— Je ne le crois pas, dit-il d'un air hautain. J'en suis sûr ! Et je vous rappelle, monsieur, que ce n'est pas nous qui avons voulu venir nous mêler de vos affaires. C'est votre collaborateur que nous a quasiment enlevés de force dans notre théâtre.

Allez, viens, Freddie.

Il prit son médium par le bras.

— Attendez une minute, dit Schenley sur qui ce détachement semblait avoir fait bonne impression. Puisque vous êtes là, vendez-moi quand même votre salade. On va faire un test, pour voir un peu ce que vous avez dans le ventre. Apporte-moi le registre qui est sur le bureau, Benjy.

— Attendez que je l'endorme d'abord, dit Lenox, quand Schenley eut commencé à passer en revue les noms inscrits sur le livre. Assieds-toi, Freddie.

— Encore ? (Le médium s'assit d'un air las.) Tu ne crois pas que j'en fais assez sans qu'il faille que j'exécute une séance supplémentaire à minuit dans les locaux de la police ?

— Détends-toi, dit Lenox doucement.

Il n'y avait pas le moindre trucage, même pas la plus petite passe magnétique. Le médium regardait simplement Lenox. Lenox posait son doigt le long de son nez pour fixer son regard. Une certaine tension émanait de lui. Schenley et Benson le sentirent tous les deux. Au bout d'une minute environ, il attira l'attention du lieutenant en claquant les doigts.

— Bon. Eh bien, qu'est-ce que vous voulez que je demande ?

Le médium était très évidemment déjà en transe, bien que son expression ne fût pas sensiblement différente, à peine un peu plus hébétée.

— Demandez-lui qui a séjourné dans la cellule de garde à vue dans l'heure qui vient de s'écouler, demanda Schenley, l'œil sur le registre.

— Il y a un livre sur ce bureau, Freddie, dit Lenox. Tu peux lire ce qu'il y a dedans ? Lis-moi les noms et les adresses de la page à laquelle il est ouvert.

Rien ne se passait. Schenley s'agitait impatiemment sur sa chaise en foudroyant du regard le malheureux Benson, bouche bée.

— Ça va venir, laissez-lui le temps, fit Lenox du coin de la bouche. Lis ce livre, Freddie, dit-il d'une voix plus forte.

Le médium se mit à parler avec un débit précipité : « Dominick Kinsella », puis il s'arrêta : « 43 Mulberry Street », et il s'arrêta encore.

Schenley perdit un peu de sa belle assurance, mais ne négligea pas de regarder derrière lui sur le mur, ainsi que les mains de Lenox et du médium pour s'assurer qu'il n'y avait pas de jeu de miroirs. Il n'y avait rien.

Benjy Benson fit un signe de tête à la fois fier et revendicatif.

— « Samuel Lévy », reprit brusquement le médium. Et puis trente secondes plus tard, comme mu par un mouvement de pendule : « 14 Rivington Street. »

— Epelez ce nom comme il est écrit là-dessus, dit Schenley, un peu ébranlé.

Lenox retransmit la question ; il fallait semble-t-il qu'elle vienne de lui pour pénétrer le subconscient de Freddie.

— L-e-v-i, dit-il après un temps.

Schenley fit claquer le livre en le refermant.

— Ça suffit ! dit-il. (Son scepticisme était dur à entamer.) Se sont-ils approchés du bureau quand ils sont arrivés avec toi ? demanda-t-il à Benson.

— Absolument pas, fut la réponse.

Tout dur à entamer qu'il soit, son scepticisme commençait quand même à ramollir.

— Il peut faire ça ici ? demanda-t-il à Lenox.

— Pour le meurtre ? Non. Les vibrations seraient plus nettes si on l'emmenait là où c'est arrivé. Mais pas ce soir. Il est fatigué et trop c'est trop. Je vais le ramener, maintenant.

Au réveil non plus, il n'y eut pas la moindre

manipulation suspecte, ce qui rendit la chose encore plus étrange aux yeux des deux spectateurs profanes. Le médium cligna simplement les yeux, se leva de son siège et bâilla.

— J'ai faim, dit-il d'un air plaintif.

— D'accord, on y va. On va se prendre un bol de chili en rentrant à l'hôtel, fit l'hypnotiste d'un ton apaisant, comme un père à son môme.

Schenley n'en revenait pas ; il n'avait plus besoin d'être baratiné par Benson après ce qu'il avait vu.

— Comment se fait-il que vous n'ayez pas encore fait fortune, les gars ? demanda-t-il, sincèrement intéressé.

Lenox haussa les épaules, tristement.

— Personne ne croit vraiment que nous sommes absolument réglos. Ils pensent que nous avons des compères dans la salle. Et puis, Freddie ne lit pas l'avenir, ni rien de ce genre, alors ça n'a pas d'intérêt pour jouer en bourse ou aux courses. On est contents quand on décroche dix semaines de contrat par an.

— Bon, eh bien soyez tous les deux chez Mme Oberholz à neuf heures exactement demain matin. Reste avec eux ce soir, Benson, pour être sûr qu'ils soient là-bas demain. (Il lui donna quelques billets.) Tiens, paye leur un petit déjeuner copieux et une chambre mieux que ce qu'ils ont. Je voudrais que cette espèce de radar humain fasse une bonne nuit pour être en pleine forme demain.

— Il dort toujours comme un loir, dit Lenox d'un air dégoûté tandis qu'ils sortaient. C'est moi qui ai des insomnies.

Pour Benson, en dépit de ce qu'il craignait, il découvrit que dormir avec un hypnotiste et un médium, c'était pareil que de dormir avec n'importe qui d'autre. Le matin, ils prirent leur douche, se rasèrent et se brossèrent les dents exactement comme le premier venu. Puis ils prirent leur petit déjeuner et se rendirent à la maison du crime.

— Comment vous vous sentez, Freddie ? demanda Benson avec beaucoup de sollicitude comme ils arrivaient en vue de la demeure. Vous croyez que vous allez y arriver ?

— Oh là là, grogna le médium. On me traîne toujours dans des endroits où je veux pas aller. A neuf heures du matin, avec ça ! Pratiquement le milieu de la nuit !

La petite bande habituelle de journalistes matinaux était agglutinée devant le perron aux marches de grès usé de chez Mme Oberholtz.

— Qu'est-ce que tu nous ramènes aujourd'hui ? demandèrent-ils en rigolant à Benson. Encore des suspects ?

Il ne savait pas si Schenley souhaitait qu'il leur vende la mèche ou pas, alors il ne répondit pas.

— Il va falloir que vous arrangiez ça, avertit Lenox à mi-voix pendant qu'ils gravissaient les marches. Professionnellement, ça nous ferait du tort d'être pris pour des suspects.

— Si vous enlevez le morceau, votre fortune est faite, promit Benson. Vous serez en gros titres dans tous les journaux de la ville.

Schenley et presque tous les hommes de la brigade attendaient dans la chambre du crime au deuxième étage, la plupart ouvertement sceptiques et faisant des efforts pour garder leur sérieux ; un ou deux d'entre eux, au contraire, avaient été impressionnés par la sincérité patente de Schenley, et tendaient à se montrer parfaitement crédules, voire craintifs.

— Il y a trop de monde dans la pièce, dit tout de suite Lenox. Ça va bloquer les vibrations. Il va y avoir des interférences.

— Il fait bien son numéro dans un théâtre plein, non ? objecta Schenley.

— Je sais, mais ici il ne lit pas des petits cartons. Il faut qu'il reçoive les vibrations de la pièce elle-même sans que rien soit écrit. Trois ou quatre personnes, ce sera suffisant.

— Dehors tout le monde, ordonna Schenley.

Restèrent lui-même, Benjy Benson, un autre inspecteur et un sténographe de la police.

— Maintenant fermez la porte et tenez-vous tranquilles. Essayez de ne penser à rien pour ne pas le brouiller. Assieds-toi, Freddie. Tu ferais mieux d'enlever ton manteau et de défaire ta cravate, ça va sans doute prendre un bout de temps.

Le médium obéit avec un air d'ennui et de dégoût absolus.

— Asseyez-vous près de moi, Lieutenant, et posez-moi les questions tout bas, dit Lenox.

Benson s'assit un peu en retrait et le sténographe s'immobilisa, son bloc sur les genoux.

— Regarde-moi, Freddie.

Lenox tendit son doigt, parallèlement à l'arête de son nez. Le visage du médium prit une expression endormie, abrutie ; ses yeux restaient grand ouverts. Lenox fit une passe de sa main libre, non pas à l'adresse de Freddie, mais pour indiquer aux spectateurs que la transe avait commencé.

— Tu es dans une pièce, Freddie. Il y a eu un meurtre commis dans cette pièce. Tu le vois ?

— Non, fit Freddie, avec la brusquerie qui caractérisait ses réponses sous hypnose.

— Remonte en arrière. Essaie de remonter en arrière. Aussi loin qu'il le faut, jusqu'à ce que tu le voies.

Il y eut deux bonnes minutes de silence.

— Et maintenant, tu le vois ? Continue à reculer dans le temps, Freddie.

Freddie perdit soudain l'équilibre et tomba de sa chaise comme un homme ivre.

— Il a dû remonter trop vite, commenta Lenox en le rattrapant et en le réinstallant sur sa chaise. Ça le déséquilibre.

Ils attendirent encore un peu.

— Tu le vois, maintenant, Freddie ? souffla Lenox.

— Non, mais je vois un corps sur le plancher dans cette pièce...

— Remonte encore un peu, Freddie, juste avant... A quelle heure est-ce arrivé ? murmura-t-il à Schenley en aparté.

— Dans la soirée, la veille.

— Remonte à la veille au soir. Est-ce qu'il y a toujours un corps ?

— Ouais, mais il est vivant, il marche dans la pièce. C'est... c'est un homme, il s'assied sur une chaise. Il attend quelqu'un...

Son doigt désigna vaguement la chaise sur laquelle était assis Benson. Benson se leva, se trouva une autre chaise et se rassit d'un air un peu gêné.

— Comment est-il... ? commença Lenox.

Mais Schenley l'interrompit à mi-voix.

— Ne vous occupez pas de ça, nous savons comment il est, nous l'avons vu mort. Nous voulons savoir comment est celui qui l'a tué.

— Attendez, ça va venir, murmura Lenox, rassurant. (Il modifia sa question.) Qui attend-il, Freddie ? Tu le sais ?

— Il attend une dame, je crois. Je la vois entrer, il se lève et il va vers elle...

Les lèvres de Schenley remuèrent et Lenox traduisit :

— Comment est-elle, Freddie ?

— Elle porte une voilette, je ne la vois pas.

Schenley jura entre ses dents. C'était bien sa chance, une voilette !

— Comment s'appelle-t-elle ?

Le médium resta une minute silencieux.

— Attendez, je l'entends l'appeler Eleonore reprit-il enfin. (Il semblait boire littéralement les paroles de ces voix depuis longtemps disparues par tous les pores de sa peau.) Eleonore Mar... Eleonore Mayberry, termina-t-il brusquement.

Schenley fit un signe inutile au sténographe ; le crayon volait déjà sur les pages du bloc à toute allure.

— Est-ce que cette dame Mayberry l'a tué ?

— Non, dit Freddie, l'œil vitreux. Ils s'embrassent, ils ont l'air amoureux. Elle pose ses gants et son sac à main... (Sa main se leva encore comme celle d'une marionnette à fils.) Sur la cheminée là-bas. (Quatre paires d'yeux se tournèrent vers le dessus de cheminée en marbre noir.) Ils ont dû entendre quelqu'un qui essaie d'entrer. Elle a peur et elle ne sait pas quoi faire. Elle montre la penderie, là-bas, et elle entre dedans...

Toutes les têtes, sauf la sienne, pivotèrent vers le coin opposé où se trouvait une vaste penderie. Elle avait été examinée à la loupe un million de fois. Benjy Benson se leva quand même pour aller y jeter un coup d'œil gourmand.

— Et puis il va à la porte et il fait entrer le visiteur. C'est un homme...

— Nous y voilà, soupira Schenley.

— Donne-nous son nom, dit Lenox.

— Je crois que... c'est aussi Mayberry. Oui, c'est ça, Edwin Mayberry. Il la cherche. Il regarde partout. Et puis il voit les gants et le sac, et il les reconnaît. Alors il devient comme fou. Il attrape un tisonnier dans la cheminée et il en assène de toutes ses forces un coup qui atteint l'autre homme derrière la tête ; et l'autre tombe là...

Freddie montrait l'endroit exact où le corps avait été retrouvé.

Benjy Benson ouvrait des yeux comme des soucoupes. Schenley arborait l'expression de jubilation d'un pêcheur qui va ramener un poisson vraiment gros. Le sténographe était en proie à la crampe de l'écrivain. L'autre inspecteur avait l'air un peu abattu, comme s'il regrettait les bonnes vieilles méthodes.

— Vite, demandez un signalement avant qu'il ne disparaisse ! souffla Schenley d'un ton pressant.

— Il a des cheveux noirs et une moustache noire et il est assez grand...

— Grand comment, Freddie, grand comment ?

— Je le vois près de la porte... (Freddie se leva d'un air décidé et marcha lentement vers la porte blanche, la main tendue devant lui comme dans le jeu de société où il faut accrocher une queue au derrière d'un âne, les yeux bandés.) ... Il arrive là.

Le sténographe bondit et vint crayonner un trait à l'endroit où la main du médium avait touché le bois peint. L'autre inspecteur sortit un mètre.

— Un mètre quatre-vingt-cinq, annonça-t-il.

Freddie s'était rassis.

— Gros ou maigre ?

— Plutôt trapu.

— Laissez-le continuer.

Les poings de Schenley se fermaient et s'ouvraient, trahissant son émotion.

— Il est là, debout. Il le regarde comme s'il ne

pouvait pas croire qu'il était mort. Il s'agenouille et il le secoue, mais l'autre ne bouge pas. Il se lève et il regarde le tisonnier comme s'il lui avait joué un sale tour. Il l'essuie et il le jette. Et puis il s'essuie les mains. Il va voir à la porte pour voir si quelqu'un a entendu. Puis il rentre dans la pièce et il prend le sac et les gants. Il sort sans faire de bruit et il referme la porte derrière lui. Dès qu'il est sorti, la dame sort de la penderie, l'air éperdu. Elle attend que la voie soit libre, et puis elle fiche le camp aussi, en se retournant pour regarder le cadavre, terrorisée.

— Est-ce qu'il peut nous dire où est ce Mayberry maintenant ?

Freddie essaya mais rien à faire.

— Il est évident qu'il ne reçoit pas les vibrations. Il doit être trop loin d'ici maintenant, expliqua Lenox.

— Bon. Voyez s'il arrive à capter la longueur d'onde de la dame avant que vous ne le réveilliez. On va avoir besoin d'elle comme témoin de toute façon, et peut-être qu'elle nous mènera à lui. Ça finit toujours comme ça.

Freddie essaya encore. Toujours sans succès.

— Ils ne sont quand même pas rentrés sous terre tous les deux, se plaignit Schenley. Faites durer un peu. Une femme ne se déplace pas aussi vite qu'un homme, et elle ne l'a sûrement pas rejoint après ce qu'il vient de découvrir sur elle...

— Je sens quelque chose qui vient de très loin, fit Freddie au moment où on ne l'attendait plus. De l'autre côté de l'eau.

— En Europe, se lamenta Schenley.

— Non. A Brooklyn, fit Benson rayonnant.

— C'est très vague et très lointain. Je sens des vibrations vertes. Une... une grande pelouse derrière quelque chose comme une grille en fer forgé. Attendez, ça devient plus clair. Une véranda, elle est dessus, elle se cache derrière une plante grimpante. C'est du chèvrefeuille.

— Elle se cache, la garce ? gronda Schenley. Eh bien ma fille, ta chance a tourné. T'aurais dû employer un bon savon ou du déodorant, avec cet odorat qu'il a, notre zigue !

— Dans quelle direction, est-ce qu'il peut nous le dire ? supplia Benson.

— Euh... par là.

Freddie leva un bras et indiqua vaguement le sud-est.

Schenley paraissait sur le point de faire une danse du scalp autour de la chaise pour peu qu'on le provoque.

— Votre médium vaut son pesant d'or, dit-il à Lenox. Je vous embrasserais tous les deux ! Allons-y tout de suite ! (Il ouvrit tout grand la porte et annonça d'une voix de stentor :) Ça y est, les gars, tout le monde sur le pont ! On tient le bon bout. On a tout ce qu'il faut maintenant, et la suite dépend de nous.

Freddie revint à la surface, se pencha, et se mit à se gratter consciencieusement la cheville.

— J'ai faim, se lamentait-il d'une voix impersonnelle.

— Emmenez-le et donnez-lui à bouffer. Qu'il s'en fasse péter, c'est moi qui paye, dit Schenley. Je vous promets la gloire si ça marche, mais faut pas vendre la mèche aux journaux avant qu'on ait ferré le poisson, alors ne répondez pas aux questions en sortant. (Quand ils furent sortis, il se mit à lancer des ordres d'une voix qui claquait comme des coups de hache.) Toi, Dixon et toi, Kraus, et vous deux, vous allez foncer après ce Mayberry. Lisez-leur le signalement que nous avons, ordonna-t-il au sténographe. Toi, tu vas retrouver la dame, Benjy. Elle a un rôle très important à jouer et ça ne devrait pas être trop difficile de la retrouver, même sans signalement. Le médium a reçu ses vibrations, c'est sans doute qu'elle est pas loin d'ici.

— Vous pouvez dire aux matonnes de lui préparer son lit, c'est comme si ça y était ! assura Benjy avec un optimisme sublime. Tout ce qui me reste à faire, c'est de prendre un taxi et de rouler vers le sud-est jusqu'à ce que je tombe sur une véranda avec du chèvrefeuille, une grande pelouse, et une grille en fer. Et y' aura plus qu'à la cueillir. Ça peut pas rater.

— Je ne pense pas que ça soit une très bonne méthode, dit Schenley, mais s'il y a des résultats, c'est pas moi qui vais pinailler. Allez, fonce et ne reviens pas sans elle.

Quand il dévala les marches du perron quelques instants plus tard, les inévitables journalistes s'agglutinèrent autour de lui.

— Qu'est-ce qui se passe, Benjy ? Allez, quoi, dis-nous quèqu' chose.

— C'est pratiquement dans la poche, fit Benjy. (Il jeta un regard prudent en direction de la maison.) Ne répétez pas que c'est moi qui vous l'ai dit, mais il y a une jolie femme dans le coup. C'est tout ce que je peux vous dire pour le moment.

— Hé hé, fit un photographe blagueur, cherchez la toutoune, hein ?

— Non, non, elle ne s'appelle pas comme ça, riposta Benjy avec dignité en se frayant un chemin à coups de coude.

— Blonde ou brune ? cria quelqu'un derrière lui.

— Patience, vous verrez bien.

Cinq minutes plus tard, il entrait dans un grand

magasin et au rayon des articles de sport se procurait une boussole.

— C'est très simple, expliqua le vendeur sur sa demande. L'aiguille montre le nord tout le temps. Si vous voulez aller vers le sud-est comme vous dites, il suffit de garder l'aiguille toujours dirigée un peu en arrière de votre épaule gauche.

— Bon Dieu ! s'émerveilla Benjy. Pourquoi est-ce qu'on n'a pas pensé à ça depuis longtemps.

— Les Chinois y ont pensé il y a deux mille ans, murmura le vendeur méprisant, mais son client était déjà parti en courant avec sa précieuse acquisition.

Il héla un taxi, s'y engouffra, l'objet à la main, prêt à servir.

— Vous irez par où je vous indiquerai, dit-il au chauffeur.

En se dirigeant vers le sud-est à partir de la maison de Mme Oberholtz, ils se retrouvèrent sur les quais à mi-chemin entre le pont de Williamsburg et le pont de Brooklyn. Il choisit ce dernier car l'autre l'obligeait à dévier un peu de son cap. Ils traversèrent Brooklyn qui était désespérément pauvre en pelouses vertes et en chèvrefeuille, suivirent Flatbush Avenue. A partir de là, le taxi dut s'arrêter et repartir à des intervalles de plus en plus rapprochés tandis que Benjy examinait tour à tour des pelouses sans grilles, des grilles sans pelouses, des pelouses et des grilles sans vérandas, des pelouses, des grilles et des vérandas sans chèvrefeuille. Il n'arrivait pas à réunir les quatre éléments. Il passa en revue des écoles, des hôpitaux, des églises, des auberges et des résidences privées.

Ils avaient parcouru les trois quarts du chemin en direction du bord de mer et l'après-midi tirait à sa fin quand Benjy cogna subitement à la vitre.

— Qu'est-ce que c'est que ces fleurs qui grimpent autour de ces piliers, là-bas ?

— Du chèvrefeuille, reconnut volontiers le chauffeur de taxi.

— Arrêtez-vous. Eh ben alors mon vieux ? Je vous avais dit de m'arrêter si vous voyiez du chèvrefeuille.

— Ecoutez, dit le chauffeur patiemment, je ne sais pas ce que vous cherchez, mais ce coup-ci, vous faites erreur, sûrement. C't' endroit-là, c'est un foyer pour vieilles dames.

— Je veux tout voir ! dit Benjy en claquant la portière derrière lui.

— Bon, bon, fit le chauffeur. Chacun ses goûts, après tout.

Il tira la sonnette d'un portail qui faisait indéniablement partie d'une grille en fer forgé, et un vieux jardinier-homme de peine s'approcha en traînant des pieds sur une vaste pelouse, indéniablement verte. Il apercevait une véranda qui faisait le tour de la maison et qui était ornée d'une plante qui avait été formellement identifiée comme du chèvrefeuille.

— Il ne faut négliger aucune chance, marmonnait Benjy, peut-être pour se donner du courage. Et d'ailleurs, elle ne pourrait pas trouver mieux pour se planquer, si elle est vraiment maligne...

— Ouvrez-moi, ordonna-t-il d'un ton cassant. Je veux parler à la personne qui est responsable de cet endroit... C'est un ordre.

— Quoi ? souffla le vieux en brandissant un cornet qu'il porta à son oreille.

— C'est pas la peine de vous déguiser en phonographe, l'avertit Benjy.

Le fait que le chauffeur manifeste son impatience derrière lui ne fit que le rendre plus arrogant. Il exhiba sa plaque et secoua les barreaux de la grille avec autorité.

— Il a un rendez-vous, expliqua le chauffeur en se tordant de rire. Avec Mistinguett !

— Y' a pas de Miss Tinguett ici, assura le vieil homme gravement.

Mais il déverrouilla le portail et accompagna Benjy le long de l'allée pavée jusqu'à la maison et sonna à la porte qui s'ouvrait sur la véranda. Un visage de vieille pomme ridée, surgit à l'une des fenêtres et redisparut dans l'ombre.

Une femme d'un certain âge, un peu forte, apparut dans l'encadrement de la porte et le vieil homme annonça : « Y' a le M'sieur l'agent qui demande une certaine Miss...

— Jamais de la vie ! gronda Benjy. Retournez à vos moutons ! Qui est-ce qui est responsable ici ?

— Miss Ewing est notre directrice, fit la femme de chambre d'un ton raide. Un instant, s'il vous plaît.

Elle disparut en laissant la porte entrouverte. Benjy aperçut dans l'entrebâillement une silhouette en robe de chambre et papillotes qui traversait en trottinant le hall. C'était la vieille pomme qui l'avait épié derrière la fenêtre.

Il la foudroya d'un regard suspicieux.

— Hé là ! fit-il, d'un ton qui n'admettait pas de réplique.

— Hi, hi ! répliqua la petite silhouette en disparaissant dans l'escalier avec une agileté et une vivacité surprenantes.

La femme de chambre revint :

— Miss Ewing va vous recevoir dans son bureau, annonça-t-elle d'un air désapprobateur. Par ici, s'il vous plaît.

De l'étage au-dessus, pendant qu'il s'avançait dans le hall, lui parvenait un concert de voix flûtées :

— Je sais, il vient pour reprendre notre frigidaire. Nous n'aurons plus de desserts glacés !

Une dame à l'air revêche, le nez chaussé d'un pince-nez, entra dans le hall et claqua deux fois dans ses mains.

— Mesdames, allons, mesdames ! gronda-t-elle.

Le tumulte sénile s'arrêta net au-dessus de leurs têtes.

— Qu'est-ce que vous voulez ? demanda-t-elle à Benjy. En principe, nous n'admettons pas de visiteurs.

— Je ne suis pas un visiteur. Police.

— Entrez donc, fit-elle avec l'assurance que donne une conscience pure.

A part la table, on voyait dans son bureau un canari dans une cage dorée entourée d'un ruban et un caniche préhistorique qu'entourait aussi un ruban couleur saumon. Seul le téléphone avait échappé à sa vigilance, ou peut-être était-elle provisoirement à court de ruban.

Benjy lui joua la scène classique. Promenant d'abord autour de lui un regard indifférent, subitement, il lâcha avec la brusquerie d'un coup de fouet :

— Je cherche une femme qui s'appelle Mayberry, et il observa son visage attentivement.

Même un flic moins malin que lui aurait remarqué que le nom ne lui était pas inconnu.

— Mayberry ? (Ses bajoues pâlirent un tantinet.) N-non, balbutia-t-elle, nous n'avons personne de ce nom.

— Je commence à croire que si, et je veux lui parler.

— Je peux vous montrer mes registres, fit-elle vivement.

Il eut un geste désabusé de la main.

— Bien sûr. Je connais le truc, elle n'est pas dans vos livres. (Il décida de lui porter un deuxième coup, grand classique du genre : faire semblant de renoncer, juste avant de bondir sur sa proie.) Bon, bon, dit-il, j'espère pour vous que vous me dites la vérité.

Et il se leva et se dirigea vers le hall comme pour sortir. Elle l'accompagna, mais il était manifeste qu'elle n'était pas parfaitement à l'aise.

Pendant qu'ils étaient dans le hall, le vieil homme arriva sur la véranda avec à la main une poignée de courrier. La femme de chambre s'en empara et le posa sur une table près de la porte. Benson s'approcha et farfouilla négligemment dans le paquet de lettres. Il en prit une et se retourna vers son hôtesse.

— Alors, ma petite dame, où est-elle ?

L'enveloppe portait dans le coin en haut à droite l'inscription *Crème de Jouvence Eternelle — Echantillon Gratuit*. Elle était adressée à *Mme Eléonore Mayberry Winstead, c/o Foyer Florence Ewing.*

Miss Ewing fit une grimace craintive.

— Oh, mon Dieu, gémit-elle doucement. Oh, mon Dieu, faut-il vraiment que vous... ?

— Alors comme ça, vous savez très bien de quoi on veut lui parler ?

— Bien sûr. Nous le savons toutes. Elle nous en a parlé dès qu'elle est arrivée ici...

— Allons, du calme, personne ne lui fera de mal, nous avons seulement besoin d'elle comme témoin. N'empêche que vous ne devez pas faire obstruction à la justice. Heureusement pour vous, il n'y a pas encore d'avis de recherche la concernant, sans quoi j'aurais pu vous y mettre dedans pour hébergement de fugitif.

Elle joignait les mains et les rouvrait comme si elle pétrissait de la mélasse.

— Je ne veux pas voir ça, gémit-elle. Tout droit, jusqu'à la porte de derrière. Elle est en général sur la véranda à cette heure-ci. Et s'il vous plaît, ne soyez pas inutilement brutal.

Elle se détourna et s'essuya les yeux.

Benjy prit une respiration profonde avant de se diriger vers l'arrière de la maison. Il s'en voulait d'avoir à faire ça, au fond. Mais après tout, elle n'était pas recherchée pour meurtre, on voulait seulement l'interroger. Et quelle idée de se cacher dans un pareil endroit ! Une femme qui avait pensé à ça, y' avait pas à se faire du souci pour elle, elle était capable de se défendre.

Il poussa une porte battante sans faire de bruit et ce qu'il vit lui flanqua la chair de poule, tant c'était conforme à ce qu'avait décrit Freddie. La véranda était complètement recouverte de chèvrefeuille ; c'était ça qui avait dû étouffer les vibrations, ce matin. Et au-delà, il y avait la pelouse, et dans le lointain, la grille de fer qui clôturait le terrain.

Une silhouette assise dans un fauteuil à bascule lui tournait le dos. Il voyait dépasser des cheveux platine, aux ondulations délicates. Une petite colonne de fumée de cigarette montait au-dessus de la jolie tête. Au bruit des pas sur la véranda derrière elle, elle jeta la cigarette, l'écrasa du pied et dissipa la fumée d'un geste furtif de la main, sans se retourner pour voir qui s'approchait.

Benjy fit le tour et vint se planter devant elle. Des yeux juvéniles et brillants le regardèrent, au milieu d'un fin réseau de rides, probablement un savant maquillage. A ses pieds, une boîte de caramels, à moitié vide. Sur ses genoux un livre ouvert : *L'amant de Lady Chatterley.*

— Pas mal comme déguisement, petite madame, reconnut-il, admiratif, mais on ne me la fait pas.

Il tendit la main vers les friselures argentées, pour voir si c'était une perruque ou une décoloration.

Une main sèche aux doigts couverts de bagues lui administra une tape autoritaire.

— Hé là, ne faites pas ça, surtout que nous n'avons pas été présentés ! Ça me prend une bonne heure pour me coiffer.

— Je veux que vous me suiviez. Je vous emmène en taxi faire une petite promenade en ville, dit-il.

— Eh bien, ça alors ! dit-elle, et elle avait l'air plus amusée qu'autre chose. Ça fait bien longtemps qu'une jeune homme ne m'a pas...

— Vous êtes Eleonore Mayberry, n'est-ce pas ? demanda-t-il, un peu hésitant.

— Oui, admit-elle, vaguement réticente.

— Bon. Eh bien, nous voulons vous poser quelques questions sur un homme qui a été assassiné dans une chambre du deuxième étage dans... une maison de la 50e Rue Est.

Elle poussa un soupir mais elle le regardait droit dans les yeux.

— C'est vrai, j'étais là, dit-elle d'un air pas particulièrement contrit. C'est Ed, mon mari, qui a fait ça. (Elle étouffa un petit rire et eut un geste de dénégation.) Oh, j'étais un numéro ! Il vaut mieux ne pas en parler.

Il la regardait, fasciné.

— C'est formidable, votre maquillage, admit-il. Vous avez vraiment l'air d'une vieille dame ! Quelqu'un de moins ficelle que moi aurait marché. Vous avez quel âge en vrai, trente ans ? Allez venez, le taxi attend. Ça m'embête de vous embarquer comme ça, mais le boulot c'est le boulot.

Elle était radieuse en le suivant le long de la véranda.

— J'irais au bout du monde les yeux fermés avec quelqu'un qui croit que j'ai trente ans, dit-elle, ravie.

Il y eut un silence lourd de questions quand Benjy la fit entrer dans le bureau de Schenley une heure plus tard. Le regard de Schenley en particulier avait un éclat glacial en se posant sur le nouvel arrivant. Un individu à l'allure dépenaillée se tenait contre le mur, encadré par les deux collègues de Benson. Benjy était trop plein de l'importance de sa bonne nouvelle pour remarquer la tension ambiante.

— Dites donc, chef, annonça-t-il, ce Freddie est vraiment fortiche...

Schenley leva la main.

— Un instant, fit-il d'un ton rogue. (Et, se tournant vers les deux autres :) Descendez avec lui, les gars, et travaillez-le encore un peu. (Quand ils furent sortis, il fit remarquer, comme s'il ne s'adressait à personne en particulier :) Moins il y aura de témoins, mieux ça vaudra pour mon amour-propre et ma tranquillité d'esprit.

Il ferma les yeux et se pinça très fort l'arête du nez.

— Bon, chef, je vous disais donc, reprit Benjy triomphant. La voilà !

— La voilà qui ? fit Schenley d'une voix étouffée.

— Eh bien, Eléonore Mayberry, la femme de notre bonhomme ! Est-ce que Dixon et les autres l'ont retrouvé, le bougre ?

— Oui, oui, fit Schenley les dents serrées. Ils ont appelé il y a environ une heure. Ils l'ont retrouvé, pour ça oui...

— Où ça ? demanda Benjy, jubilant.

— Une pierre tombale au Cimetière de Greensward. (Schenley but un verre d'eau d'une traite, comme pour conjurer une menace d'apoplexie.) L'inscription sur sa tombe date de 1910, ajouta-t-il avec un calme forcé.

— Ça alors, un coup pour rien, dit Benjy. (Cependant, il ne laissa pas cette nouvelle refroidir son enthousiasme.) Mais elle, la voilà. Regardez-moi ce maquillage. Je l'ai amenée telle quelle. Les matonnes sauront mieux la débarbouiller que moi…

La prisonnière eut l'air agréablement flattée, leva les yeux au ciel avec une mine coquette et murmura quelque chose comme :

— Le voilà qui recommence !

— Mais elle ne nie pas, et elle reconnaît que son mari a bien tué ce mec dans une maison de la 50e Rue…

Il y eut un long, très long silence. Un silence mortel. Schenley saisit les bords de son bureau à deux mains, comme pour retrouver son contrôle sur soi. Finalement, il prononça d'une voix égale :

— Pourriez-vous dire à notre ami la date de ce fait divers, madame Mayberry ?

— Bien sûr. Je croyais que tout le monde le savait, c'était dans tous les journaux, dit-elle, surprise. 10 Avril 1887. Je ne comprends vraiment pas pourquoi vous ressortez cette histoire, alors qu'Ed a été jugé et acquitté au bénéfice du doute. Mon Dieu, cela fait déjà vingt-sept ans qu'il nous a quittés, le pauvre cher homme !

— Tu ferais mieux de t'asseoir et de boire un verre d'eau aussi, Benson, fit Schenley, mais sans grande chaleur dans la voix. (Il fit le tour de la table et tendit un bras galant à la prisonnière.) Me permettez-vous de vous accompagner jusqu'à un taxi ? Et nous pardonnerez-vous de vous avoir importunée ? Je vais envoyer un de mes hommes pour vous reconduire au cas où ça vous serait désagréable de rentrer seule…

— Oh, non. Il vaut mieux pas, fit-elle en riant sous cape. Ces dames sont tellement bavardes. Qu'est-ce qu'elles vont dire si elles me voient revenir avec un policier ? Mais si je pouvais vous faucher une petite cigarette pour fumer en route, ça me ferait bien plaisir. Miss Ewing est très sévère là-dessus.

Et elle eut l'air absolument enchantée.

— Achetez donc une cartouche de cigarettes et une boîte de bonbons pour madame Mayberry, cria Schenley par la porte, et payez son taxi d'avance.

Il rentra dans la pièce et se mit en devoir de passer tous les objets lourds sur lesquels tombait son regard à quelqu'un dans le couloir, comme pour écarter une tentation. Revenu à son bureau, il s'assit même un moment sur ses mains comme pour éviter qu'elles ne cèdent à une compulsion maniaque.

— S'il te plaît, rentre te coucher, supplia-t-il d'une voix faible. Je ne voudrais pas qu'il arrive un malheur… Et il reste des chaises très lourdes et un pied de lampe…

— Mais chef, je ne comprends pas, fit le fin limier d'un ton plaintif. Vous avez entendu vous-même Freddie dire que l'assassin s'appelait Mayberry et que sa femme était dans la penderie…

— Et c'était absolument exact, susurra Schenley d'un ton doucereux, à ceci près qu'il était remonté un peu trop loin dans le temps, au point de tomber de sa chaise. Le meurtre Mayberry-Halsey a bien eu lieu dans cette chambre, exactement comme il l'a décrit… mais cinquante ans plus tôt. Il se trouve que nous avons retrouvé le meurtrier de McAvoy, qui l'a tué de la même façon, au même endroit et avec le *même tisonnier*, il y a deux semaines. Nous l'avons retrouvé cet après-midi grâce à un coup de bol. C'est lui que tu as vu tout à l'heure. Il en voulait à McAvoy parce qu'il avait été licencié et que c'est à McAvoy qu'on avait donné le boulot. Il l'a suivi un soir et il l'a estourbi. Aujourd'hui il s'est représenté pour le même job, pour l'employeur ça a fait tilt, et il nous a prévenus. Alors je te propose qu'on ne reparle plus jamais de ce qui s'est passé ici tout à l'heure. Ça va être assez dur à digérer comme ça.

Et comme Benjy Benson s'éloignait vers la porte et se retournait avec une expression perplexe et douloureuse, tel un homme qui a fait de son mieux et dont les mérites ne sont pas reconnus, il entendit Schenley ajouter :

— Et rappelle-moi qu'il faut que je te mette sur une autre affaire importante. Dès demain. Je voudrais que tu me retrouves ce lascar, tu sais, Caïn. On le recherche pour l'assassinat de son frère.

Devant ce signe de confiance retrouvée, Benjy Benson arbora un air zélé, enthousiaste, fonceur. Comme il se doit quand on est un inspecteur modèle.

— Son nom de famille, c'est quoi ? demanda-t-il en se frottant joyeusement les mains.

ÇA COINCE

(Stuck)

C'est étonnant l'effet que peut avoir un simple bruit de pas sur certaines personnes. Prenez par exemple Mme Mollie O'Shay. Un certain bruit de pas familier avait sur elle un étrange pouvoir. Ça suffisait à amener dans son allure et son comportement une transformation aussi stupéfiante que celles dont font état les publicités pour les élixirs de beauté du style *avant-après.* Un simple bruit de pas produisait sur elle ces effets remarquables. Le bruit de pas en question appartenant à sa supérieure hiérarchique, la gérante de l'hôtel. C'était un pas reconnaissable entre tous grâce au fait que Mme Hawkins portait des chaussures dont le cuir grinçait si bien qu'on l'entendait d'un bout à l'autre du couloir de cet établissement tranquille. Cela rendait impossible une approche furtive. Du point de vue de Mme O'Shay, c'était formidable. C'était la cloche au cou du taureau. Ou la sonnette au passage à niveau.

Avant d'entendre ce grincement, Mme O'Shay, femme de chambre de nuit, s'avançait le long du couloir du neuvième étage pour faire les chambres vides, ou encore celles qui avaient affiché « Ne pas déranger » plus tôt dans la matinée : elle offrait le spectacle d'une créature aux épaules tombantes, à la tignasse broussailleuse, et qui traînait derrière elle trois appendices ; une serpillière au bout d'un long balai et ses deux pieds. La voir déambuler, c'était un crève-cœur tant elle avait l'air de vouloir s'écrouler d'un moment à l'autre. Une seule partie de son individu faisait preuve d'une certaine énergie : sa mâchoire. Elle broyait inlassablement une petite boulette de chewing-gum, de préférence *Wintergreen* à la chlorophylle. Le chewing-gum *Wintergreen* à la chlorophylle était la seule joie de Mme O'Shay, sa seule drogue, son vice secret.

Et puis se faisait entendre le craquement menaçant des chaussures de cuir provenant de l'angle du couloir. Et la transformation miraculeuse s'opérait. Faust, ça n'était rien à côté. Mme O'Shay portait rapidement une main à sa bouche et la mastication s'interrompait. Le chewing-gum pendant le service était strictement prohibé par le règlement de la maison. Et Mme O'Shay tenait à son job. Son bonhomme était un bon à rien d'ivrogne et ce boulot lui permettait au moins de s'acheter de ses propres deniers du chewing-gum *Wintergreen.* Parallèlement, d'autres transformations s'opéraient. La serpillière et les pieds rattrapaient le reste de son corps, se replaçaient pour ainsi dire à l'aplomb. Les épaules affaissées se redressaient, les cheveux se remettaient en place. Une femme de chambre alerte, pimpante, à la démarche martiale de petit soldat, s'offrait au regard glacé, critique, de la gérante qui passait.

Peu importait que ce mirage s'évanouisse à peine la gérante avait-elle le dos tourné. Le craquement du cuir était plus rapide que le regard, voilà tout.

Dans une des chambres de l'étage en dessous, où se tenaient trois hommes, le souci des apparences se trouvait être aussi le problème numéro un. Un souci bien plus grave que ceux qu'avait jamais pu connaître Mme O'Shay. L'un d'eux avait un œil au beurre noir, mais ça n'était pas la cause de leur inquiétude.

Un des deux autres, après être resté un bout de temps immobile, comme cloué sur place, plongea brusquement vers la porte, tel un coureur au moment du sprint. Le second, qui était lui aussi figé comme dans une transe, sembla revenir à la vie, bondit et attrapa le premier au collet juste avant qu'il n'ouvre la porte et ne sorte en courant.

— Tu perds la boule ou quoi ? murmura-t-il, farouche. Faut pas paniquer comme ça, qu'est-ce qui te prend ? C'est pas comme ça qu'on va s'en sortir. Faut réfléchir ! Se casser, c'est toujours la pire chose à faire, dans un cas comme ça. Calme-toi. Assieds-toi une minute.

Le premier des deux, amer, prit à témoin les dieux de l'ironie universelle.

— Il me demande de m'asseoir et de réfléchir... avec *ça* sous le nez !

Il montra d'un geste embarrassé le troisième homme. Le troisième homme était mort. Plus exactement, il venait de finir de mourir. C'était d'ailleurs le même qui avait un œil au beurre noir, mais aucune application de beefsteak cru ne guérirait ce cocard-là.

— Pourquoi il a fallu que tu le bouzilles ? gémit-il. Tu pouvais pas te contenter de lui donner une leçon, comme l'autre mec l'a fait avant ? Qu'est-ce qui t'a pris de lui planter ce surin dans le buffet ?

— C'est marrant, dit le deuxième homme, qui pourtant n'avait pas l'air de rire, s'il avait pas sorti son couteau au début de la soirée pour se défendre contre Ferris, y serait encore en vie. J' te cache pas que c'est ça qui m'a donné l'idée. Et quand tu l'as alpagué par-derrière et que tu lui as cloué le bec, c'était trop beau pour laisser passer l'occase. C'est son couteau à lui, mais y va falloir le nettoyer, y'a mes empreintes partout dessus.

Il se pencha sur le mort en se pliant à partir de la taille, histoire d'éviter de se tacher, tira quelque chose d'un coup sec et recula. Il emporta l'objet dans la salle de bains et on entendit cracher et siffler le robinet d'eau chaude. Il revint en le tenant enveloppé dans une serviette.

— Du savon et de l'eau chaude, dit-il, ça devrait les effacer.

Il replaça soigneusement le couteau dans la plaie tout en retirant la serviette, de façon à ne pas la tacher.

Le visage de l'autre homme montrait tous les signes de la fascination et de l'horreur. La panique le submergea encore, comme une vague déferlante.

— Foutons le camp d'ici ! Qu'est-ce qu'on fout à rester plantés là ? Pour l'amour du Ciel, foutons le camp de cette piaule, cassons-nous de cette baraque ! T'es paralysé, Logan ? Ça fait dix minutes que c'est arrivé !

— La trouille te fait déconner, y'a à peine deux minutes ! Si on panique pas, ça va se passer très bien. Son propre couteau, fit-il rêveusement, et un cocard signé Ferris. C'est Ferris qu'est dans de sales draps. D'autant qu'il crèche à l'étage au-dessus.

Son acolyte dit d'un ton plein d'espoir :

— Je vois c' que tu veux dire. C'est notre seule chance. D'accord. Alors, qu'est-ce qu'on fait ? On le porte dans la chambre de Ferris et on le plante là ? Avec ça, Ferris, il est fait comme un rat !

— C'est nous qu'on est bons, tu veux dire ! fit Logan, méprisant. Quelqu'un nous verra le transporter dans le couloir, à tous les coups. C'est toujours comme ça, au moment où on s'y attend le moins. Et c'est nous qu'on sera faits comme des rats ! J'ai une meilleure idée. On le laisse où il est et on fait croire que Ferris est venu ici et lui a réglé son compte.

— Comment tu vas t'y prendre ?

— Qu'est-ce qu'ils cherchent en premier quand ils sont sur un coup comme ça ? Des empreintes digitales. Puisqu'on peut pas porter le paquet chez Ferris, et qu'on peut pas non plus trimbaler Ferris ici sans nous mouiller, y'a qu'à faire venir ses empreintes digitales à la place et après y'a plus qu'à laisser faire.

— Comment ça ? grogna son partenaire d'un air pitoyable.

— Donne-moi un tournevis et j' te montre. Et pis non, c'est pas la peine. J'ai qu'à prendre la lame de mon canif. (Il avertit son compagnon :) y va falloir que je laisse cette porte ouverte une minute. Alors tu restes devant et tu fais le pet. Si t'entends quelqu'un qui arrive, tu me fais signe.

Il était déjà à croupetons, en train de travailler avec des mouvements rapides du poignet.

— Pourquoi t'enlèves la poignée de la porte ?

— Espèce d'andouille, tu sais pas que ces poignées de portes d'hôtel sont interchangeables ? Elles vont sur toutes les portes.

Il avait déjà fini. Une vis minuscule tomba du carré de la poignée et il la recueillit dans le creux de sa main. Puis il enveloppa la poignée extérieure dans son mouchoir, la retira et la mit dans sa poche.

— Et voilà le travail. On prend celle de la porte de Ferris qu'il a tripotée toute la semaine et qui est couverte d'empreintes de lui, et on la met ici à la place de celle-ci. (Il fit signe à son compère de rentrer dans la pièce.) Tu restes ici. J'en ai pour un instant.

— Nom de Dieu, fais vinaigre, tu veux bien ? Quelqu'un va sûrement finir par passer et remarquer cette tige sans poignée ! Comment tu sais que Ferris est pas dans sa chambre ?

— C'est mon p'tit doigt qui m' l'a dit, soupira l'industrieux Logan, et il disparut dans le couloir en direction de l'escalier de secours.

Il revint dans un temps record, mais pour son acolyte, qu'il avait laissé à monter la garde, tremblant de peur, ce fut comme si janvier, février et mars s'étaient écoulés.

— Je l'ai retirée sans y mettre un doigt, haleta Logan triomphant. Alors, couvre-moi encore un instant, et on est bons.

Il repoussa la porte vers l'intérieur de la chambre, prit soigneusement la deuxième poignée emmitouflée dans sa poche, l'engagea sur l'axe carré et la fit maintenir par son partenaire à travers le mouchoir, le temps de replacer la vis et de la serrer.

Quand ce fut fait, ils restèrent un moment à essuyer soigneusement tout ce qu'ils se souvenaient avoir touché pendant le peu de temps qu'ils avaient passé dans la chambre. Et puis Logan referma la porte derrière eux, en protégeant sa main, et ils s'éloignèrent rapidement, en silence.

— Ouh là là ! murmura le compère poltron en poussant un soupir de soulagement. On n'a plus qu'à se dépêcher de demander notre compte et à partir d'ici...

— T'en loupes vraiment pas une ! On avait pas l'intention de demander notre compte avant, non ? Alors pourquoi on le ferait maintenant, tout à coup ? Pour se faire repérer, y'a pas mieux ! On s'en ira quand ils auront épinglé Ferris, et pas avant !

— Y va plus me rester bezef d'ongles à couper d'ici là, se lamenta son coéquipier.

— Et vous affirmez que vous avez vu ce Ferris lui cogner dessus et lui faire un œil au beurre noir, plus tôt dans la soirée ? dit Burke.

— Oui, devant tout le monde, répondit le réceptionniste. A moins d'un mètre du bureau. Ça a fait un de ces chambards dans le hall. J'ai cru qu'il allait falloir qu'on appelle la police. A c' qui paraît que ce Carmody était une espèce de book, et il avait dû y' avoir une histoire d'argent entre eux. D'ailleurs j'ai l'impression qu'il avait des histoires d'argent avec pas mal de gens, peut-être parce qu'il trichait sur les paris ou quéqu' chose comme ça ; on avait remarqué qu'il était sournois pour ce qui est de dire où il allait, ou à propos des gens qui venaient le voir ici. Même qu'il nous avait carrément donné l'ordre, si on le demandait, de répondre qu'il n'habitait pas ici. Eh ben ce soir, juste au moment où il rentrait, Ferris sortait et ils se sont trouvés nez à nez. J'ai entendu Ferris dire : « Ah, te voilà, ordure ! Ça fait un bout de temps que je te cherche ! » Et il lui a mis son poing dans la figure. Carmody a sorti son couteau pour se défendre et il a fallu le chasseur et deux bagagistes pour retenir Ferris. On a tous entendu Ferris dire : « Et ça n'est qu'un début, c'est moi qui te le dis, je te retrouverai ! Et si t'as le malheur de ressortir ton couteau, je t'étripe avec lui. » Dès qu'il a été parti, Carmody a demandé sa note, et a dit qu'il décanait dans l'heure.

— C'est ce qu'il a fait, remarqua Burke, impassible. Mais pas par la grande porte.

Le téléphone sonna et il répondit :

— Laissez-le monter. Ferris vient d'entrer dans l'immeuble, dit-il au réceptionniste. J'ai un homme qui l'attend devant sa porte. Je ne pensais pas qu'il reviendrait comme ça. Il est sans doute allé s'arranger un alibi. L'avez-vous vu passer devant le bureau entre le moment de la bagarre et maintenant ?

— Non, admit le réceptionniste.

— Mais il aurait pu revenir sans que vous le voyiez, non ?

— Oui, en passant par le flanc, en traversant le *drugstore* et en prenant l'escalier pour monter. En faisant comme ça, il n'est pas obligé de passer par le hall. On ferme cette porte la nuit, mais seulement à partir de minuit.

On frappa à la porte de la chambre.

— Fais-le entrer, Mike, dit Burke sans même tourner la tête. (Puis, à l'adresse du jeune réceptionniste qui était très pâle :) Ça va, mon petit, vous pouvez retourner à votre bureau maintenant.

Ferris était un homme trapu au visage coloré ; il portait un costume rayé à la dernière mode.

— Otez vos mains de mon paletot, je peux marcher tout seul, disait-il à l'autre policier quand la porte s'ouvrit. (Puis à Burke, sans regarder autour de lui :) Pourquoi est-ce que vous me faites venir ici ? C'est la chambre de qui ?

Burke dit sèchement :

— T'as la mémoire courte, non ? Je vais te montrer à qui c'est, la chambre.

Le policier le lâcha et referma la porte. Burke le prit par le bras.

— Viens par ici jeter un coup d'œil, dit-il. (Il le conduisit près du lit où se trouvait une forme recouverte d'un drap qu'il arracha brusquement.) Tu le connais ?

Ferris devint très blanc et eut un mouvement de recul devant le visage du mort. Mais il parla sans hésiter.

— Je comprends, que je le connais. Il s'appelle Carmody, et il a mérité ce qui lui arrive !

Le sourire de Burke n'avait rien de rassurant :

— C'est ce qu'ils disent tous. Et toi aussi, tu auras mérité ce que tu vas récolter pour ça.

Cette fois-ci, il ne pâlit pas seulement, il se mit à trembler.

— Ce que je vais récolter ? Ce n'est pas moi qui ai fait ça. La dernière fois que je l'ai vu, c'est à huit heures et demie du soir, en bas dans le hall !

La voix de Burke râpait comme de la limaille de fer.

— La dernière fois que tu l'as vu, c'est quand tu l'as tué. Dis donc, mon mignon, qu'est-ce que tu crois qu'il nous faut comme preuves, une bande d'actualités prise sur le vif ? On a tout ce qu'il nous faut ici.

Le flic qui se tenait à la porte annonça :

— *Dix-doigts* est arrivé.

Et il s'effaça pour laisser passer un homme qui saupoudra du talc partout et prit des photos.

Ferris parlait d'une voix rauque :

— J'ai jamais mis les pieds dans cette chambre, je vous dis ! Je savais même pas le numéro de la chambre de ce salopard avant que vous me traîniez ici !

Burke s'adressa par-dessus son épaule à l'expert :

— Prenez aussi cette poignée de porte. Et un jeu de ses empreintes à lui. Son compte est bon s'il y en a une seule sur cette poignée qui leur ressemble ! Et puis il y a un couteau pour vous sous le drap, là où ça fait comme un piquet de tente.

Dix-doigts étala une feuille de papier tournesol sur le bord de la table.

— Pour l'amour du ciel, supplia Ferris pendant que l'expert lui écrasait les doigts sur un tampon encreur comme si c'étaient des doigts inanimés qui n'appartenaient à personne. J'étais au cinéma de neuf heures jusqu'à il y a à peu près une demi-heure !

— Ça, c'est un air connu, fit Burke, cynique. Pourquoi vous n'en changez pas un peu, les gars ? Et viens pas me montrer le programme ou ton billet d'entrée, je sais que ça se ramasse comme on veut devant le cinéma ! Allez, mon coco, faut prendre ta brosse à dents et ta bouillotte, on s'en va... et t'es pas près de revenir. Tu reviendras peut-être même que sous forme de courant électrique pour qu'on allume la lumière.

Il lui flanqua un coup d'épaule, lui immobilisa un bras, puis lui flanqua une autre bourrade pour le faire avancer vers la porte.

Ferris essayait de se retourner pour le regarder en face.

Il gémit :

— Me faites pas ça, hein ? Laissez-moi me défendre. Y'en a un million, de mecs qu'ont foutu une trempe à quelqu'un en lui disant qu'ils auraient sa peau. Ça veut rien dire. C'est une façon de se défouler.

— Eh ben, tu seras numéro un million et un. L'immunité s'arrêtait au million.

L'homme des empreintes, accroupi près de la porte fit remarquer abruptement :

— Vous disiez *une seule ?* Il y a toutes ses empreintes là-dessus, les cinq doigts, et au moins trois fois ! Je les vois à l'œil nu rien qu'avec la loupe, pas même besoin d'emporter ça au labo ! Ce laiton, ça prend les empreintes comme un miroir !

Il tenait le papier tournesol contre la poignée essuyée et promenait une loupe alternativement sur l'un et sur l'autre.

— C'est tout ce que je voulais savoir, dit Burke d'un ton sec et ferme. Alors comme ça, mon trésor, tu n'as jamais mis les pieds dans cette chambre ? Les mains seulement, sans doute ?

Il y eut un petit cri d'effroi quelque part dans le couloir juste devant la chambre, et le deuxième policier, qui était sorti devant eux, dit à quelqu'un :

— Qu'est-ce qui vous arrive ?

Une voix rauque et caquetante, au timbre vaguement féminin, suppliait :

— Vous allez pas y dire, hein ? Elle m'a déjà vu faire deux fois et elle m'a dit que si elle en trouvait encore, c'était la porte ! J'y tiens, moi, à ma place...

— Qu'est-ce qu'elle raconte, cette vieille folle ? demanda le policier.

Burke les rejoignit sur le seuil de la porte, son prisonnier fermement tenu par l'épaule et le poignet. Mme O'Shay était là, dans son état d'*avant* les bruits de pas, sa serpillière traînant loin derrière elle, les yeux fixés d'un air lugubre sur l'expert accroupi et sa loupe.

Burke était le genre de flic à se mêler de tout ce qui ne le regardait pas, même des divagations des plus barjos.

— Qu'est-ce qu'il ne faut pas dire à qui ? demanda-t-il.

— Mon chewing-gum, pardi. C'est pas ça que vous cherchez avec votre loupe ? Je sais que je devrais pas, dit Mme O'Shay en volant au-devant de l'objection, mais vous pouvez être sûr que pas plus tôt j'en commence un tout neuf, la voilà qui rapplique, ça rate pas, et y faut que je le crache et que je le colle sur la première poignée...

— Oh... C'est à vous, alors ? dit l'expert d'un ton désapprobateur. Il me gêne depuis que j'ai commencé à travailler.

Burke jeta un coup d'œil par-dessus son épaule, à travers le verre grossissant. Le petit monticule de gomme à mâcher était sur la tige de la poignée, juste derrière le bouton.

— Alors, qu'est-ce que vous voulez au juste, le reprendre pour le remâcher un coup ? demanda-t-il, bourru.

— Oh non, protesta Mme O'Shay, c'est seulement que quand j'ai voulu le reprendre, il était plus là où je l'avais mis... (Elle montra Ferris.) A la porte de ce monsieur, le 910, à l'étage au-dessus. Mon Dieu, je me suis dit : « elle l'a trouvé et elle va me donner mon compte ». Et pis j'ai entendu qu'il y avait des messieurs de la police et je suis descendue pour voir si c'était pour moi qu'ils venaient... Et voilà-t-y pas que je le retrouve ici, à l'étage au-dessous !

Elle s'approcha, s'accroupit laborieusement et fourra son nez sous la poignée.

— *Wintergreen* à la chlorophylle, dit-elle. Pour sûr, c'est le mien. Mais comment donc qu'il a fait pour descendre là ? Je l'ai pas mis sur cette porte-là, c'est pas mon étage, ici. Moi, je travaille au neuvième. Z'allez pas m'arrêter, quand même ? J'ai fait ça sans malice, hein ?

Burke dit doucement entre ses dents serrées :

— Vous commencez à m'intéresser, grand-mère. Venez ici, reprenez votre respiration et racontez-moi ça depuis le début.

Quand elle eut fini, il dit :

— Vous êtes sûre que c'est sur la porte 910 que vous l'avez collé, pas sur une autre ?

— Ma tête à couper ! J'ai bien regardé le numéro où je le mettais. Je voulais le récupérer. J' peux pas m' permettre de les gâcher comme ça.

Burke s'adressa au deuxième policier :

— La poignée de porte de Ferris a donc permuté avec celle-ci. Qui crois-tu qui les a aidées à faire ce petit chassé-croisé ?

L'autre répondit d'un ton renfrogné :

— En tout cas, pas lui. C'est rare qu'un mec se

mette un meurtre volontairement sur le dos. Mais alors, faut repartir à zéro.

— Pas du tout, on touche au but, au contraire. Si tu voulais trimbaler une poignée d'une porte à une autre sans laisser tes empreintes, comment tu t'y prendrais ?

— Avec mon mouchoir, j'imagine.

— Et comment il est ce chewing-gum, *Dix-doigts ?* Bien rond et lisse, comme quand elle l'a collé là ?

— Non, il est tout plein de petites pointes, comme des petits filaments, comme s'il avait collé à quelque chose qui a servi à envelopper la poignée. A la loupe, ça se voit très bien.

— Bon. Allons-y, dit Burke. Il nous reste une chose à faire. Trouve-moi un mouchoir avec des marques de chewing-gum dans une poche, ou dans la corbeille à papier d'une des chambres, et l'affaire est dans le sac ! Ils ont probablement même pas remarqué que le chewing-gum était là, tellement ils étaient fiers de leur coup. Je parie que l'affaire sera réglée dans les vingt minutes. Donnez-nous votre passe, mémé. (Et comme les deux flics s'élançaient au pas de course dans le couloir, la narine frémissante, il se retourna vers elle et lui lança :) Et faites-moi penser à vous servir une rente de chewing-gum à vie, mémé !

LE CHAPEAU QUI CHANTAIT

(The counterfeet hat ou The hat ou The singing hat)

Marty Dillon était un pauvre bougre qui allait tout doucement son bonhomme de chemin. Il s'achetait un nouveau costume tous les cinq ans peut-être, et un nouveau chapeau guère plus souvent. Mais le jour où cette histoire commence, les cinq ans de vie de son chapeau viennent sans doute de s'écouler, et il arborait un galure flambant neuf. Et comme tous les porteurs de chapeaux neufs, il n'était pas encore bien habitué à sa nouvelle coiffure.

Il ne la sentait pas encore bien, il n'aurait pas pu le reconnaître les yeux fermés au milieu d'une douzaine d'autres, comme son vieux bitos. L'objet ne s'était pas encore intégré à sa personnalité, il n'avait encore aucun de ces plis, de ces marques, de ces taches de graisse qui permettent à un homme d'identifier son chapeau. Ça viendrait en son temps ; ce chapeau avait encore quatre ans et onze mois à vivre.

Dillon et son nouveau chapeau entrèrent dans un *snack-à-un-bras*. Un *snack-à-un-bras* est un endroit aux murs carrelés de blanc comme une clinique. Deux rangées de fauteuils sont alignées contre le mur. Le bras droit de chaque fauteuil est prolongé par une tablette de faïence blanche. On y pose son manger. Il y a des patères au mur au-dessus des fauteuils. Et c'est tout.

Dillon prit un plateau, s'assit dans le premier fauteuil disponible et se mit au travail. Les divers mouvements pour couper, piquer, porter à sa bouche, firent glisser un peu sur son front son chapeau encore mal rodé. Il l'enleva et l'accrocha derrière lui pour avoir les coudées franches. Personne ne pouvait l'atteindre sans tendre le bras par-dessus son épaule et son plus proche voisin était tellement mieux nippé que lui que Dillon ne craignait rien pour son chapeau.

Il mangeait vite ; il était fatigué et il avait l'intention de rentrer se coucher tôt. Quand il eut fini et qu'il se leva, son voisin était encore là, mais caché derrière un journal déployé. Dillon attrapa un chapeau derrière lui sans regarder, et le mit sur sa tête. Peut-être les patères étaient-elles plus rapprochées qu'il ne l'avait cru ; on a vite fait de taper à côté quand on ne regarde pas ce qu'on fait.

En tout cas, une vision fugitive de l'objet au moment où il passait devant ses yeux lui permit de distinguer la bonne forme et la bonne couleur, et il sortit donc sous ce couvre-chef. Une fois passé la porte il l'assura un peu plus fermement sur sa tête d'une main et il lui parut plus doux, d'une texture plus fine, mais il n'y fit pas plus attention que ça.

Il était à mi-chemin de chez lui quand il jeta par hasard un coup d'œil de côté et vit passer son reflet dans un miroir installé dans une vitrine. Cela se passait sur sa gauche et il lui sembla entrevoir une tache colorée sur le ruban de son chapeau.

Il s'arrêta net, recula d'un pas et regarda franchement. Il y avait bel et bien une petite plume verte effrontément nichée là où elle n'aurait pas dû l'être.

Il était sûr de ne pas avoir acheté de chapeau orné d'une aigrette verte.

Consterné, il le retira, le retourna et examina l'intérieur. C'était la même marque que le sien mais au lieu des initiales M. D. en papier doré collées tout bonnement sur le bandeau, il portait les initiales R. S. perforées dans le cuir, ce qui était quand même plus chic. C'était un chapeau à dix dollars alors que le sien en avait coûté cinq.

Il eut la tentation fugace de le garder, la surmonta victorieusement, poussa un grognement, remit le chapeau sur sa tête et se dirigea rapidement vers l'endroit qu'il venait de quitter.

Le fauteuil du voisin était maintenant vide. Il alla au comptoir et appela le patron :

— Dites donc, je suis parti avec le chapeau d'un autre et il a le mien. Qu'est-ce que je fais ?

— Laissez-le-moi si vous voulez, dit le patron. S'il vient le demander, je le lui donnerai et je vous garderai le vôtre.

— Nan, dit Dillon résolument. Il fait du vent dehors. Je m'enrhume facilement et je ne veux pas rentrer chez moi sans chapeau. Il ne reviendra peut-être jamais et je n'aurai plus de chapeau.

— Comme vous voulez, dit le patron qui s'en battait l'œil. (ce qui ne concernait pas directement sa tambouille ne l'intéressait qu'à moitié.) Laissez-moi votre nom et votre adresse et s'il vient réclamer, je lui dirai où il peut vous trouver.

Il posa devant lui un bout de papier taché de gras et un tronçon de crayon.

— Ouais, ça c'est une bonne idée, convint Dillon.

Et il inscrivit ses coordonnées. Le patron fourra le papier dans le tiroir de la caisse.

Dillon sortit une deuxième fois, un peu dépité

d'avoir fait tout ce chemin pour rien alors qu'il était déjà fatigué. Il grommela :

— Un autre que moi l'aurait gardé et aurait fermé sa gueule. Il est mieux que celui qu'il a récupéré !

Mais après tout, quand on s'était donné le mal de se choisir un chapeau, on tenait à le porter, celui-là et pas un autre. Il avait des idées arrêtées sur certaines choses. Il rentra chez lui, les mains dans les poches, sans tirer aucun plaisir de ce somptueux galurin qui n'était pas le sien de plein droit.

En arrivant dans sa chambre après avoir grimpé les quatre étages, de vagues inquiétudes l'assaillirent à retardement ; c'était dangereux de porter le chapeau d'un inconnu. Pellicules et autres trucs. Il le retira et le secoua vigoureusement, sans être bien sûr de l'efficatité du geste, du point de vue de l'hygiène. Il le frappa vigoureusement une ou deux fois du dos de la main, histoire de l'assainir.

Quelque chose tomba avec un bruit de papier froissé. Il se baissa et ramassa un billet de vingt dollars à ses pieds. Neuf, immaculé, il avait l'air de sortir tout droit de la planche à billets, à ceci près qu'il était plié dans le sens de la longueur de façon à tenir juste sous le bandeau dont il venait de tomber.

Et puis il s'était un petit peu froissé dans sa cachette, à cause de la chaleur de la tête du porteur, sans avoir perdu pour autant son aspect flambant neuf. Autant dire que s'il était resté là suffisamment longtemps il aurait fini par être bien chiffonné, comme s'il était en circulation depuis un bout de temps ; c'était même peut-être ça le but de l'opération, mais Dillon ne s'arrêta pas à cette idée.

La vue de cette brusque aubaine le laissa médusé pendant une bonne minute.

— Nom d'une pipe ! soupira-t-il, intimidé.

Il resta immobile, tenant le billet à deux mains comme s'il allait l'embrasser.

« Drôle de façon de trimbaler son argent », pensa-t-il. « Peut-être qu'il avait peur qu'on le lui pique dans ses poches. » Ça lui rappela cruellement que le billet n'était pas à lui. La tentation l'assaillit momentanément. « Je me demande s'il savait qu'il était là ? » se dit-il, rêveur. Il reprit le dessus très vite. Bien sûr que si. Les gens ne se promenaient pas avec des billets de vingt dollars dans leur chapeau sans le savoir.

Il poussa un soupir de regret. « Je crois qu'il va falloir que je le lui rende. J'ai laissé mon nom. Il saura où venir réclamer son chapeau. ». Il hocha la tête tandis que la vertu, enfin, triomphait. « Dieu, ça m'aurait pourtant bien dépanné ! »

Il retourna le chapeau et tripota le bandeau avec une sorte de respect. A sa grande stupéfaction, un deuxième billet tomba !

Histoire de ne pas perdre de temps, il retourna complètement le bandeau. Il y avait toute une chaîne de billets pliés et emboîtés les uns dans les autres, avec un trou à l'endroit où manquaient les deux premiers chaînons : tout se défit et tomba. C'étaient des billets de vingt dollars absolument neufs, à peine froissés et marqués par l'humidité, comme les premiers.

Il les déplia et les recompta. Il y en avait vingt. Quatre cents dollars ! (C'est-à-dire le maximum de ce qu'un « passeur » peut écouler en une soirée, même s'il achète des cigarettes à tous les coins de rue et s'arrête pour boire une bière dans tous les bars qu'il rencontre.)

Dillon, ahuri, pensait : « C'est pas possible ! C'est tout son compte en banque qu'il trimbalait sur sa tête ! » Mais ça commençait quand même à lui sembler curieux. Un billet, passe encore, mais tous ceux-là, l'explication ne tenait pas. Et tous des vingt dollars tout neufs... pas un seul vieux billet ; il porta le contenu du chapeau à son nez et huma... Pardi, ça dégageait comme une odeur écœurante d'encre fraîche.

Il murmura :

— Où donc est-ce que j'ai lu ça ? Dans le journal d'hier ou de ce soir ? Après avoir reposé le chapeau au trésor, il se mit à fouiller à la recherche du journal. Il retrouva ce qu'il cherchait dans le journal de l'avant-veille qu'il n'avait heureusement pas encore jeté parce qu'il n'avait pas terminé les mots-croisés. Il n'était pas très érudit et ça lui prenait une semaine.

Une marée de faux billets inonde la ville, titrait le canard.

Il n'avait pas fait très attention à l'article, sur le moment, pour la bonne raison qu'il ne courait pas lui-même grand danger de se faire avoir. Il ne voyait pas souvent passer un billet de vingt dollars, et la marée en question était composée de billets de vingt dollars.

Quand il eut fini de lire, non seulement il savait à quoi s'en tenir sur sa découverte, mais il avait une sainte frousse. Il pensa : « Il faut que je m'en débarrasse ! Si on les trouve dans ma chambre, je suis bon ! On va me foutre en cabane ! »

Il avait le pénible sentiment que la police refuserait de le croire quand il expliquerait la façon dont il était entré en possession de cet argent. Il faut dire que c'était farfelu, son histoire ; prendre le chapeau de quelqu'un par erreur, et se retrouver avec quatre cents dollars de fausse monnaie. Ils l'arrêteraient comme complice de ces gens-là, quels qu'ils soient.

La panique montait, il tournait en rond autour du

chapeau maintenant posé à l'envers sur une chaise. Il le regardait, terrifié, comme s'il craignait qu'il ne lui saute dessus et ne le morde. Il avait même peur de sortir avec dans la rue, de le rapporter au *snack*. On pourrait l'arrêter en chemin, ou bien le patron risquait d'appeler les flics.

Il ne pouvait pas non plus le jeter par la fenêtre ou le brûler dans sa chambre ; il y avait quand même une toute petite chance que les billets ne soient pas des faux, et il se mettrait alors dans une autre espèce de pétrin ; le propriétaire du chapeau viendrait le récupérer, penserait qu'il avait volé l'argent et le ferait arrêter.

Plus il y pensait plus la seule chose qui lui semblait sûre était de porter le chapeau et les quatre cents dollars à la police le plus vite possible. Même s'ils avaient du mal à croire son histoire, cela jouerait en sa faveur d'être allé le leur rapporter au lieu d'attendre qu'on l'arrête.

Tout en réfléchissant, il s'affairait à replier chaque billet, à les mettre bout à bout pour reconstituer le collier de papier, la chaîne qu'ils formaient avant de tomber. Il le replaça sous le bandeau. Il replia soigneusement et remit le chapeau sur sa tête comme s'il s'agissait d'une couronne d'épines. Oui. Il allait se rendre sur-le-champ au plus proche commissariat ; plus vite ce serait fait, mieux ça vaudrait.

Son front était tout mouillé de sueur tandis qu'il se dirigeait vers la porte. Il tendit une main vers la poignée, l'autre vers le commutateur. Il ouvrit d'abord la porte. Et resta là, paralysé, oubliant d'éteindre.

Il y avait deux hommes parfaitement immobiles sur le pas de la porte ; ils le regardaient. Ils avaient dû monter sans faire de bruit, l'instant d'avant. Ils le regardaient froidement. Ce n'étaient pas des gens qui ne faisaient que passer sur son palier. Ils lui barraient la route.

Ils avaient des moitiés de visage ; c'est-à-dire que dans le faible éclairage de sa chambre, le rebord de leur chapeau cachait la partie supérieure de leur visage aussi efficacement qu'un masque.

Finalement, l'un d'eux lui dit « Bonjour ».

L'intonation annonçait un jeu dangereux.

— B-bonjour, fit Dillon d'une voix tremblante.

— Tu ne nous fais pas entrer chez toi ? dit le deuxième. Nous qui sommes venus de si loin pour te rendre ton chapeau.

Le premier pointa un doigt en avant. Il ne tendit pas le bras, ni même la main. Son doigt jaillit seulement de son poing comme la lame d'un couteau à cran d'arrêt quand le ressort joue. Le geste était menaçant.

— C'est mon chapeau que tu portes, fit le gars.

Mais pourquoi étaient-ils venus à deux alors que c'était le chapeau d'un seul d'entre eux ? « Il ne faut pas qu'ils sachent que j'ai trouvé l'argent sous le bandeau », pensa Dillon. « C'est ma seule chance. »

L'air était parfaitement immobile dans ce couloir, et pourtant il avait l'impression d'un souffle éclatant au-dessus de sa tête.

Ils s'avancèrent, l'obligeant à céder du terrain, à reculer dans la chambre. Ils étaient entrés maintenant. L'un d'eux referma la porte. Pourquoi faisait-il ça, alors qu'il s'agissait seulement d'échanger leurs chapeaux ?

Il espéra qu'il n'était pas aussi pâle que ce qu'il éprouvait le faisait craindre. Il ne fallait pas qu'il paraisse avoir peur ; car s'il n'avait pas trouvé l'argent, il n'aurait pas eu peur. Il n'aurait eu aucune espèce de raison d'avoir peur. Il remerciait sa bonne étoile de lui avoir soufflé de remettre l'argent sous le bandeau où il l'avait trouvé, plutôt que de le porter au commissariat dans sa poche ou enveloppé dans du papier journal par exemple.

Mais la porte avait un large trou de serrure. Depuis combien de temps étaient-ils là sans qu'il les ait entendus ?

— Tu sortais ? ronronna l'un d'eux.

— Je... J'allais au spectacle, fit Dillon en essayant de sourire.

Son sourire vola en éclats sur le granit de leurs visages.

— Tu allais au spectacle avec mon chapeau. Plus menaçant que jamais. Avaient-ils deviné où il comptait se rendre ? Celui qui avait parlé se tourna vers son compagnon :

— Qu'est-ce que t'en penses ?

Le cœur de Dillon battait comme un marteau-pilon. Ce n'était pas tant qu'il soit physiquement lâche, qu'il ait peur de se battre. Mais ces deux-là soufflaient la mort violente par tous les pores. Ça se sentait autour d'eux, comme un brouillard glacé.

Il retira le chapeau en faisant bien attention de ne pas le cabosser et le leur tendit d'un geste lent. Celui qui était le plus près le lui prit des mains. Puis il le retourna et regarda à l'intérieur. Enfin, il pivota et vérifia quelque chose en le tenant de façon à ce que Dillon ne le voie pas.

Dillon avait repris ses esprits. Le chapeau avait été rendu sans que soit trahi le secret de son contenu. Il dit :

— Je suis retourné là-bas dès que je me suis aperçu que je m'étais trompé, et j'ai laissé mon nom.

— Pourquoi t'as pas laissé le chapeau, puisque tu savais que ça n'était pas le tien ?

— Je... J'ai pensé que le patron de la boîte risquait

de ne pas le rendre, et que je me retrouverais sans chapeau.

C'était plausible, après tout.

Celui qui avait tourné le dos lui fit de nouveau face. Il tenait toujours le chapeau à la main. Il échangea avec l'autre un regard dur, perçant.

Dillon lisait parfaitement clairement dans ce regard. Il signifiait : « Tu crois qu'il sait ? Tu crois qu'on peut prendre le risque de le laisser courir ? » Il savait que sa vie était suspendue à ce regard. Il se retint de respirer, et cela lui parut durer une éternité.

Le second eut un imperceptible hochement de tête. Dillon comprit aussi que ce geste voulait dire : « Oui. Pas de problème. Ça ira comme ça. »

Le premier ôta de sa tête le chapeau de Dillon, le jeta avec dédain sur le lit et s'essuya les mains d'un air insultant.

— Voilà le tien, dit-il. La prochaine fois, fais gaffe à ce que tu fais. Allez, Jupe, sortons de cette taule.

Ils tournèrent les talons et se dirigèrent vers la porte. Une vague de soulagement chaude et douceâtre submergea le pauvre Dillon. C'était fini ; plus qu'une minute et...

Celui à qui appartenait le chapeau se retourna subitement vers lui avec la brusquerie inattendue d'un serpent qui se détend dans l'herbe. Le doigt rejaillit de la main fermée.

— Il me manque un...

Ce fut trop rapide pour Dillon, il fut pris à contre-pied.

— Oh non, tout est là, fit-il précipitamment. Je n'ai touché à...

Sa mâchoire se serra, mais trop tard. Il poussa un petit gémissement et les regarda.

Ils revinrent plus lentement qu'ils ne s'étaient éloignés. Comme des figures de cauchemar.

— J'allais dire qu'il me manquait un chapeau en ce moment ; sans ça, je ne mettrais pas sur ma tête celui que tu as porté. Alors comme ça, tout est là, hein ? Qu'est-ce qui est là ?

— Rien, haleta Dillon, éperdu.

— Alors tu allais au spectacle ? Et ben on va t'en donner du spectacle, tout de suite, même pas besoin de sortir. (Sa main ressortit de sous son pardessus, plus lourde que quand il l'y avait glissée. Dillon était tellement effondré que la vue du flingue n'ajouta pas grand-chose à sa détresse.) Va voir dehors si le couloir est sûr, Jupe.

La porte s'ouvrit et se referma. Il y eut une attente terrible de trente secondes. La porte se rouvrit.

— Le couloir, ça va, fit l'autre.

La signification évidemment sinistre qu'ils donnaient tous les deux à cette remarque faite avec naturel était horrible.

— Descends et attends-moi près de la porte de la rue, Jupe. J'arrive tout de suite. Descends et qu'on t'entende bien.

— Ouais, je sais. Ne mets pas trop longtemps.

La porte se referma derrière lui. Ils étaient montés sans bruit ; celui qui redescendait maintenant devait dégringoler de tout son poids d'un palier à l'autre. La cage de l'escalier résonnait du bruit de sa cavalcade.

Dillon supplia à voix basse :

— Pourquoi est-ce que vous me traitez comme ça ? Je n'ai rien fait.

Ça ne servait à rien d'appeler au secours, il le savait ; ce serait trop tard.

L'homme qui lui faisait face répondit d'une voix aussi basse :

— Tu veux dire que tu ne pourras plus faire grand-chose une fois que j'en aurai fini avec toi.

La détonation ne fit guère plus de bruit que la

cavalcade dans les escaliers ; en tout cas, pour les habitants de la maison, elle avait dû être étouffée par le bruit des pas.

Une porte s'ouvrit quelque part au-dessus et une voix de femme lança un avertissement :

— Chut ! Faites pas tant de bruit. Y'a mon bébé qui dort !

— Le mien aussi, murmura le visiteur, satisfait, en refermant la porte sur le corps de Dillon qui tressaillit encore.

Cleary montait l'escalier comme s'il avait la nuit devant lui ; ou comme s'il habitait là et qu'il rentrait fatigué du travail. En fait, il allait au travail, il n'en revenait pas. C'était une habitude, de monter les escaliers doucement. Pas qu'il soit gros ou paresseux, mais c'était sa façon. Il montait toujours les marches lentement, une par une, jamais plus.

L'autre flic passa la tête par l'entrebâillement de la porte de la chambre de Dillon et demanda en guise de commentaire :

— C'est comme ça que tu monterais s'il y avait un mec qui te tirait dessus à l'étage au-dessus.

— A peu de chose près, fit Cleary sèchement. Je me tiendrais seulement un peu plus sur le côté. (Il entra dans la chambre éclairée, regarda par terre et demanda :) Qui est le malheureux gagnant ?

— Martin Dillon, il s'appelle. Vingt-six ans, célibataire, garçon d'ascenseur dans un immeuble de bureaux, il habitait ici depuis cinq ans. J'ai bien utilisé mon quart d'heure d'avance ?

Cleary ne dit rien. Il s'assit sur ses talons près du corps affalé de Dillon, l'air particulièrement désemparé, peut-être à cause de ses bras qui pendaient le long de son corps comme ceux d'un chimpanzé accroupi.

— Hé bé, soupira-t-il d'un air lugubre. En plein dans le bide. C'est moche, mais efficace.

— Efficace, c'est le mot. Définitif. Fais pas de gymnastique, on a tout vu, dit l'autre, amicalement ironique.

— Une fois de plus, ça ne peut pas faire de mal.

Mais Cleary se redressa. Une chaise frotta le plancher au-dessus et il regarda le plafond.

— C'est drôle que dans une maison pleine de monde personne n'ait entendu le coup. Tu as fait le tour ?

— Ouais. J'ai déblayé le terrain. La chambre à côté se trouve être vide ; deux portes plus loin, ils étaient sortis ; trois portes plus loin, le mec prenait un bain et il dit que quand l'eau coule dans ces vieilles baignoires ça fait un boucan de tous les diables.

Un flic passa la tête, venant du couloir, et dit :

— Voilà une dame de l'étage au-dessus qui dit qu'elle a entendu quelqu'un qui faisait du raffut en descendant l'escalier vers neuf heures.

Cleary sortit, de façon qu'elle n'ait pas à entrer dans la chambre et à voir le corps.

— J'ai même crié pour lui demander de faire un peu moins de bruit à cause de mon bébé. Il sautait de tout son poids sur les marches. J'ai jamais rien entendu de pareil ! Et il venait de cet étage.

— Vous avez entendu un coup de feu ?

— Ah non, quand même pas !

Cleary se tourna vers l'autre flic et ils rentrèrent dans la chambre.

— Ça prouve qu'ils sont venus à deux.

— Comment ça. Elle n'en a entendu qu'un dans l'escalier, d'après ce qu'elle dit.

— Tu ne vois pas l'astuce ? Si elle n'a pas entendu le coup de feu, c'est parce qu'il a été tiré pendant que le mec caracolait dans l'escalier. Ça veut dire que l'un d'eux est resté là pour faire son affaire à Dillon, pendant que l'autre le couvrait dans l'escalier. C'est un boulot de professionnels. Alors, pourquoi des professionnels se donneraient-ils le mal de supprimer un garçon d'ascenseur ?

— Il a p't' être découvert quelque chose qu'il aurait pas dû sur leur *profession.*

— Ben oui. C'est la seule réponse, opina Cleary. (Il gratta une allumette de cuisine sur l'ongle de son pouce et porta la flamme à sa cigarette.) Bon. Alors, partons de là. Ferme la porte. Qu'est-ce qu'un pauvre bougre comme lui a bien pu découvrir sur une profession, quel truc assez important pour qu'il se fasse buter ? T'as interrogé la gardienne sur ses habitudes ?

— Oui. C'est fait, mais ça m'a apporté des clopinettes. Il se levait à sept heures tous les matins pour aller au turbin et il revenait trop fatigué pour ressortir. Personne ne venait le voir ici et il n'avait même pas de petite amie. Sa lumière s'éteignait toujours à onze heures au plus tard ; elle voyait ça par la fente sous la porte et ça lui plaisait bien parce que c'est une dame qui n'aime pas qu'on jette les kilowatts par les fenêtres.

— Ça va pas être du gâteau. Faut jeter un coup d'œil pour voir s'il n'y a rien d'intéressant ici.

Ils retournèrent en silence les tiroirs du bureau et le contenu de la maigre penderie, pendant que la cigarette de Cleary se consumait toute seule sur le bord d'une chaise. La vue de Dillon ne semblait les gêner ni l'un ni l'autre. Cleary avait sciemment reculé le moment de donner la permission d'enlever le corps. Il savait par expérience qu'il travaillait mieux en présence du macchabée, comme si la vue de la victime stimulait ses facultés intellectuelles.

Mais il y avait du sang pas encore sec sur le tapis

usé. Dillon n'était pas mort tout de suite et il avait remué quelques minutes ; aussi, pour ne pas tacher ses chaussures et risquer d'en mettre partout, Cleary attrapa un journal pour l'étaler sur le tapis. Puis il s'immobilisa en cours de route, le journal à la main.

— Davis, lança-t-il.

Son collègue leva la tête d'un tiroir du bureau et regarda autour de lui.

— Voilà ce qu'il avait découvert. C'est là-dedans.

— Tout le monde rapporte des journaux du travail.

— Oui, mais celui-ci, il est d'avant-hier, vieux de deux jours. Celui d'hier soir est là, dàns le coin, sous le miroir de la coiffeuse. Mais celui-ci était là, sur la table.

— Non, non. J'ai une explication pour ça, contesta Davis. C'était un maniaque des mots croisés. La taulière dit qu'il passait souvent la tête à la porte quand elle était dans le couloir pour lui demander de l'aider avec un mot difficile. Il devait avoir deux jours de retard sur ces conneries de mots croisés, voilà tout.

Cleary ne renonça pas.

— Alors comment tu expliques que le canard ne soit pas ouvert à la page des mots croisés ? Ils se trouvent à... (Il feuilleta.) Exactement douze pages de la page sur laquelle il est replié. (Il se retourna.) Pourquoi est-ce que j'use ma salive à discuter avec toi ? Je l'ai sous le nez l'explication. Un article sur des faux billets qui inondent la ville. Tu ne trouves pas que ça fait tilt ?

Ils le lurent ensemble, l'un par-dessus l'épaule de l'autre.

Cleary frappa le journal du doigt :

— Il est tombé sur un passeur. C'est le seul contact possible entre un petit rien du tout comme lui et un réseau de faux-monnayeurs. Il a découvert que quelqu'un était un passeur et voilà où ça l'a mené.

Il montra le corps sur le plancher.

— Je ne sais pas à quel point tes bases sont solides, mais ça se tient, ton histoirc, admit Davis.

— Voyons ce que nous avons à nous mettre sous la dent. Il rencontre un passeur. Ça nous donne deux cas de figure. Ou bien c'est quelqu'un qu'il connaît depuis longtemps et il n'a compris qu'en lisant le journal. Ou bien c'est quelqu'un qu'il ne connaissait pas et il a découvert tout d'un coup. Mais comment ? Ces gens-là ne distribuent pas leurs faux billets au coin des rues comme des prospectus.

— Il a découvert quelque chose de tellement clair et compromettant, d'un seul coup, qu'il a fallu le liquider. Et les tueurs sont venus lui rendre visite ici, tu remarques. Il n'est pas allé les chercher.

— Alors, c'était quelqu'un qu'il connaissait.

— Et pourtant il ne les a pas cherchés.

— Alors, ça ne colle ni d'une façon ni de l'autre, soupira Davis, lugubre. Tes fondations se cassent la gueule.

— Non. C'est seulement le toit. En ce qui me concerne, le scénario des faux-monnayeurs tient toujours. C'est ça qu'il a découvert, et c'est de ça qu'il est mort. Divisons le théâtre des opérations en trois ; l'immeuble où il travaille ; ici, où il habitait ; et les rues qu'il empruntait tous les jours entre les deux. Il a fait sa découverte dans le premier ou le dernier secteur. Nous savons déjà que c'est ici, dans cette chambre, qu'il a lu l'article, mais c'est dans un des deux autres endroits qu'il a découvert le truc, et il a fait le rapprochement en lisant le journal une fois rentré.

Cleary secoua la tête.

— Qu'est-ce qu'il y a ? demanda Davis.

— Je me demandais. Ma vieille mère, Dieu ait son âme, disait toujours que ça porte malheur de poser un chapeau sur le lit comme ça.

— Dans le cas qui nous occupe, c'est le moins qu'on puisse dire.

Cleary s'approcha et contempla le chapeau, mais sans le toucher.

— Il a l'air bien neuf, comparé à l'état du reste de sa garde-robe.

— Faut bien s'acheter un chapeau neuf une fois de temps en temps.

Cleary le regarda :

— Oui. Mais quand on s'achète un nouveau galure, on ne le jette pas sur le lit depuis l'autre bout de la pièce sans se soucier qu'il atterrisse par terre ou sur le lit, à l'envers. En tout cas, pas pendant une ou deux semaines. On l'accroche bien soigneusement pour qu'il garde sa forme aussi longtemps que possible. Et il n'est pas non plus tombé de sa tête sur le lit quand il s'est fait descendre, puisqu'il est tombé près de la porte.

— Peut-être que le tueur était un de ces salopards qui aiment faire durer le plaisir ; il a peut-être pris le chapeau sur la tête de Dillon et l'a jeté, histoire de s'en débarrasser avant de tirer.

— Non. Il a tiré dans le bide. Le geste sadique dans ce cas-là, ç'aurait été de défaire les boutons de la chemise de Dillon un par un. Pas de lui enlever son chapeau.

Il sortit un mouchoir, attrapa le chapeau par le rebord, le souleva et le retourna. M. D. :

— Il y a ses initiales, c'est bien le sien.

Et puis il l'approcha de son visage.

Brusquement, il le laissa retomber sur le lit et se retrouva d'un bond accroupi près du corps, penché au-dessus de la tête de l'homme.

— Qu'est-ce que tu fais ? demanda Davis comme Cleary piquait du nez sur le corps puis se relevait.

Cleary se redressa et se dirigea vers la porte.

— Viens, dit-il. Allons-y ! Je vais téléphoner au F.B.I. et leur poser une ou deux questions sur ces billets de vingt dollars qui font surface en ce moment.

— Qu'est-ce qui presse, brusquement ? demanda Davis d'un air grognon. Il y a un instant, t'étais là à faire des discours, et puis tout à coup t'es comme un pet sur une toile cirée.

— Je crois que nous tenons un chapeau à musique. Un chapeau qui va chanter, répondit Cleary en dévalant l'escalier.

Il appela le bureau local du F.B.I. d'une cabine proche :

— Ici Cleary de la Brigade criminelle. Je travaille sur l'histoire d'un homme qui vient de se faire descendre. On l'a trouvé chez lui. J'aurais besoin d'un petit coup de main. Est-ce que vous pouvez me dire s'il y a quelque chose de particulier à propos des faux billets qui circulent ces jours-ci ?

— Ce ne sont que des billets de vingt dollars.

— Ouais. Ça, je le sais déjà. Je veux dire un détail qui distinguerait ces billets ? Je ne peux pas vous dire ce que je cherche parce que je ne le sais pas encore moi-même. Il va falloir que ça vienne de vous.

— Un instant, que je vérifie d'où vient l'appel. Je ne peux donner aucun renseignement sans savoir à coup sûr qui vous êtes.

Cleary ne voyait pas de mal à ça. Ça s'était vu que des journalistes se fassent passer pour des policiers et obtiennent des tuyaux pour écrire leur papier. Il donna le numéro de son commissariat et le nom du lieutenant et attendit sur la ligne.

Le gars du F.B.I. revint très vite en ligne :

— O.K. Désolé de vous retarder. Alors, ce que je

vais vous dire est strictement confidentiel. Attention que ça ne circule pas. Les billets ont tous la particularité d'avoir été pliés dans le sens de la longueur, et un certain nombre d'entre eux, pas tous mais certains, avaient quand on les a repérés une tendance à se recourber légèrement. Vous voyez ce que je veux dire ? Un peu retroussés aux deux bouts. Tout ce qu'on en a tiré jusqu'ici, c'est l'impression qu'ils ont dû être transportés pendant plusieurs jours dans une ceinture étroite autour de la taille du porteur. Et pourtant, d'avoir à se déboutonner à chaque fois pour extraire un billet, c'est vraiment pas commode, ça rend l'hypothèse de la ceinture pas très plausible.

— Mais pas celle du bandeau de chapeau ! exulta Cleary dans son for intérieur. Il travaillait pour la ville, pas pour le gouvernement.

Il se tourna vers Davis en raccrochant.

— Maintenant je suis sûr que ce chapeau va nous mener quelque part ! Allons voir les bureaux où travaillait Dillon.

Il ne restait sur les lieux à cette heure tardive qu'un gardien de nuit. Il les emmena voir les vestiaires des employés et leur ouvrit les différents placards. Dillon et les autres liftiers — il y avait deux séries d'ascenseurs dans l'immeuble — étaient bien sûr rentrés chez eux avec leur costume de ville. Les placards ne contenaient que leurs uniformes, avec un petit chapeau en forme de tambour. Cleary ne s'intéressa qu'à ces derniers ; il les sortit un à un et les tint à hauteur de son visage, retournés.

— Rien ici, dit-il enfin. C'est ce que je pensais, d'ailleurs. C'est entre ici et chez lui qu'il a découvert quelque chose. Voyons son trajet pour rentrer chez lui.

— Comment vas-tu t'y prendre ?

— Qu'est-ce qu'il y a de si difficile ? Nous savons

d'où il partait et où il arrivait. Il était trop crevé, après avoir passé toute une journée debout, pour faire autre chose que de prendre le chemin le plus court, le plus direct. Quelque part en route, il devait s'arrêter pour bouffer. Puisqu'il ne mangeait pas dans sa chambre, il faut que nous trouvions l'endroit où il s'arrêtait pour grailler. On va tous les essayer jusqu'à ce qu'on trouve le bon.

— Et qu'est-ce que ça nous apportera ? demanda Davis.

— Tu vas comprendre bientôt, promit Cleary d'un air mystérieux.

— Te donne surtout pas la peine de m'expliquer, grommela son équipier. Je suis là seulement pour prendre un peu d'exercice.

— Sois pas susceptible comme ça. Tu le verras toi-même, quand on tombera sur le bon endroit.

Davis montra du doigt un restaurant au coin de la rue, devant eux :

— C'est le premier devant lequel il passait.

Cleary secoua la tête :

— C'est même pas la peine d'entrer. Trop chic pour un liftier. Repère plutôt les endroits sans nappes ni service, les cafétérias et les trucs comme ça.

— Bon. Justement, en voilà un.

Ils entrèrent et Cleary demanda le patron :

— Avez-vous eu ici hier soir, entre six heures et huit heures-huit heures et demie, un type mince, taille moyenne, environ vingt-six ans, vêtu d'un costume passablement usagé mais avec un chapeau gris clair flambant neuf ?

— On nourrit des centaines de gus tous les jours, dit le patron. Je peux pas dire. P't'être que oui. P't'être que non.

— Je vais poser la question autrement. Avez-vous eu de la fausse monnaie récemment ?

— Sûr, dit le tenancier. On s'est fait avoir avec une pièce d'un demi-dollar en plomb il y a deux mois.

— C'est pas ça, dit Cleary, et lui et Davis ressortirent. Ça n'est qu'un coup pour rien. On va trouver. Il fallait bien qu'il croûte quelque part.

— Je me sentirais quand même plus à l'aise si tu me disais où tu veux en venir.

Tout ce que Cleary voulut bien dire fut :

— Le chapeau, le chapeau, je te répète.

— C'était le sien, non ? Tu as vu les initiales dessus toi-même.

— Oui. C'était le sien. En tout cas, quand nous sommes arrivés. Ce que je voudrais savoir, c'est d'où il venait. Allez, viens. Voilà une gargote qui a l'air dans ses prix.

Il montra en entrant un écriteau qui disait : *Faites attention à votre manteau et à votre chapeau.*

— Tu commences à comprendre où je veux en venir ?

Le patron n'eut pas l'air du tout intéressé par leur histoire jusqu'à ce que Cleary en arrive à l'expression. « ... et un chapeau gris clair flambant neuf. » Là-dessus, son visage s'éclaira.

— Attendez voir ! On a eu une histoire de chapeau ce soir. Un mec qui ressemblait à celui que vous décrivez est sorti en emportant le chapeau d'un autre par erreur. Il ne l'a pas fait exprès. D'ailleurs il est revenu un peu plus tard et il me l'a raconté. A ce moment-là, l'autre était parti aussi. Alors, il a écrit son nom et son adresse et il me les a laissés au cas où l'autre mec reviendrait.

— Et il est revenu, dit Cleary.

— Ouais. Comment le saviez-vous ? Il était même

dans tous ses états, il jurait, il pestait tout ce qu'il savait.

Cleary jeta un coup d'œil à Davis.

— Nous voilà dans la dernière ligne droite, ronronna-t-il. (Et, au patron :) Maintenant, faites attention et concentrez-vous bien. Je veux un signalement aussi précis que possible de ce deuxième homme. C'est pour un rapport de police, au cas où vous n'auriez pas encore compris. D'abord, est-ce qu'il était seul ici la première fois, ou bien est-ce que vous ne vous en souvenez pas ?

— Si, si je m'en souviens. Il était seul ! dit le patron, tout excité. J' vais vous dire comment je m'en souviens. Quand ce jeune type est revenu, il m'a montré le fauteuil qu'il occupait. Il était toujours vide, et il y en avait un autre vide à côté, mais tous les autres étaient occupés. S'il y avait eu quelqu'un avec lui, il y aurait eu deux fauteuils vides.

— Bravo, acquiesça Cleary. Et quand il est revenu ?

— Il est revenu tout seul, mais il y avait une voiture qui l'attendait dehors avec un autre homme dedans.

— Décrivez-le-moi.

— Il était trapu, le teint jaune, avec un nez en bec d'aigle... Attendez voir, quoi d'autre ? Il était bien nippé, mieux que les chalands qu'on voit d'habitude par ici. L'avait l'air d'avoir du fric.

— Il en avait, confirma le policier d'un ton sardonique. Il est déjà venu ici avant ce soir ?

Le patron essaya de se rappeler mais il n'en était pas certain.

— Bon. Eh bien, c'est sans doute que non. Il ne mange jamais deux fois au même endroit, ni n'achète deux fois dans la même boutique, pour des raisons bien compréhensibles. Avez-vous eu des faux billets de vingt dollars, ces temps-ci ?

— Ah non. Grâce à Dieu.

Le patron frémit à cette idée.

— C'est ce que vous croyez. Regardez dans votre caisse. Vous avez un faux billet dedans actuellement.

Les traits du patron s'affaissèrent dans une expression de consternation presque comique tandis qu'il brandissait l'unique billet de vingt dollars que contenait sa caisse.

— Comment le savez-vous ? bégaya-t-il.

— Je suis payé pour. Faites-le voir un instant ? (Il le montra à Davis.) Tu vois la pliure dans le sens de la longueur ? Je le replie comme ça. Et regarde comme les extrémités rebiquent. Tu vois ?

Il le fit rouler dans la paume de sa main comme un petit bateau en papier. Puis il le passa lentement sous son nez.

— Tu passes ton temps à flairer les trucs, dit Davis d'un air agacé. Ta grand-mère a fauté avec un chien de meute, ou quoi ?

Cleary ne daigna pas s'expliquer. Comme ils sortaient, le patron se mit à engueuler son personnel :

— Qui a encaissé ce billet pourri ? Je vais virer celui qui l'a accepté sans regarder !

— Bon, fit Cleary une fois dehors, maintenant nous savons à quoi ressemble un des hommes qui a tué Dillon. Reste à lui mettre la main dessus.

— Alors pourquoi est-ce qu'on ne ferait pas venir chez nous le patron de cette gargote pour lui montrer la galerie de portraits, pour qu'il nous l'identifie ? C'est comme ça qu'on fait en général. Et le mec doit avoir un casier judiciaire tartiné épais.

— Oui. Mais ça nous dira qui c'est, ça ne nous dira pas où il est. J'ai un raccourci qui va faire les deux d'un coup. Allons voir ce premier resto, près de l'endroit où travaille Dillon, le resto chic où nous ne sommes pas entrés.

Cette fois-ci Cleary ne s'embarrassa pas de signalements.

Il demanda seulement au gérant :

— Avez-vous eu des faux billets ces derniers temps ?

— Dieu me préserve, dit ce dernier en touchant le rebord de bois du comptoir pour se porter chance.

— Eh bien ça ne va pas tarder, l'avertit le policier. Ils ne sont pas encore arrivés chez vous, c'est tout. Ecoutez. Voilà ce que je voudrais que vous fassiez. La prochaine fois qu'un client offre un billet de vingt dollars à un de vos garçons...

Cleary était seul dans le bureau du commissariat quand le téléphone sonna deux soirs plus tard. Davis était occupé à passer en revue une à une toutes les boutiques de la ville susceptibles d'avoir vendu un chapeau *Featherlite*, taille 7, style 42. C'était son idée, pas celle de Cleary. Cleary avait soutenu que son raccourci devait leur épargner ce genre de méthodes laborieuses.

Le flic du standard annonça :

— Le gérant de *Empire Restaurant* désire parler à l'inspecteur Cleary.

— C'est plus rapide que je ne pensais, dit Cleary en prenant l'appel.

— Je fais comme vous m'avez demandé, dit le gérant. Il y a quelqu'un à la table 6 qui vient de donner au garçon un billet de vingt dollars.

— Vous le voyez d'où vous êtes ? Décrivez-le.

— Il est un peu trapu, le teint pâle avec un nez pointu et...

— C'est lui. Maintenant, faites bien attention à la suite. Gardez-le-moi au chaud jusqu'à ce que j'arrive. Surtout pas en prétendant aller faire de la monnaie. C'est un truc connu dans sa profession. Il comprendra tout de suite.

— Je lui sale sa note, non ? proposa le gérant plein d'espoir. Comme ça il discutera le prix...

— Pensez-vous ! Il préférera payer le prix fort pour fourguer son billet. Dites à votre caissière de prétendre que le tiroir de sa caisse est coincé, qu'elle ne peut pas l'ouvrir sans qu'on vienne l'aider. Ça devrait permettre de tenir dix minutes, le temps que j'arrive.

Il y alla tout seul. Il n'avait pas l'intention de le cueillir tout de suite.

— Dites à Davis que je suis allé à l'*Empire Restaurant*. Il comprendra ce que ça signifie, dit-il au flic de garde en sortant.

Il fut sur les lieux en sept minutes, malgré quatre feux rouges. Il entra par-derrière, traversa la cuisine et l'office jusqu'aux portes battantes qui donnaient sur la salle du restaurant. Deux hublots en forme de losange lui permettaient de voir la salle. Il y avait un petit attroupement près de la porte de la rue. Le gérant, la caissière et plusieurs garçons étaient agglutinés autour de la caisse. Chaque fois qu'ils voulaient s'approcher, le gérant se mettait à jouer des coudes en clamant, « Allons, allons, laissez-moi essayer », dans l'intention évidente de les empêcher de se rendre compte qu'elle marchait très bien.

L'assassin de Dillon était à une table discrète le long du mur, le dos tourné à la rue. De sorte que Cleary voyait parfaitement son visage. Il le photographia mentalement de façon à ne pas l'oublier de sitôt.

L'homme avait les yeux baissés. Il examinait les ongles d'une de ses mains. Puis il examina les ongles de l'autre. Il se montrait plus nerveux que le reste des clients, qui souriaient des difficultés que semblait avoir le personnel avec la caisse enregistreuse. Puis l'homme saisit sa serviette et s'essuya furtivement la bouche et le menton.

— Tu peux transpirer, salopard, grogna Cleary entre ses dents. T'as chaud, mais c'est rien à côté de ce qui t'attend !

Son chapeau était posé sur une chaise vide à côté de lui, comme s'il avait préféré ne pas le confier à la dame du vestiaire.

Cleary arrêta un garçon qui passait en courant :

— Dites à votre patron que ça suffit.

Dans la minute qui suivit, le tiroir-caisse coincé jaillit avec une trille triomphante qu'on entendit jusque dans la cuisine. Un dîneur facétieux applaudit. L'homme assis à la table 6 se redressa un peu. Il poussa visiblement un soupir de soulagement. Le garçon arriva avec la monnaie et le client paya, laissa quelque chose pour la cagnotte et attrapa son chapeau.

Cleary fit un pas de côté pour n'être pas visible à travers les lucarnes en losange, au cas où le suspect regarderait dans cette direction. Un garçon écarta la porte pour passer et le battant en retombant faillit écraser le nez de Cleary. Dans l'entrebâillement, Cleary avait vu son homme tourner dans la porte tambour qui donnait sur la rue. Il sortit de sa cachette et traversa la salle à manger en direction de la porte tambour, lentement, presque comme s'il n'avait pas de but précis.

Le gérant surgit à ses côtés :

— J'ai bien joué, hein ? Je repoussais le tiroir d'une main en essayant de le tirer de l'autre.

Cleary sourit du coin des lèvres :

— Quand mon collègue arrivera, dites-lui de m'attendre ici.

Il émergea sur le trottoir. Il n'y avait déjà plus personne dans la rue, mais c'était bien ainsi ; il ne voulait pas marcher sur les talons du mec. L'essentiel était qu'il n'avait pas entendu le bruit d'un moteur qu'on met en marche ou d'une voiture qui démarre. Il s'approcha du portier et posa une question.

— Par là-bas, fit le portier.

Cleary se dirigea nonchalamment vers le coin de rue indiqué, comme s'il avait tout son temps.

Il s'arrêta pile à l'angle de l'immeuble de façon à ce que le bout de son nez dépasse à peine et jeta un coup d'œil dans la nouvelle direction. Il eut juste le temps de voir l'homme au chapeau gris clair entrer dans une mercerie, à mi-chemin du carrefour suivant.

Il aurait pu l'épingler tout de suite, comme il aurait pu le faire au restaurant, mais il n'y tenait toujours pas. Il voulait qu'il le mène à l'autre type qui avait tué Dillon avec lui, et même mieux, au quartier général du gang, que le F.B.I. lui-même n'avait pas encore été foutu de découvrir.

Le tueur ressortit avec, sous le bras, une boîte plate comme des chaussettes ou des mouchoirs. Cleary recula pour éviter d'être vu à l'occasion du coup d'œil que l'homme allait immanquablement donner de ce côté-là, avant de continuer son chemin. De nouveau, Cleary lui donna une bonne longueur d'avance. Il savait qu'il y avait peu de chances qu'il rentre dans son terrier, en ce moment. Pas avant d'avoir vidé son chapeau. Il serait temps à ce moment-là de se rapprocher de lui.

Dans les trois quarts d'heure qui suivirent, le passeur, sous le nez de Cleary, acheta une douzaine de roses rouges chez un fleuriste, un bain de bouche dans un drugstore, une boîte d'un kilo de chocolats dans une confiserie et un assortiment de revues dans un kiosque à journaux.

Il ne s'encombrait pas de ces divers paquets ; il jetait chaque achat dans la corbeille à papier la plus proche avant de passer au suivant. Cleary n'y touchait pas. Le gars ne l'intéressait pas comme passeur de faux billets, mais comme assassin. Si un pauvre hère faisait les poubelles ce soir, il aurait bien de la veine.

Le passeur était trop malin pour laisser une trace facile à suivre, une ligne droite. Il zigzaguait dans tous les sens, deux rues par-ci, une rue par-là, en semant ses billets de vingt dollars. Le trajet fantaisiste fournissait beaucoup de coins et d'angles où se cacher, permettant à Cleary de le suivre sans se faire voir.

Quand Cleary eut compté dix achats distincts, à savoir qu'il devait avoir fourgué au moins deux cents dollars, il calcula que l'homme devait avoir épuisé son stock et n'allait pas tarder à se rendre au rapport. A ce moment, le passeur se trahit. Il sortit de la dernière boutique son chapeau à la main, lui redonna forme et le remit sur sa tête. Il ne l'aurait pas manipulé comme ça s'il y avait eu encore de l'argent dedans. Cleary fut édifié.

Il commença à se rapprocher ; l'autre avait fini sa journée. Même en comptant dix pour cent de rabais sous forme d'achats sur chaque billet de vingt dollars, il avait transformé deux cents dollars de faux billets en cent quatre-vingts dollars de bon argent, en un peu moins d'une heure.

Cleary regagna du terrain jusqu'à se trouver à moins de vingt mètres derrière lui. Il ne voulait toujours pas l'arrêter. Pas avant qu'il l'ait mené à son repaire. L'homme marcha environ trois blocs après son dernier achat. Il arriva à une station de taxis et s'engouffra dans une des voitures. Avant qu'il ait passé le carrefour suivant, Cleary était à son tour dans un taxi.

— Suivez le taxi, là devant. Ne le collez pas mais ne le laissez pas vous semer non plus.

Le taxi de tête suivit un trajet erratique, dans le seul but manifeste de brouiller sa piste autant que possible. Non pas, pensa Cleary, qu'il sache qu'il était suivi, mais par principe. La façon dont il avait tripoté son chapeau en sortant de la dernière boutique montrait à l'évidence que jusque-là, en tout cas, il ne se savait pas observé.

Au bout d'un moment, il descendit du taxi en face d'une église. Une église ! Cela suffit à Cleary pour comprendre qu'il s'agissait d'une manœuvre. Il changeait seulement de voiture pour brouiller sa piste. Depuis le début, le détective avait trouvé peu plausible qu'il prenne un taxi pour rentrer au quartier général du gang.

— Continuez, dit-il à son chauffeur, mais ne prenez pas trop d'avance sur lui.

C'était plus sûr que de descendre du taxi et d'attirer l'attention.

Ils roulèrent quelques mètres. Pendant ce temps-là, derrière eux, le taxi de Chapeau Gris s'était éloigné, vide, et son passager restait immobile, comme s'il ne savait pas quoi faire. Le fait qu'il se tienne presque directement dans la lumière d'un réverbère, malgré le danger que ça représentait, fournit une réponse à l'inspecteur Cleary. Il attendait qu'une voiture passe le prendre, c'était un rendez-vous.

La précision était hallucinante, comme si lui et ses acolytes travaillaient contre la montre, avaient reçu des ordres pour se défaire du dernier billet à une heure précise et disparaître de la circulation. Dans les deux minutes, une superbe limousine noire déboucha au coin de la rue. Elle ne s'arrêta même pas complètement mais ralentit le long du trottoir, Chapeau Gris ouvrit la portière et monta, et la voiture l'emporta. Elle doubla à toute allure le taxi, mais Cleary avait entrevu un deuxième homme au volant.

— Allez-y, pleins gaz ! grinça-t-il. Ça va être du sport de s'accrocher à ce truc-là !

— Vous seriez étonné de voir ce que j'arrive à faire rendre à cette caisse, le rassura le chauffeur.

— Eh bien, allez-y, mettez le paquet ! aboya Cleary. On ne voit déjà plus que leurs lumières !

Une chose jouait en leur faveur : la limousine s'éloignait droit devant elle, sans aucun des zigzags du taxi ; sinon ils l'auraient vite perdue. Ce n'était plus qu'une petite lumière rouge dans le lointain, mais ils ne perdirent jamais de vue ses feux arrière, et cette étincelle de rubis valait bien la voiture tout entière.

Elle finit par tourner dans une avenue sinistre qui longeait le fleuve, bordée d'entrepôts, de brasseries et de terrains vagues envahis par les herbes et les ordures. Elle s'était engagée là-dedans à une telle allure que ce fut seulement parce qu'il n'y avait pas d'autre voiture sur cette maudite avenue que Cleary ne la perdit pas.

Elle finit par s'arrêter, le halo rouge s'immobilisa et brilla plus fort dans la nuit, à quelques maisons de là.

— Eteignez vos feux et restez dans l'ombre des immeubles, murmura Cleary.

La limousine klaxonna une fois, pour signaler son retour. Une ampoule s'alluma, au-dessus de l'entrée d'un immeuble, et s'éteignit tout de suite. Il y eut la vibration sourde d'une porte, ou de battants de porte qui s'ouvraient, et une lumière jaune tomba sur la limousine. Elle braqua vers la lumière, monta une rampe légèrement en pente et fut avalée par l'immeuble. Les portes se refermèrent et la lumière s'éteignit.

— Et nous voilà au bercail, ricana Cleary.

Il descendit, aida la portière à se refermer doucement de façon à ne pas alerter le voisinage.

— Regardez bien cet endroit, dit-il au chauffeur. Vous croyez que vous le reconnaîtrez ?

— Pas de problème, dit le chauffeur.

— Sinon, je suis foutu. Il n'y a pas de téléphone près d'ici, alors je compte sur vous. Retournez à *l'Empire Restaurant*, dans le West Side, et demandez un certain Davis. Dites-lui seulement où vous m'avez conduit, il saura quoi faire. Et ne tardez pas trop. Je suis tout seul ici. Attention en faisant marche arrière.

Il fit le reste du chemin à pied, en rasant les murs. C'était un vieux bâtiment de brique de deux étages avec un toit en pente. Il y avait une inscription aux lettres noircies sur la façade, juste sous le chéneau, mais il faisait trop sombre pour lire. A l'allure de la bâtisse ça devait avoir été un dépôt de tramways ou une gare de ferry. La porte roulante en tôle ondulée qui fermait la large brèche dans la façade devait être un ajout récent. Ainsi que la petite porte pare-feu et sans doute pare-balles juste à côté. C'est au-dessus de cette petite porte que se trouvait l'ampoule protégée qu'il avait vu s'allumer et s'éteindre.

C'était une véritable forteresse où il n'allait pas être commode d'entrer. Il espérait que Davis aurait assez de bon sens pour amener de gros renforts. Il gratta une de ses allumettes contre le revêtement de briques de l'encadrement de la porte, l'abrita au creux de ses mains afin d'avoir à peine un point lumineux et la promena autour de la porte. Il venait de repérer un petit judas dans la porte métallique, comme il y en avait dans les anciens *speakeasies*, quand un incident imprévu et malencontreux se produisit.

Le taxi avait fait un demi-tour en épingle à cheveux pour repartir dans l'autre sens, le chauffeur essayant de faire tourner son moteur aussi silencieusement que possible. Il était déjà à un bloc de là, mais le silence était parfait sur la berge. Peut-être avait-il un peu trop forcé sa mécanique en essayant de ne pas lâcher la limousine. Toujours est-il qu'elle fit soudain un bruit de pétarade tonitruant. Boum ! Ratataboum !

Cleary secoua l'allumette pour l'éteindre et articula une bordée de jurons entre ses dents. Avant qu'il ait pu bouger, l'ampoule au-dessus de la porte s'alluma, menaçante, et l'éclaira par en dessus.

Il n'eut même pas le temps de sortir de l'embrasure de la porte ; le judas s'ouvrait déjà en grinçant. Il se jeta à quatre pattes et creusa le dos.

La lumière était juste au-dessus de lui et, fort heureusement, elle projetait son ombre directement sous son ventre, pas sur le côté, où on aurait pu la voir par la petite fenêtre grillagée. Il était tellement serré contre la porte qu'il ne pouvait même pas sortir son arme sans risquer d'en cogner la crosse contre le métal et de se trahir.

Une voix juste au-dessus de lui annonça :

— C'est une bagnole quelque part dans la rue. Je ne la vois pas d'ici. On dirait qu'elle s'éloigne.

Maintenant que le mal était fait, le traître de taxi s'éloignait dans un silence soyeux.

Le judas se referma en claquant et la porte bascula sur ses gonds sans crier gare. Heureusement pour

Cleary, elle s'ouvrait vers l'intérieur. Le poids de son corps appuyé contre elle lui fit perdre l'équilibre et il roula sur le flanc. Un pied lui décocha sans le vouloir un formidable coup dans les reins, quelqu'un trébucha par-dessus son corps et alla s'étaler face contre terre avec un gémissement sourd. Une équerre métallique étincelante que l'autre tenait à la main vola dans les airs et retomba en faisant jaillir des étincelles sur le ciment.

Cleary tendit le bras et bloqua l'objet, le retourna, et l'équerre s'éleva de nouveau, mais au bout de son poing cette fois-ci. Elle retomba avec un vilain bruit sourd sur la nuque de l'homme déjà affalé. Il s'étala seulement un peu plus mollement en poussant un soupir.

Cleary ne perdit pas de temps à se relever. Il se tourna tout simplement, presque à l'horizontale, sur une jambe pliée qui lui servait de pivot, et pointa son arme en direction de l'embrasure de la porte, dans l'ombre de laquelle se découpait une chemise blanche. En se relevant, Cleary comprit pourquoi il était encore vivant. Le deuxième homme n'était pas armé.

Le couloir était un tunnel noir, avec une raie de lumière orange tout au bout.

— Tourne-toi et renifle le plâtre, ordonna Cleary.

Il recula pour prendre son élan et assomma l'homme. Le risque était trop grand, il ne pouvait pas le laisser courir. Il amortit la chute de l'homme en le recevant au creux de son bras, puis il l'accompagna jusqu'à terre pour qu'il ne fasse pas de bruit.

Cleary repoussa la porte derrière lui et la lumière s'éteignit comme il l'espérait. Il s'avança doucement, frôlant un mur de son coude pour se guider. Si on n'avait pas entendu le bruit de cette brève empoignade, c'est qu'il avait été couvert par celui d'une machine qui tournait pas loin. La planche à billets. Et puis il flottait une vague odeur d'encre d'imprimerie. Et ce n'était pas un journal qu'on imprimait ici.

Il progressa jusqu'à se trouver juste devant la porte intérieure sous laquelle il avait vu de la lumière. Tactiquement, le plus sage était de rester dehors et de monter la garde jusqu'à l'arrivée de Davis avec des renforts, maintenant qu'il avait débusqué leur repaire. Mais d'une part ils n'allaient sans doute pas tarder à s'inquiéter de l'absence prolongée de leurs deux chiens de garde, moyennant quoi ils risquaient de filer par-derrière et de le laisser gros-Jean comme devant. Il ne pouvait pas cerner l'endroit à lui tout seul. D'autre part, maintenant qu'il s'était fait ouvrir la porte sans le vouloir, ça pourrait coûter la vie à d'autres flics de ne pas profiter de cet avantage sous prétexte de prudence.

Il appliqua une oreille à la porte et essaya de capter des sons, car il n'y avait pas de trou de serrure, ou s'il y en avait un il était bouché. Le martèlement sourd de la presse, qui semblait provenir d'un sous-sol juste au-dessous, rendait difficile d'entendre autre chose qu'un murmure confus de voix, de l'autre côté.

« Bon. Eh bien, prêt ou pas prêt, j'y vais ! » pensa-t-il en cherchant à tâtons la poignée. Il poussa largement la porte et la lumière l'éblouit. Il y avait une table de bureau ordinaire en travers du milieu de la pièce, avec une lampe à abat-jour vert dessus. Un homme aux manches de chemise retenues par des élastiques était assis à ce bureau ; il triait des paquets bien nets de billets de vingt dollars entourés d'un bandeau de caoutchouc, une loupe à la main.

L'homme au chapeau gris était assis, sa chaise en équilibre sur deux pieds renversée contre le mur, et il regardait. Il y avait un troisième homme dans la pièce, le conducteur de la limousine noire. Il était debout, les deux pouces accrochés à sa ceinture.

Tous les trois remuèrent leur main droite avec un parfait ensemble, et Cleary, encore ébloui par la lumière, n'eut qu'une fraction de seconde pour décider quel était celui qui dégainerait le premier. Il fut guidé plus par l'instinct que par une claire vision de la scène.

L'homme assis au bureau avait sa veste derrière lui, sur le dossier de sa chaise. Chapeau Gris était en déséquilibre, les genoux plus hauts que les hanches. Cleary tira sur le troisième larron, toucha sa main au moment où elle ressortait de sous sa veste. Le pistolet vola en l'air sous l'impact de la balle de Cleary, l'homme poussa un cri et se plia en deux. Cleary expédia le pistolet hors d'atteinte, d'un coup de pied.

— Venez vous mettre là, contre le mur ! Levez-vous de cette chaise ! gronda-t-il.

Il sortit un pistolet de sous le revers de la veste de Chapeau Gris et recula d'un pas. Il ne prit pas la peine d'aller chercher le troisième pistolet mais se contenta de renverser la chaise sur laquelle étaient posées la veste et l'arme.

Il y eut un bruit de glissement, comme un objet métallique qui raclait le sol derrière lui. Avant qu'il n'ait le temps de se retourner, un canon de pistolet s'enfonçait au creux de ses reins, à peu près à l'endroit où il avait reçu un coup de pied.

— Bon. Laisse tomber ton flingue, fit une voix par-dessus son épaule. Ça va, les gars. Je le tiens. Il a eu les yeux plus gros que le ventre.

Les deux hommes collés contre le mur se retournèrent, presque aussi surpris que Cleary lui-même. Le troisième avait trop mal pour faire attention à ce qui se passait autour de lui. Il était appuyé au mur et il se tenait la main.

Cleary lâcha son arme si lentement qu'elle tourna dans sa main avant de tomber. Ça lui faisait mal au cœur de lâcher son flingue. Autant renoncer à la vie.

— Ah, la fine équipe que t'as autour de toi, Carnetti, ricana la voix derrière lui. Il débarque et c'est tout juste s'il vient pas s'asseoir sur tes genoux. S'il ne m'avait pas laissé dehors à la porte...

— Où est Benny ?

— Il pionce sur le trottoir.

Chapeau Gris parla :

— Je vous ai dit que quelqu'un me suivait ce soir !

Il reçut de Carnetti un coup de poing dans la mâchoire qui l'envoya valdinguer contre le mur.

— Tu nous a dit que tu l'avais semé, c'est ça que tu nous a dit ! fit le chef, rageur. Pourquoi t'es pas resté dehors jusqu'à ce que tu l'aies semé, au lieu de nous le ramener ici ! Tu sais ce que ça représente, hein ? Tout notre investissement foutu, un matériel qui vaut des milliers de dollars à l'eau ! Allez ouste, faut se tirer d'ici vite fait !

Cleary parla pour la première fois.

— C'est trop tard, dit-il doucement. Vous ne croyez pas que je suis venu tout seul, quand même ? Il y a un cordon autour d'ici, trois épaisseurs et plus serré que le nœud de vos souliers. Alors si vous voulez vous coller un meurtre sur les bretelles...

Carnetti, le chef, faiblit. Cleary en prit note du coin de l'œil. Il était plus jaune que ses hommes.

Celui qui lui avait encloué le dos parla :

— Qu'est-ce que vous foutez là, à l'écouter raconter des conneries ? Je viens du dehors. Il n'y a pas un chat.

— A quoi ça servirait, un cordon qu'on verrait,

connard ? dit Cleary, imperturbable. (Il parlait pour gagner du temps. C'était vraiment tout ce qui lui restait à faire.) Allez-y, essayez de sortir si vous ne me croyez pas.

— Alors pourquoi qu'ils sont pas déjà ici ? T'as tiré un coup de feu tout à l'heure.

— Parce que c'est pas moi qui donne les ordres. C'est quelqu'un d'autre. Et ça n'était pas ça, le signal.

La couardise de Carnetti vint à la rescousse de Cleary, contre tout espoir.

— Je ne veux pas avoir un meurtre sur le dos, pleurnicha-t-il. Pour Scorio et Eddie, c'est déjà fait, mais pas moi, et je veux pas commencer maintenant !

Un remorqueur bêla au loin sur le fleuve :

— Les voilà qui arrivent, dit Cleary tranquillement. Ils font signe pour savoir si je suis sain et sauf. Décidez-vous. Ils seront ici dans une minute. (Il regarda Carnetti, le point faible de l'équipe.) Tu veux qu'on vous prenne vivants ou qu'on vous débite en rondelles ?

Carnetti craqua. Il sortit son pistolet de son veston qu'il avait ramassé entre-temps, il le jeta sur le bureau et recula d'un pas.

— Je ne veux pas avoir un meurtre sur le dos, gémit-il.

L'homme derrière Cleary recula un peu, décolla le museau de son arme du dos de Cleary et hésita, comme hypnotisé par la capitulation de son chef. Cleary tourna brusquement sur lui-même et releva le pistolet d'un coup de manchette.

— Et ben, puisque moi j'ai déjà viré ma cuti, ça fera un deuxième meutre pour ma pomme ! ricana l'homme au chapeau gris.

Il visa Cleary qui essayait d'arracher le pistolet de l'autre.

Un coup de feu claqua à l'autre bout du couloir, Chapeau Gris sursauta et s'affaissa.

Davis fit irruption, le pistolet fumant, suivi à quelques pas d'une escouade de flics.

De retour au commissariat, pendant qu'un médecin armé de coton hydrophile tamponnait l'oreille déchirée de Cleary, Davis commenta.

— D'accord, ton raccourci a donné de bons résultats. Mais comment étais-tu si sûr il y a deux jours dans la chambre de Dillon que son chapeau allait nous mener tout droit à son assassin ? C'était bien son chapeau, non ?

— Bien sûr, mais je savais qu'il s'était trouvé récemment sur la tête de quelqu'un d'autre, ce qui fait que quand le F.B.I. m'a raconté comment ces billets étaient pliés et chiffonnés de façon tout à fait particulière, c'est devenu facile d'imaginer ce qui avait dû se passer. Dillon avait dû accidentellement échanger son chapeau contre celui d'un passeur et en savoir trop.

— Oui, mais comment pouvais-tu savoir qu'il s'était trouvé sur la tête de quelqu'un d'autre en le regardant ?

— Je n'ai pas fait que le regarder, je l'ai senti. Et j'ai senti les cheveux de Dillon. Tu m'as pas vu ? Le chapeau puait le tafia de laurier à plein nez, et il n'y en avait pas trace sur la tête de Dillon. Il n'y en avait pas dans la chambre non plus, et d'ailleurs rien qu'à voir les plumes qu'avait Dillon dans le cou il n'était pas allé chez le coiffeur depuis un mois. (Il fit une grimace.) « Aïe, toubib ! Doucement la teinture d'iode, s'il vous plaît. »

SERVIETTE CHAUDE

(Hot towel)

Parmi les passagers qui se trouvaient aujourd'hui à bord du *S.S. Italia*, de la *Lido Line*, en partance pour Naples, Gênes, Villefranche et Nice, nous citerons : Osta Berger, actrice de cinéma ; le Sénateur Andrew Hatfield ; le Général John S. Trompson, de l'armée américaine ; le Comte et la Comtesse Di Bono, ainsi que M. et Mme Dominico Compostello et leurs six enfants. M. Compostello, commerçant à Sands Streets, Brooklyn, a pris récemment sa retraite et retourne au pays pour une première visite après plus de vingt ans. Il a reçu récemment du Gouvernement des Etats-Unis la somme de dix mille dollars. Mais c'est là une autre histoire...

Chronique maritime, quotidien local.

Le vieux Dominico perdait pied et il le savait. Sa femme le savait aussi, ainsi que ses enfants, et pis encore, ses clients commençaient à le savoir. Ce n'était pas tant qu'il soit vieux. Ses derniers enfants étaient encore des bébés dans les bras de leur mère et l'aîné avait tout juste l'âge de vendre des journaux. C'était peut-être d'avoir si mal mangé pendant tant d'années, le manque de soleil, ou l'air humide qu'il respirait dans ce foutu sous-sol.

Sa vue baissait, il devenait lent et surtout ses mains tremblaient. Ce tremblement, c'était fatal pour un coiffeur. Maintenant, tous les clients qui quittaient son fauteuil avaient la joue balafrée. Et plus il s'efforçait de l'éviter, plus souvent ça se produisait. La nervosité, probablement. Il avait essayé de soutenir la main qui tenait le rasoir de l'autre main, mais ça ne servait à rien. Et puis ça ne ressemblait à rien de raser comme ça, ça faisait peur aux clients, et voilà tout. Il avait essayé de fortifier ses poignets en demandant à Maria de les lui bander bien serré avec des lanières de cuir. Ça ne marchait pas non plus ; ça gênait la circulation, il avait les mains glacées et encore plus maladroites. Bref, il sucrait les fraises, avec ou sans lanières. Ça ne se voyait pas trop quand il maniait les ciseaux ou la tondeuse, et pour la friction à la lotion tonique, c'était même un avantage, mais avec le rasoir, pas moyen de tricher. Le rasoir laissait toujours sa petite marque.

Les nouveaux clients faisaient une grimace et lui lançaient un regard mauvais quand cette petite saleté de virgule ou ce vilain jambage rouge apparaissait sous leurs rouflaquettes ou derrière leur oreille. Ils ne revenaient pas. Les anciens clients ne le regardaient pas méchamment, mais plutôt tristement. Ils revenaient encore une fois après ça, pour lui donner sa chance, par habitude, parce qu'on ne se quitte pas comme ça. Quand ça se produisait une seconde fois, ils n'insistaient pas, il fallait se mettre à leur place, ils allaient ailleurs. Personne n'aime à se faire tatouer.

Sa réputation s'en ressentait. On commençait à l'appeler le Boucher, à force de le voir taillader ses clients. S'il avait bossé pour un patron, il se serait fait virer. Mais comme il travaillait à son compte... eh bien, c'était seulement le travail qui commençait à manquer. Des journées entières s'écoulaient sans qu'un seul client descende les marches qui menaient du trottoir à sa boutique en sous-sol. Et puis ce furent des portions de semaine. Il fallait qu'il compte sur ses doigts pour dire à Maria quand il avait vu son dernier client. « Lundi dernier... non, mardi dernier. » La sonnette de sa caisse enregistreuse était enrouée à force de ne plus servir. Même les samedis commençaient à se dépeupler, et quand personne ne vient plus se faire bichonner le samedi, dans la coiffure, c'est qu'on a vraiment plongé et qu'on est bon pour rester au fond.

C'était déjà dur de pas gagner sa vie, mais de voir le succès de son Rival s'étaler sous son nez de l'autre côté de la rue, c'était vraiment de la cruauté mentale. Ce n'était pourtant pas par malveillance ou par esprit de compétition que le Rival avait choisi de s'installer là. Il n'avait tout simplement pas remarqué avant de s'installer qu'il y avait une autre échoppe de coiffeur juste en face de chez lui. C'est dire à quel point le trou qui servait de boutique à Dominico tirait l'œil des passants.

Le Rival avait une grande boutique bien éclairée au niveau de la rue, avec de superbes miroirs de chaque côté. Il avait une spirale qui tournait en guise d'enseigne, et qu'on voyait du bout de la rue. Il avait un poste de radio pour leur donner les résultats des matches de base-ball et les dernières informations pendant qu'ils se faisaient ratisser le museau. Il avait sur sa table une pile de magazines haute jusqu'au menton pour leur faire passer le temps pendant qu'ils attendaient qu'il appelle : « Au prochain de ces messieurs ! » Il avait deux assistants, deux sièges de plus que chez Dominico, et même comme ça, il y avait toujours un client qui attendait.

Dominico ne pouvait s'empêcher quelquefois de venir se poster sur la marche du bas de son escalier, le regard perdu de l'autre côté de la rue, au ras du trottoir, clignant les yeux comme une taupe humaine, pour voir passer le troupeau des clients, parmi lesquels il y avait tant de visages familiers qu'il avait dans le temps rasés et talqués.

Rien d'étonnant à ça ; il était le premier à le reconnaître de bon cœur. Il n'y avait eu aucune concurrence déloyale de la part de son Rival. La seule chose qui signalait l'existence de Dominico au niveau du trottoir était ce malheureux poteau peint à la main qui lui servait d'enseigne. Il n'était même pas droit, il était tout de guingois, maintenant. Le blanc et le rouge s'étaient peu à peu écaillés. Il fallait y regarder à deux fois pour comprendre ce que c'était.

Et si par miracle vous vous engagiez dans la tranchée de béton entre le trottoir et l'immeuble, qu'est-ce que vous trouviez en bas ? Un sous-sol obscur aux murs nus, un pauvre miroir couvert de chiures de mouche en face du fauteuil, et derrière, un mur de plâtre aveugle, si bien qu'on ne pouvait pas voir si la nuque était bien faite. Pas de radio, pas de magazines, et même pas le spectacle de la rue pour se désennuyer pendant qu'on s'occupait de vous ; les pieds des passants, c'est tout ce qu'on voyait du fond de ce trou.

Et si on ajoute à ça la main tremblante qui laissait sa marque sur les joues des clients, il est clair que tout jouait contre lui. Même s'il avait pu déménager, ouvrir une autre boutique en surface — et il n'en était pas question, il n'avait pas d'argent de côté et il était en retard pour payer le maigre loyer de cette boutique-là — cette maudite main aurait vite compromis son investissement. Il ne pouvait même pas acheter un poste de radio. Ça coûtait trop cher et il y avait trop de bouches à nourrir dans l'arrière-boutique, derrière les rideaux.

Et puis, pour aggraver son cas, il caressait un rêve, un rêve dont il savait qu'il ne se réaliserait pas. Il voulait revoir l'Italie, une fois au moins, avant de mourir. Il ne voulait pas finir sa vie ici, dans un sous-sol de Brooklyn. Sentir le soleil, revoir le ciel bleu de Taormina, peut-être qu'après ça il ne mourrait pas de si tôt, et peut-être même que ça lui ferait retrouver la sûreté de son geste, que ça redresserait son dos fatigué. Seulement voilà, retourner au pays, même dans l'entrepont, ça coûtait gros.

Des rêves, des rêves qui ne se réaliseraient jamais.

Antonio, son fils aîné, aidait comme il pouvait. Il vendait des journaux après l'école. S'il avait été plus vieux d'un an ou deux, il aurait pu reprendre la place de Dominico. Mais il n'avait que douze ans et les clients ne veulent pas se faire raser par un gamin de cet âge. Mais enfin, il faisait tout ce qu'il pouvait pour aider son vieux, pour compenser la faiblesse de ses poignets. Il chipait de belles lithos en couleurs de jolies actrices de cinéma dans les journaux du dimanche qu'il vendait, et il les rapportait à la maison pour les punaiser sur le mur du fond, histoire de l'égayer un peu.

Un jour qu'Antonio n'était pas là, Dominico regardait le dernier arrivage de photos. Il y en avait une qui n'était pas belle du tout. Elle devait se trouver là par erreur. Ça n'était pas une litho d'ailleurs, et ça n'était pas non plus une jolie fille. C'était une affichette vert pâle, avec une tête d'homme reproduite deux fois, de face et de profil. La tête avait une coupe de cheveux telle que Dominico lui-même n'était pas tombé assez bas pour l'infliger à un client. Il y avait des choses écrites dessous, en petites et en grosses lettres. Mais les chiffres étaient en gros caractères, on ne pouvait pas se tromper. 10 000 $. Même Dominico savait ce que voulait dire un S avec deux barres en travers.

Il en fit l'essai, en la maintenant en place avec son pouce, entre Joan Blondell et Alice Faye. Il ne savait pas lire l'anglais mais il savait faire la différence entre ce qui était joli et ce qui ne l'était pas. Il secoua la tête d'un air dubitatif.

— No. Z'est oune vilaine tête. *Che bruta faccia !* N'est pas bon pour se sentir bien, il va faire sauver les clients.

Et puis le mur commençait à être surchargé, il pouvait se permettre d'être difficile.

Antonio arrivait justement à ce moment-là.

— Mince ! Pas celle-là, P'pa ! s'écria-t-il. C'est une affiche de la police. Tu sais pas qui c'est ? C'est Garvey Les-deux-pétards.

Dominico ne fut pas le moins du monde impressionné. Il demanda :

— Qui z'est, celoui-là, Les-deux-pétards ? Oune houile ?

Antonio rit d'un air condescendant :

— C'est une huile, ça tu l'as dit, P'pa ! Tu sais donc rien, P'pa ? (Il lui dispensa généreusement un peu des informations glanées en ville.) Y'a pas de prison avec des murs assez épais pour lui. C'est le seul homme qui se soit évadé du Pénitentier Fédéral. Et j'aime autant te dire que sa tête vaut cher. Ils donneront dix mille dollars de récompense à la personne qui leur permettra de mettre la main dessus. C'est ça qu'est écrit sur l'affiche.

— Ça fait beaucoup d'argent, fit Dominico d'un air rêveur. Alors pourquoi personne il né lé dit à la police ? demanda-t-il innocemment.

Son rejeton lui fit un geste de la main qui exprimait toute la supériorité du jeune Américain de pure souche sur l'immigré récent.

— Qu'est-ce tu crois, P'pa ! fit-il d'un air dégoûté. C'ui qui l'aurait repéré, y ferait pas de vieux os. Il les tire comme des lapins. Ceux qui l'ont regardé de trop près sont morts avant d'avoir eu le temps d'ouvrir la bouche pour parler. Et pis tu penses bien qu'il a plus du tout la même tronche que là-dessus. Il est pas fou. Il a kidnappé un chirurgien *éstitique*. Tu sais, un mec qui vous fait une nouvelle tête. Il s'est fait changer la bobine, quoi, avec de la paraffine, de la cire qu'on vous injecte sous la peau. Et pis il a tué le mec pour qu'il puisse dire à personne comment était sa nouvelle gueule.

Dominico absorbait tout ça la bouche grande ouverte.

— *Che cosa*, la cire ? voulut-il savoir, intrigué.

— Tu sais, le truc avec quoi on fait les chandelles.

— *Santa Maria !* souffla Dominico, et il fit un signe pour éloigner le mauvais esprit. Il a la figoure faite comme ça ?

Il réfléchit à cette histoire un instant et finit par hausser les épaules avec philosophie.

— Il a peut-être oune piou belle figoure, comme ça ; ça né peut pas être beaucoup piou vilain qué avant.

Sa femme Maria, pendant ce temps-là, tenait l'affichette à bout de bras et l'examinait d'un œil critique. D'un point de vue pour ainsi dire artistique. Sans préjugé moral.

— Z'est oune très vilaine figoure, reconnut-elle, mais ze' vais pas zéter. Zé garde dans l'autre chambre. Pour accrocher sour le mour près dou lit de les *bambini ;* quand ils né voulent pas dormir, zé leur faire peur avec cette figoure.

Elle avait une incapacité véritablement congénitale à jeter les choses. Ils étaient tous comme ça dans la famille.

La galerie de portraits sur le mur ne remportait pas un grand succès, en tout cas pour ce qui était de rameuter la clientèle. D'abord, on ne la voyait pas de la rue. Et même si elle avait été bien visible, elle n'aurait peut-être pas racollé grand monde. Après avoir marché doucement, le commerce ne marchait plus du tout. Un client était devenu chose si rare que quand par extraordinaire il en arrivait un, Maria et les petits se précipitaient à la porte qui donnait sur la boutique et le regardaient comme une bête curieuse. Dominico passait le plus clair de ses journées de « travail » en haut des marches, avec l'espoir insensé que la vue de sa jaquette blanche attire un client égaré mieux que ne pouvait le faire son malheureux poteau indicateur. Il devint une sorte d'enseigne vivante. Ses efforts pitoyables pour lutter contre le courant étaient si touchants que le Rival lui-même, de l'autre côté de la rue, tenta de rabattre vers lui les ivrognes, les « dormeurs », tous ceux dont les tignasses risquaient d'abriter des habitants, bref tous ceux dont les coiffeurs en général préfèrent éviter le contact. La vue de Dominico faisant le pied de grue pendant des heures devant sa porte lui brisait le coeur, avait confié le Rival à ses assistants. Mais même les ivrognes, les « dormeurs » et autres tignasses habitées préféraient s'abstenir ; ils restaient obstinément où ils étaient, dans la boutique en face.

Ce fut un jour où il se tenait là-haut sur le pas de sa porte, vers le soir, que Dominico vit arriver cette grosse voiture. Elle surgit de la pénombre, sous le métro aérien à deux rues de là, en glissant discrètement sur l'asphalte. Ses lumières étaient allumées, mais très faiblement, comme si le conducteur n'avait pas voulu se faire trop voir, mais assez pour qu'un flic ne lui reproche pas de rouler tous feux éteints. Elle dériva entre Dominico et la boutique illuminée du Rival comme un long nuage au ras du sol, animée d'un mouvement si imperceptible qu'il ne s'aperçut qu'elle s'était arrêtée que quand les immeubles d'en face cessèrent de défiler derrière.

Les lumières s'éteignirent, la voiture resta là, et rien ne se passa pendant plusieurs minutes. Dominico ne distinguait pas qui était assis à l'arrière, mais il voyait l'homme au volant. Son intérêt pourtant ne s'éveilla vraiment que quand l'homme assis au volant tourna la tête pour regarder, c'était indiscutable, en direction de la boutique du Rival. Ce n'était déjà plus seulement une belle voiture imposante ; c'était devenu la belle voiture imposante d'un client potentiel. Et le Rival lui-même avait rarement vu arriver un client si... bien roulé, en quelque sorte.

Pour Dominico la bataille était perdue au départ. C'était couru d'avance. Aucun doute sur le choix de ce client potentiel. Le Rival, à ce moment même, se présentait comme un astre électrique, éclaboussant la rue de la lumière de ses miroirs et de ses nickels. Sans compter que trois fauteuils étaient occupés et que quatre autres clients attendaient alignés le long du mur. Et la radio beuglait à plein volume, on l'entendait de la rue. Et Dominico était là, pauvre silhouette voûtée dans sa veste blanche défraîchie, à côté de son maigre poteau dont les couleurs passées se diluaient dans le crépuscule, à peine éclairé par la lumière jaunâtre d'une ampoule de quarante watts qui signalait faiblement la porte de son échoppe souterraine.

L'homme au volant détourna la tête après avoir regardé vers le Rival et la secoua, comme en réponse à une question. Puis il tourna la tête de l'autre côté et il vit le pauvre Dominico, tout tremblant.

Etait-ce possible, avaient-ils... cet homme, quel qu'il soit, avait-il le moins du monde l'idée de venir chez lui, ou même d'hésiter avant de se décider pour cette splendeur boréale qui brillait de l'autre côté de la rue ? Terrifié à l'idée qu'ils le prennent pour un assistant du Rival qui serait sorti prendre l'air, il se livra à une pantomime enjouée, pour essayer de faire comprendre qu'il avait sa boutique à lui, derrière lui, en dessous de lui. Il lissa sa jaquette blanche sur ses hanches, il tendit la main et la posa sur le triste poteau pour en souligner la fonction, il descendit une ou deux marches, mais pas plus, pour ne pas disparaître complètement, puis il remonta et répéta la manœuvre pour bien montrer qu'il y avait une boutique dessous. Il tremblait d'énervement des pieds à la tête. Avec une voiture pareille, quel pourboire l'autre devait laisser ! Trente *cents*, quarante... s'ils étaient contents et que ses mains, cette fois-ci — une fois n'est pas coutume — ne le trahissaient pas, peut-être même cinquante *cents*.

Il invoqua son saint patron. « Dominico, envoie-les-moi et fais que pour une fois, une seule fois, ma main ne glisse pas avec le rasoir ! »

L'homme au volant secoua encore la tête, de haut en bas, cette fois-ci, affirmativement. Dominico dut s'accrocher à la balustrade de fer pour ne pas dégringoler au bas des marches du sous-sol.

L'homme assis au volant ne bougeait pas. Mais la portière arrière s'ouvrit et un homme en sortit. Un bel homme bien habillé avec un beau costume. Il s'approcha de Dominico et le regarda. Puis son regard plongea vers le sous-sol.

— Vous avez une boutique, en bas ? demanda-t-il.

— Si, signor, si. (Les mots ne sortaient pas assez

vite.) Oune belle boutique. Tout cé qué vous voulez. Vous né pas attendre…

— Allons voir ça, fit l'homme, et il fit signe à Dominico de descendre devant lui.

Dominico s'exécuta, le cœur plein de sombres pressentiments. Quand le client aurait vu sa boutique, est-ce qu'il resterait ? La seule chose en faveur de Dominico, c'était que le client n'était pas du quartier. Il ne savait rien de la main qui tremblait, ni qu'on l'appelait le Boucher.

L'homme entra et regarda autour de lui. Il regarda le mur vide, ou plutôt le mur sans miroir, parce qu'il était largement couvert de lithos. Il regarda l'ampoule électrique unique qui répandait une lumière pâle au-dessus de leurs têtes, mais quand Dominico tendit la main pour la remonter, il l'arrêta d'un geste, comme s'il ne tenait pas à avoir trop de lumière. Il s'approcha de la porte fermée par un rideau et jeta un coup d'œil dans la pièce du fond, comme s'il voulait voir où ça menait. Il revint. Dominico ne lisait sur son visage aucun signe défavorable.

— Pas de radio, hé ? demanda-t-il.

— S'il vous plaît, signor, zé né pas…, et Dominico se lança dans des justifications presque serviles.

— Ça va comme ça. J' les aime pas. Ça me rend nerveux, fut la surprenante réponse.

Maria et les mômes avaient passé la tête dans l'entrebâillement du rideau, comme à leur habitude. Dominico leur fit signe de disparaître et siffla entre ses dents, en Sicilien.

— Ne restez pas là à regarder ! Il n'est pas encore décidé !

L'homme eut une petite grimace, comme si on ne la lui faisait pas.

— Y a pas grand monde qui passe ici, hein ? fit-il.

Dominico ne pouvait se permettre de le laisser penser une chose pareille.

— Si, si. Beaucoup dé monde, l'affaire marche très fort, mais aujourd'hui, c'est oune peu calme.

— Me racontez pas d'histoires, dit l'homme. Y'a des toiles d'araignées sur vos bouteilles de lotion.

Il avait dit ça d'un air réjoui, comme si ça lui était bien égal.

Il se dirigea vers la porte et le cœur de Dominico défaillit dans sa poitrine.

— Pas raser, signor? gémit-il. Pas couper les cheveux?

— Si, si, dit l'homme, mais c'est pas pour moi. Il va descendre tout de suite.

Il remonta et revint une minute plus tard accompagné d'un autre homme, le visage abrité par le bord de son chapeau. Le deuxième larron regarda autour de lui, et le premier dit :

— Pas mal, hein?

— Exactement ce qu'il me faut, dit le second. Il ôta son chapeau et l'accrocha à la patère. Puis il porta la main au bouton du haut de son pardessus et s'arrêta, hésitant.

— Tu peux y aller, assura son compagnon, et il s'assit près de la porte, sous la photo de Joan Crawford.

Le second ôta alors son pardessus et resta un instant debout à faire glisser de ses épaules quelque chose qu'il accrocha ensuite soigneusement sous son pardessus. Dominico était bien trop énervé pour voir ce que c'était et même pour y porter la moindre attention.

Puis le client vint s'asseoir dans le fauteuil et dit :

— Ça va, allons-y.

Dominico avait la mâchoire pendante, tant il était énervé et anxieux de plaire. « Santo Dominico, aide-moi ! » implora-t-il silencieusement. Il déroula une bande de gaze, en entoura le cou de l'homme et épingla le tablier par-dessus. Il prit la tondeuse. Le Rival, là-bas en face, utilisait une tondeuse qu'on branche dans la prise de courant ; ça marche à l'électricité ; lui n'avait qu'une tondeuse à main. Il fallait appuyer, c'était très bien ; ça masquait le tremblement. Il n'y avait pas vraiment de souci à se faire avant d'en arriver au rasoir, et s'il commençait à penser à ça maintenant... Il valait mieux ne pas y penser.

Ce client-là, ça faisait des mois qu'il n'avait pas été chez le coiffeur, c'était visible. Ses cheveux étaient très longs et faisaient comme une crinière sur le dessus de sa tête. Sur la nuque, par contre, ils avaient été coupés au ciseau n'importe comment par un amateur, probablement par un de ses amis ; un professionnel n'aurait pas fait ça.

Rrrr, faisait la tondeuse, en remontant de la base du crâne. *Rrrr*, l'homme se détendit et se laissa glisser dans le fauteuil. Il s'adressa par-dessus son épaule à celui qui était assis près de la porte :

— Bon Dieu, quel pied ! Ça m'a manqué, ce truc-là ! Ça fait une paye.

— Ouais. Personne peut y aller à ta place, convint l'ami, morose, les yeux toujours rivés sur le ruban de trottoir visible au-dessous du plafond.

Dominico se sortit de l'épreuve de la tondeuse sans encombre ; l'engin se coinça à un moment à cause d'un geste un peu hésitant, et tira sur une mèche, mais le client crut que c'était à cause de l'épaisseur de sa tignasse et laissa passer l'incident sans faire de remarque. Dominico prit les ciseaux. Ce stade intermédiaire était le plus sûr des trois ; tous les coiffeurs du monde font claquer leurs ciseaux trois fois en l'air avant d'attaquer.

— Ce qui est bien avec vous, remarqua le client à brûle-pourpoint, c'est que vous êtes pas trop causant. Je vous emmènerais bien avec moi.

— Doucement, l'avertit son compagnon, sans cesser de surveiller le trottoir.

Dominico avait bien trop peur pour parler. C'était pour ça qu'il n'était pas causant. Il avait assez à faire à maîtriser ses gestes sans gaspiller son énergie en faisant la conversation.

Ce client était un don du ciel. Il n'avait même pas l'air de s'inquiéter du temps que ça prenait. Il se prélassait dans le fauteuil, comme un homme habitué à son confort, et qui en aurait été privé trop longtemps. C'était toujours ça de pris pour Dominico, dont la lenteur exaspérait en général les autres clients. Ça lui évitait aussi de s'énerver.

Ce fut quand même bientôt terminé et il ne resta plus que les finitions. Il pâlit un peu, Dominico, et prit une grande respiration en posant à regret ses ciseaux. Le client, de toute évidence, se rasait lui-même. Grâce à Dieu. Sa peau était comme du satin blanc, une peau de *bambino*. Mais il fallait absolument passer un coup de rasoir circulaire autour des oreilles. Il n'y avait que le rasoir pour donner ce fini à la coupe.

Il fit durer aussi longtemps qu'il le pouvait, trouva mille raisons de temporiser, secoua le tablier, le remplaça par un propre, talqua soigneusement le cou du client. Il n'y eut bientôt plus de raison de reculer, plus d'échappatoire. Dominico apporta le savon et l'eau chaude, plus mort que vif. Il se mit à affiler le rasoir avec un grand geste désespéré du bras. Mais mieux il couperait, pire serait l'entaille.

Il essayait de se donner du courage, de prendre la chose avec philosophie, tout en s'approchant du client, le rasoir levé. Le client devrait bien payer sa coupe de cheveux à Dominico. Et même un pourboire de cinquante *cents*, ça ne valait pas de se mettre dans un état pareil. Mais ça n'était pas seulement ça. C'était surtout qu'il ne reviendrait pas. Dominico le perdrait comme il avait perdu tous les autres. Et cet homme avait l'air si prospère avec sa belle voiture, ses beaux habits et son secrétaire ou son je ne sais quoi qui l'accompagnait. Un seul client comme ça, et la réputation de Dominico était faite.

Il tendit la peau très fort devant l'oreille, entre le pouce et l'index.

Le client fermait les yeux, langoureusement.

— C'est le moment que je préfère, ronronna-t-il. C'est presque aussi bon que le bain Turc.

Dominico se tira admirablement de la moitié droite du visage. Il ne sut pas comment il avait fait, mais c'était fait. Il tenait fermement son poignet droit avec sa main gauche, et des filets argentés perlaient sous ses propres cheveux. Mais il réussit, c'était l'essentiel. Il n'y eut ni le sursaut révélateur de la forme affalée sous lui dans le fauteuil, ni le lent rougissement d'un petit croissait ou d'une petite virgule. Rien.

« Je t'allumerai un cierge, Dominico Santo ! Un cierge à quarante *cents !* »

Il en était à déblayer l'épaisse couche de savon du côté gauche, maintenant. Il approcha l'instrument de la peau, tout près, puis au contact. Et alors, *Madre de Dio !* C'est alors que l'accident se produisit. La peau n'accrocha pas le fil du rasoir comme il le fallait. Trop de savon, une peau trop glissante. Le rasoir glissa le long de la mâchoire, presque jusqu'au menton. Dominico l'éloigna, horrifié, mais c'était trop tard. La trace, le trait, sur la peau lisse, pas encore rouge, mais blanc, était visible, même à ses yeux fatigués. Quelle balafre ! Il n'en avait jamais encore fait une pareille. Les autres, ce n'était rien, des piqûres d'épingle, comparées à celle-là. Bientôt le sang allait sourdre ! C'était une vraie blessure. L'homme allait s'évanouir, appeler la police.

— *Presto, signor*, gémit-il. *Un momento !*

Il ouvrit un tiroir et en sortit un crayon astringent pour étancher la plaie.

La voix qui monta du fauteuil était sereine, débonnaire.

— Ça va, mon vieux. Prenez votre temps. Y'a pas le feu.

Les yeux restaient tranquillement fermés. Dominico faillit en laisser tomber son crayon de consternation. L'homme était-il insensible à la douleur ? N'avait-il rien senti ? Qu'est-ce que c'était que cette histoire ? Dominico se précipitait, avec un crayon et une serviette, croyant se trouver face à une marée écarlate. Au lieu de ça, l'écorchure restait inchangée, un fil blanc. Elle était pourtant assez profonde pour que le sang coule. C'était visible même à ses yeux d'astigmate. Alors pourquoi est-ce que ça ne saignait pas ?

Il la frotta timidement avec le crayon caustique. Ce contact astringent aurait dû brûler comme un fer rouge, sur une coupure de cette profondeur. Mais l'homme ne bougea pas. Dominico essaya l'estafilade avec sa serviette. Pas la moindre tache, pas la moindre gouttelette de liquide écarlate.

Il resta un moment figé et ses yeux se tournèrent vers le miroir qui lui renvoya l'image entière du visage du client. Il était d'un blanc un peu rosé et son propre visage, au-dessus, de la couleur verdâtre de l'horreur. A voir ses yeux, on pouvait craindre que ce masque vert ne tombe sur l'épaule du client d'un instant à l'autre. Machinalement, il versa un peu de talc dans le creux de sa main et se mit à essuyer les traces de savon autour des oreilles. Les yeux du client s'ouvrirent sur un regard interrogateur et se refermèrent ; il poussa un léger soupir.

— J'ai toujours aimé ce truc-là, marmonna-t-il paresseusement.

Un pas ébranla les marches de bois qui menaient au sous-sol, Antonio fit irruption, disparut dans la pièce du fond pour se faire nourrir avant de retourner vendre ses journaux. L'homme assis près de la porte qui s'était soulevé, jambes à demi fléchies sur sa chaise, se laissa retomber et sortit sa main de son pardessus. L'occupant du fauteuil, un instant sur le qui-vive, se détendit et ferma les yeux.

Dominico pensait : « Celui-là, il est irlandais. Mais celui-là là-bas, il a le poil noir, il est peut-être de chez nous, il comprend peut-être notre langue. Il vaut mieux ne rien dire ici. »

Dominico prit son courage à deux mains.

— Lotion tonique, signor ? dit-il.

— Ouais, le grand jeu ! Et pourquoi pas ?

Dominico attrapa la première bouteille qui lui tomba sous la main, la reposa. Il regarda vaguement en direction de l'étagère à la recherche de quelque chose qui n'y était pas.

— Attendez, j'ai oune très bon produit. Ma il est dans la pièce à côté.

Il passa de l'autre côté du rideau. Dans la pénombre, Antonio, qui n'avait même pas retiré son chapeau, était assis en train de lamper un *minestrone* clair. Maria était debout près du fourneau. Elle leur tournait le dos, heureusement. Il toucha l'épaule du garçon et lui fit signe de se taire. Puis il montra de l'index le mur au-dessus du lit commun des mômes, avant de faire un geste du pouce par-dessus son épaule, en direction de l'endroit d'où il venait.

— Va vite, sors par-derrière, dit-il doucement en sicilien. Dis-leur.

Ça suffisait. Le garçon saurait où aller et comment s'y prendre. Il connaissait les façons des gens de ce pays.

Dominico revint dans la boutique, attrapa un flacon de brillantine et se posta derrière le fauteuil. C'était lui qui allait mourir, *si*, d'un moment à l'autre. Qu'avait dit Antonio ? « Ceux qui l'ont regardé de trop près sont morts avant d'avoir eu le temps d'ouvrir la bouche pour parler. » Mais Maria et les enfants... Ils en feraient des choses avec tout cet argent.

Il n'y avait plus d'excuse valable pour que l'homme reste dans le fauteuil, et pourtant il le fallait absolument. Il ne restait plus que la raie et un coup de peigne à donner, mais c'était trop vite fait pour commencer tout de suite.

— Serviette chaude, signor ? fit-il d'un ton câlin. Ça rafraîchit, ça fait se sentir oune autre homme.

C'est sans doute l'habitude qui perdit l'homme assis dans le fauteuil ; la vieille habitude de s'en donner pour son argent quand il allait chez le coiffeur. Il avait peut-être oublié, séduit par les propositions enjôleuses de Dominico, que certaines choses étaient désormais dangereuses. A moins qu'on ne l'en ait même jamais averti.

— Allons-y, fit-il avec empressement. C'est pas tous les jours que je trouverai un coin tranquille comme ça. Ça risque de pas se retrouver de sitôt.

Celui qui était près de la porte gloussa, mais sans

détacher son regard de cette bande de trottoir qui l'hypnotisait depuis le début.

Dominico plongea une serviette dans le bain-marie. Ça prit une ou deux minutes à chauffer. Il la sortit bouillante, la tordit et la déposa enroulée en élipse autour du visage épicurien, en laissant une cheminée pour le nez.

— Trop chaud ? demanda-t-il avec sollicitude.

Une voix étouffée répondit :

— C'est juste ce qu'il faut. Je ne sens même rien.

Une minute ou deux de silence complet s'écoulèrent. Et puis l'homme près de la porte commença à devenir nerveux.

— Allez... activez, dit-il avec impatience. C'est bien gentil, tout ça, mais ça fait trois quarts d'heure qu'on est là.

— Bon. Enlevez-la, murmura le patient.

Dominico déroula la serviette, qui dégorgeait encore des voiles de buée. La serviette lui tomba dans les mains et il lui sembla — il n'en croyait pas ses yeux horrifiés — que le visage en faisait autant. Une monstruosité, une masse informe avec des traits noyés au milieu, une chose en forme de poire avec des bajoues dégoulinantes, un ectoplasme vu dans un miroir déformant, le regardait de par-dessus le tablier. Il poussa un cri étranglé et agrippa le bras du fauteuil pour ne pas tomber.

Le client ne se serait aperçu de rien s'il n'avait pas commis l'erreur de se regarder dans la glace. Il voyait, entendait, parlait, respirait sans problème ; tout allait pour le mieux, hormis ces appendices pendouillants qui formaient comme des nappes de pâte à crêpes de chaque côté de son visage. Il se vit dans le miroir et la panique l'envahit comme une lame de fond, balayant toute espèce de présence d'esprit. Il bondit du fauteuil dans un hurlement de terreur et se mit à courir frénétiquement en rond dans la pièce, en agitant les bras, le tablier flottant derrière lui. Il porta une main affolée à sa mâchoire et la retira en entraînant des filaments blanc rosé au bout de ses doigts, comme s'il pétrissait de la mélasse. Il aboya :

— Je fonds... Je coule.. J'ai un ramollissement du cerveau...

Trop affolé pour s'arrêter et s'apercevoir qu'à part ça, tout allait très bien. En d'autres termes, il était en proie à une crise typique d'autosuggestion.

L'autre homme avait bondi sur ses pieds et se tenait jambes pliées, balançant quelque chose à bout de bras en répétant :

— Tire-toi de là que je le crève, ce mec !

Le bruit de pétarade d'une voiture dans la rue fut couvert par les beuglements des deux hommes et le débit saccadé des prières de Dominico, qui implorait en Italien son saint protecteur, à genoux derrière un fauteuil renversé.

Un coup partit, mais de la pièce du fond, pas de la rue, et l'homme près de la porte eut un sursaut, comme les clients de Dominico quand il les tailladait, puis il s'affaissa lentement et se coucha. Plusieurs hommes dévalèrent l'escalier de la rue et plusieurs autres firent irruption par la pièce du fond. L'homme devenu fou tournait toujours en rond, son tablier autour du cou, comme un poulet décapité. Ils l'entourèrent. Quelqu'un lui flanqua un coup sec de la crosse de son arme et le tablier retomba sur une forme affalée.

— Et à quel moment avez-vous compris que Garvey Les-Deux-Pétards, était dans votre fauteuil, monsieur Compostello ? demanda respectueusement un des journalistes préposés aux choses maritimes.

— Quand lou moment est venou de lé couper comme zé coupe tout le monde. Il né saigné pas. Z'ai bien vou que c'était oune chose pas catholique.

— Et vous n'avez pas eu peur pendant que vous attendiez qu'ils arrivent et qu'ils vous en débarrassent ?

— Si, si, z'ai ou très peur. Z'ai ou peur qué zé mé souis trompé, qué c'était pas la personne et qué zé né touche pas les dix mille dollars !

IL CAUSE BIEN, L'ASSASSIN

(Murder in wax)

Il m'appelait Frimousse d'Ange. Il disait toujours que j'avais rien dans le citron, mais que j'étais jolie comme un cœur. Quand il a commencé à arrêter de me charrier, j'aurais dû me méfier. Mais j'ai pensé que c'était p't' être parce qu'on était mariés depuis quatre ans... et j'ai pas pigé tout de suite.

Un matin comme les autres matins, j'ai reçu mon congé. Tout baignait dans l'huile et j'étais en train d'essayer de choisir entre ma petite robe verte et ma petite bleue avec les chichis autour du cou, quand voilà qu'on sonne à la porte. On aurait dit un chauffeur de taxi. C'en était un.

— J' suis venu chercher un dollar et demi que vot' mari me doit, ma p'tite dame. Y sait où est ma borne, il aurait dû me régler y' a un moment. (Et pour enfoncer le clou, il me tend l'étui à cigarettes de Jackie, celui que je lui ai donné pour le dernier Noël.) J'en ai marre de trimballer ça comme gage, ça vaut rien chez le prêteur. Si je lui ai fait confiance ce soir-là, c'est à cause que la dame qu'était avec lui est une bonne cliente. Ma borne est juste devant sa porte...

Mon cœur fit boum ! « Je reviens », dis-je et j'appelai au téléphone le bureau de Jackie. « Il nous a quittés samedi », me dit-on. On était mercredi. Je jetai un coup d'œil dans la penderie où était sa valise. Elle était fermée, mais en la soulevant je m'aperçus qu'elle pesait une tonne. Elle était prête, toute prête pour le départ. La garce, elle avait entortillé mon bonhomme. Je retournai à la porte en finissant de boutonner dans le dos ma petite robe bleue.

— Voilà votre dollar cinquante, dis-je, et en plus, de quoi aller jusque chez la dame. Et vite.

Dans la Cinquante-quatrième Rue Est, c'était à deux portes de ce grand café qui se trouve au coin de la Troisième Avenue.

— Bien sûr que je sais son nom, dit-il, c'est Bernice. C'est comme ça qu'ils l'appellent tous, chaque fois qu'elle monte avec quelqu'un dans mon taxi.

Le nom de famille était écrit sur la boîte aux lettres : Pascal.

Personne ne me vit entrer, et l'ascenseur était automatique. Elle prenait son petit déjeuner — un alka-seltzer et une cigarette — et si moi, il m'appelait Frimousse d'Ange, je me demande comment il pouvait bien l'appeler, elle. Hélène de Troie, ça aurait eu l'air tarte à côté. Elle avait un de ces visages comme on en voit un tous les cent ans.

— Qui êtes-vous ? fit-elle sèchement.

— La femme à Jackie Reardon, dis-je, et je suis venue vous demander de pas être vache.

C'était sans espoir. Je m'en suis aperçu ce soir-là en essayant de lui parler. Le café que je reçus en pleine figure n'était pas assez chaud pour me brûler, heureusement, et même qu'il m'envoie valdinguer à l'autre bout de la pièce, dans le coin salle à manger, ça m'était égal. C'est quand il a attrapé sa valise et pris la porte que ça m'a fait mal. Je suis rentrée dans l'appartement, j'ai caché la marque rouge que j'avais sur la joue avec de la poudre, j'ai mis un chapeau et je l'ai rattrapé à la station de métro.

— Jackie, écoute moi ! Il faut que tu m'écoutes !

— Bon, ça va, j'ai oublié, dit-il, et il voulut me filer deux billets de dix dollars. Je les lâchai et le vent les emporta sur les rails.

Je ne pouvais que répéter :

— Pas ce soir, Jackie ! Non, non, pas ce soir ! Ne va pas chez elle, tu vas t'attirer des ennuis. Attends demain, et puis tu iras s'il le faut. Mais pas ce soir, Jackie, n'y va pas...

Son train entra en gare avec un fracas de tonnerre qui couvrit tout le reste. Je lus sur ses lèvres : « Au revoir, mon p'tit », et le train, sa valise et lui disparurent en me laissant là qui criait :

— Ne t'en va pas, Jackie, il va t'arriver des ennuis ! sur un quai désert.

Je suis rentrée et j'ai pleuré comme un veau jusqu'à minuit. J'ai bu tout le gin qu'il avait laissé, de minuit jusqu'à l'aube, et j'ai dormi depuis le petit jour jusqu'à ce qu'il fasse de nouveau presque nuit.

A cette heure-là, les journaux du soir étaient en vente, avec à la une de gros titres sensationnels — MONDAINE ASSASSINÉE —.Mon pressentiment de la veille ne m'avait pas quittée. Je fis signe au vendeur par la fenêtre et pris tout un paquet de journaux. C'était bien ça. Bernice Pascal, 225 Cinquante-quatrième Rue Est, avait été retrouvée tuée par balle dans son appartement vers neuf heures la veille au soir. Ils avaient rattrapé Jackie moins d'une demi-heure plus tard à la gare de Grand Central ; il essayait de filer par le train de Montréal. Seul. Avec sur lui deux tickets et la clé de son appartement. Sa valise avait été retrouvée chez le portier, à qui il l'avait confiée pendant qu'il montait chez elle.

Je tombai à genoux, la tête appuyée sur ma main, et parcourus l'article les yeux noyés de larmes. Quel piège ! On l'avait vu une première fois à 8 heures 30, il avait demandé au portier de surveiller sa valise et il était monté sans se faire annoncer — après tout elle lui avait donné sa clé, hein ? Le portier ne l'avait pas vu redescendre. Il ne l'avait revu par la suite qu'après la découverte du corps, quand Jackie avait été ramené par les deux hommes de la brigade criminelle qui l'avaient arrêté. L'arrestation la plus rapide qu'on ait connue depuis des années, claironnaient les journaux et la police.

Un horaire des trains, trouvé chez elle, avec le train de 9 heures 40 souligné, leur avait mis la puce à l'oreille. Il y en avait un tous les soirs, mais ils n'avaient pas attendu le lendemain pour y aller voir. Sa valise à elle aussi était bouclée, vous voyez le topo.

— Idiot, espèce d'idiot !

Je me frappai la tête en gémissant sur le rebord de la fenêtre.

Deux jours après, je fus autorisée à aller le voir.

— Ce n'est pas toi qui as fait le coup, lui dis-je. Je vais te trouver un bon avocat.

— T'occupe pas de ça, dit-il. Je veux pas que tu sois mêlée à ça. Je t'ai déjà fait assez de crasses.

— J' suis ta femme, Jackie. T'as pas besoin de me le dire, je sais bien que c'est pas toi qu' as fait le coup.

— Elle était morte quand je suis entré, dit-il, et la radio jouait *Je ne suis plus la femme de personne*. Ça, je me rappelle. C'est tout ce que je me rappelle. J'ai perdu la boule, je crois. J'ai foutu le camp par l'escalier de secours pendant que le portier, sur le devant, était en train de chercher un taxi pour quelqu'un. J'en ai pris un moi-même et j'ai tourné en rond pendant un bout de temps, complètement dans les vaps. Et puis je suis allé à la gare...

— T'auras ton avocat, Jackie, ai-je promis.

Mon beauf à Trenton m'a envoyé sur les roses. J'avais pourtant la bague de fiançailles en diamant que Jackie m'avait offerte il y a cinq ans. Et mon alliance était en platine. Tout ça, c'est parti. Je lui ai obtenu Westman. Son nom s'écrit comme *dollar*, au pluriel.

— Cette affaire me plaît, dit-il. Je n'aime pas beaucoup la façon dont ça se présente, mais c'est pour ça que ça me plaît. Il va falloir s'accrocher.

Moi non plus je n'aimais pas beaucoup la façon dont ça se présentait, — après tout Jackie était mon mari, pas le sien — mais je me suis accrochée.

Le procès s'ouvrit au beau milieu d'une vague de chaleur qui battait tous les records pour l'époque de l'année. Par quarante degrés à l'ombre, avec un jury en nage prêt à envoyer l'ange Gabriel à la chaise électrique pourvu qu'on les laisse rentrer chez eux prendre une douche, et un juge teigneux qui en voulait à sa propre mère, il n'avait pas une chance.

C'était la merde d'un bout à l'autre. La version de l'accusation était la suivante : elle avait accepté de partir à Montréal avec lui ; puis, quand elle avait changé d'avis au dernier moment pour une raison quelconque, il l'avait tuée dans un accès de fureur jalouse. Le pistolet était à elle, mais on l'avait retrouvé dans la cage de l'ascenseur — et elle était morte sur le coup d'une balle entre les deux yeux. Les murs étaient bien insonorisés, personne n'avait rien entendu. Le portier l'avait vu monter à 8 heures 30 ; c'était la dernière personne qu'il avait vu monter ; il le connaissait de vue depuis plusieurs mois. A peu de chose près, tout New York était prêt à confirmer la rumeur qui courait sur leur liaison ; l'accusation fit défiler les témoins à charge toute la journée.

Je suppliais Westman :

— Faites quelque chose, mais faites donc quelque chose !

Westman faisait chou blanc. Le portier de nuit, qui avait pris son service à six heures, s'était de toute évidence fait graisser la patte... En tout cas, c'est ce que disait Westman. Et quand il avait voulu retrouver le portier de jour, qui aurait pu lui apprendre si elle avait eu de la visite dans la journée, on lui avait dit que le bonhomme avait quitté son emploi deux jours après le meurtre pour retourner en Irlande ou je ne sais où sans laisser d'adresse. Il avait retrouvé une ancienne domestique noire qui aurait pu jouer le rôle d'un véritable répertoire vivant des hommes qui défilaient dans la vie de la môme Pascal, mais juste au moment où elle allait comparaître comme témoin, elle s'était fait buter mystérieusement par une voiture qui l'avait renversée au coin de la Cent-trente-cinquième Rue et de Lenox Avenue, et on lui avait fait un enterrement somptueux. Et tout à l'avenant. La merde, quoi.

J'avais assisté à tout, assise au dernier rang avec une paire de lunettes noires. Les jurés étaient revenus le 21 avec leurs chemises qui leur collaient dans le dos et une barbe de trois jours, et ils l'avaient jugé coupable.

J'étais tombée dans les pommes et un appariteur m'avait fait sortir, mais personne ne l'avait remarqué parce que des gens s'étaient trouvés mal pendant tout le procès à cause de la chaleur.

Il faisait un agréable temps frais le jour où la sentence a été rendue, mais c'était trop tard pour lui. Il était bon pour la chaise électrique.

— Alors comme ça, on va griller mon mari pour quelque chose qu'il a pas fait ! ai-je dit à Westman.

— Ils sont dix millions à penser que c'est lui, contre une petite bonne femme qui pense le contraire. Vous ne pouvez quand même pas vous farcir l'Etat de New York à vous toute seule.

— Non, mais je peux lui en donner pour son argent. Qu'est-ce qu'il faut pour obtenir une suspension ?

— De nouvelles preuves... Et je n'en ai pas.

— Non ? Eh bien on va voir ça. On a combien de temps ?

— Jusqu'à la semaine du 8 novembre. Pour nous ça fait six semaines, pour lui, une vie.

Je me retournai sur le pas de la porte.

— Les cinq cents dollars, c'est pour payer l'électricité qu'ils vont lui passer dans le corps, je suppose ?

Il leva les bras au ciel :

— Vous pouvez reprendre l'argent de ma provision. J'en suis plus malade que vous.

Je l'ai pris parce que j'en avais besoin. J'avais vécu dans une piaule à sept dollars par semaine et bouffé exclusivement des corn-flakes depuis que je lui avais versé ses honoraires. Je me trouvais maintenant devant un problème simple : trouver le coupable au milieu de 6 999 999 innocents — sauf erreur sur le dernier recensement de la population de New York — lui coller le meurtre de Bernice Pascal sur le râble bien solidement et tirer mon Jackie d'affaire.

Six semaines pour y arriver. Quarante-deux jours. Un millier d'heures. L'équipement : cinq cents dollars, une frimousse d'ange et un cœur de granit. Mes chances ? Une contre mille, c'était encore optimiste. Qui voulez-vous qui se lève et qui crie bravo devant un combat aussi inégal ?

Je restai assise la tête entre les mains à me demander par où j'allais commencer. Pas un soupçon, pas un indice, pas l'ombre d'une idée. Ça n'allait pas être du gâteau. Je ne voyais vraiment pas quoi faire et déjà les minutes passaient, des minutes qui ne reviendraient jamais.

Ils me laissèrent dire au revoir à Jackie le lendemain avant de l'emmener à l'autre bout de l'Etat. Il avait les menottes, ce qui fait que ça limitait les épanchements. On s'est pas dit grand-chose.

— Regarde-moi. Qu'est-ce que tu vois ?

— Une drôle de lumière dans tes yeux, dit-il.

— Elle va te ramener à la vie, je lui ai dit. Alors, pas besoin de se dire au revoir.

Quand je suis revenue dans ma piaule, il y avait un flic. « Oh, oh », j'ai pensé, « qu'est-ce que c'est encore que ça ? »

— Je vous ai cherchée partout, m'a-t-il dit. M. Westman a fini par me dire où je pouvais vous trouver. Votre mari nous a demandé de vous rendre ses affaires.

Il me donna la valise de Jackie, celle qu'il avait emportée chez elle ce soir-là.

— Merci pour la délicatesse, lui dis-je en lui refermant la porte au nez.

Jusqu'à ce que j'ouvre cette valise pour la fouiller, j'ignorais que des chemises, des chaussettes et des mouchoirs pouvaient faire si mal. Il y avait aussi son costard gris. Je plongeai ma figure dans le veston et le couvris de baisers. Les flics avaient visité les poches un million de fois mais ils avaient tout remis dedans. Quelques cartes de débits de spiritueux, un paquet de cigarettes chiffonné, son stylomine en argent accroché à la poche du veston.

Puisque j'étais déjà comme veuve, j'étalai toutes ses fringues devant moi comme pour faire une sorte d'arrangement funéraire. C'est en lissant le tissu du veston pour le plier que je sentis quelque chose dans le bas, dans l'ourlet. Il y avait un trou dans la doublure de sa poche et c'était passé au travers. Mais quand je l'eus ramené à la surface, je vis que les flics n'avaient pas loupé grand-chose. C'était seulement une pochette d'allumettes.

Je la reposai. Et puis je la repris. Ce n'étaient pas des allumettes du commerce. Il n'y avait pas de réclame dessus. C'était une pochette d'allumettes personnalisée. Mazette. Deux initiales dorées sur fond noir : T. V. On peut s'en acheter une poignée au Prisunic pour dix cents, ou dans n'importe quel grand magasin pour deux cents. N'empêche, ça appartenait à une personne et pas à un hôtel ou à un restaurant ou à une entreprise quelconque. T. V. Ça n'était pas les initiales de Bernice non plus.

Alors où est-ce qu'il avait trouvé ça ? Je connaissais la plupart de ses amis, elle était la première avec qui il me doublait, et je ne voyais personne qui corresponde à ces initiales. Pour vérifier, je sortis et j'appelai la firme pour laquelle il travaillait.

— Est-ce que T. V. est là ? demandai-je d'un air de ne pas y toucher.

— Nous n'avons personne ici avec ces initiales, dit la fille qui répondait.

C'est en revenant dans ma chambre que je fus frappée d'une illumination. C'était évident. Il avait sûrement trouvé ça dans l'appartement de Bernice, il n'y avait pas d'autre explication possible — mais ça n'était pas à elle. Quelqu'un d'autre lui avait rendu visite, avait laissé traîner ses allumettes, et Jackie était arrivé après. Il avait pas les yeux en face des trous, il avait mis les allumettes dans sa poche et il était parti avec.

Même comme ça — et ça restait à prouver — ça ne menait pas à grand-chose. Ça ne voulait pas dire en tout cas que T. V. ait quoi que ce soit à voir avec sa mort. Mais si je pouvais dénicher au moins un des amis intimes de la fille, c'était toujours ça de pris et ça me mènerait à d'autres amis à elle.

Je décidai de rencontrer T. V. En regardant dans le coin de la pièce, je vis un cafard qui rentrait dans un trou. Je frissonnai. Cette blatte — et toutes celles que j'avais vues depuis quelques semaines — me donnait une idée.

Une pochette d'allumettes d'abord, et puis un cafard. Bon, je me pomponnai un peu et me rendis à la résidence où elle habitait, dans la 225e Rue. J'allai trouver le gardien.

— Dites-moi, je voudrais vous parler de l'appartement 3-H, dis-je. Vous l'avez loué ?

— Non, dit-il, et Dieu sait quand on va pouvoir le relouer. Les gens sont bizarres quand y'a des trucs comme ça. On en a parlé dans tous les journaux.

Je lui ai demandé de me faire visiter. Le téléphone était toujours là, coupé bien sûr. Les annuaires étaient par terre dans la penderie. Tout le reste était parti depuis longtemps.

— C'est une belle grande penderie, ai-je dit en feuilletant les pages de l'annuaire de Manhattan.

Et puis je l'ai reposé et je suis ressortie. Il faut de bons yeux pour lire l'annuaire dans une penderie. J'ai de très bons yeux.

— Je vous fais une proposition, ai-je dit. Je ne suis pas du tout superstitieuse, je suis assez fauchée et je n'aime pas l'espèce de cafards qui pullulent dans la chambre que j'habite. Vous n'avez aucune chance de louer cet endroit avant que les gens aient oublié ce qui s'est passé et vous le savez bien. Alors je vous le loue pour le quart du prix qu'elle payait. Réfléchissez.

Il redescendit, téléphona à l'agence immobilière et revint m'annoncer que l'endroit était à moi. Mais seulement pour six semaines ; en d'autres termes jusqu'à la date à laquelle mon Jackie devait s'en aller en fumée — ce qui me convenait parfaitement puisque je ne voulais pas rester plus longtemps, de toute façon.

A peine la porte s'était-elle refermée derrière lui que je fonçai sur la penderie et sortis l'annuaire de Manhattan. Je le secouai et la carte tomba, la carte que j'avais aperçue un peu plus tôt. C'était une de ces petites cartes-répertoires avec la place pour noter quelques noms et numéros que la compagnie du téléphone fournit à ses abonnés.

Il y avait sur la sienne deux ou trois noms crayonnés. Elle avait sans doute tellement de correspondants qu'elle ne pouvait pas connaître tous les numéros par cœur. Enfin, ça se présentait comme ça :

Ruby Moran — Wickersham je-ne-sais-combien
Gilda Johnson — Stuyvesant je-ne-sais-combien
Tommy Vaillant — Butterfield 8-14160

Ça se corsait. Butterfield est un central des beaux quartiers, de Park Avenue et de la Soixantième, par là. Mais le gratin ne se promène pas avec des pochettes d'allumettes à monogramme de Prisunic — ça, c'est du tape-à-l'œil. Ce qui signifiait que ce mec, quel qu'il soit, avait gagné du fric très vite et n'avait pas eu encore le temps de se mettre au diapason. Ça voulait aussi dire qu'il était sans doute dans un quelconque racket, légal ou pas. Et aussi qu'elle en savait peut-être un peu trop long sur son compte et qu'elle avait parlé à tort et à travers, ou qu'elle risquait de le faire, et que c'était sans doute pour ça qu'elle broutait maintenant les pissenlits au cimetière de Woodlawn. D'un autre côté, rien de tout ça n'était peut-être vrai, mais ça, c'était à moi de le découvrir.

Quant à la police, pour eux le cas de Jackie était tellement clair qu'ils n'avaient pas cru bon d'aller fouiner dans les coins pour trouver des pochettes d'allumettes dans l'ourlet d'un veston qu'il ne portait même pas quand ils l'avaient arrêté, ni des numéros de téléphone confidentiels sur des cartes cachées dans les pages d'un annuaire. Pour faire des trucs comme ça, il fallait une petite femme de rien du tout comme moi, avec rien dans le citron.

Je sortis, je réfléchis un moment et me décidai à entrer dans une boutique de fringues de Broadway très tralala.

— Montrez-moi quelque chose qui ait du *oomph*, dis-je. Quelque chose de très, très *suivez-moi-jeune-homme.* Je veux qu'il en voie trente-six chandelles.

Je finis par choisir le genre de robe qu'on ne porte qu'au risque de s'enrhumer l'hiver. Ça creusait un trou dans mon budget mais tant pis. Je la fis emballer et l'emportai avec tous les accessoires qui allaient avec. Et puis je trouvai un bar miteux près du coin où j'habitais et j'y passai un bon bout de temps à me mettre bien avec le barman et à renverser des tas de saloperies rosâtres dans le crachoir quand il avait le dos tourné.

— Sûrement pas, dit-il quand j'eus finalement posé la question. Je ne pourrais pas vous procurer un truc comme ça. Je risquerais de me faire pincer. Et même si je voulais, nous n'avons pas de ces choses-là.

— C'est seulement pour faire une blague, dis-je. Mais tant pis. Oubliez ça. Je ne vous ai jamais rien demandé. Je ne suis même jamais venue ici, vous ne m'avez jamais vue et je ne vous ai jamais vu.

Mais je lui payai le dernier *Jack Rose* avec un billet de dix dollars en disant : « Gardez la monnaie. » Quand il apporta la consommation, il y avait un petit paquet de papier blanc dans le creux de sa main. Je lui pris le verre sans lui laisser le temps de toucher le comptoir.

— Essayez ça, dit-il du coin des lèvres et il s'éloigna négligemment en astiquant le bar.

Je fourrai le truc dans mon sac et disparus.

Ils avaient déjà rétabli ma ligne quand je rentrai dans l'appartement et je l'étrennai en faisant le numéro de ce Tommy Vaillant. Une voix d'homme répondit.

— Est-ce que Tommy est là ? roucoulai-je comme si on avait été élevés dans le même berceau.

La voix répondit que M. Vaillant était sorti pour la soirée. A l'accent, j'en conclus que ça devait être son esclave dévoué, Vendredi. Et qui était-ce qui voulait parler à Monsieur ?

— Une petite camarade. Où est-ce que je pourrais le joindre ?

— Au Club la *Belle Epoque.*

C'était pas plus mal comme ça, parce que s'il était venu au téléphone lui-même, j'aurais été bien embêtée.

Ça me prit une heure de me faire une beauté, mais si j'étais déjà pas trop mal avant de commencer, fallait voir comment j'étais chouette à la fin de la séance. Je me dis que j'avais tout le temps, pour la bonne raison que quelqu'un qui se pointait dans un Club si tôt dans la soirée devait y avoir des intérêts, et y resterait donc sûrement jusqu'à l'heure du couvre-feu. Je faillis attraper une pneumonie en y allant dans cette robe à coucher dehors, mais ça valait le coup.

Mon entrée fit l'effet d'une bombe et quand je m'assis, la fumée montait des décombres. Les attractions étaient si minables que même les serveurs ne les regardaient pas. Je commandai un *Pink Lady* et attendis. Quand je sortis une cigarette de mon paquet, il se mit à pleuvoir des briquets de tous les côtés. Un essaim de mouches.

— Posez-les tous sur la table, dis-je. Je vais choisir.

Un mec qui arborait ses initiales sur les pochettes d'allumettes allait pas se priver de les mettre sur son briquet, et je voulais pas me tromper de briquet. J'en comptai neuf. Le sien était un joli petit truc en émail noir avec T. V. gravé en lettres d'or.

— Qui est l'heureux gagnant ? dis-je en repoussant la chaise libre.

Il n'était pas aussi moche que je le craignais. Il avait l'air tout à fait capable de tenir sa place dans une partie de hockey, et même du genre qui aime les bains froids.

— Wouaou ! fit quelqu'un à mi-voix pendant que les huit autres battaient en retraite, ça aurait fait du vilain si elle avait pas choisi le sien !

Alors, c'était ce genre d'oiseau. Ça expliquait peut-être ce qui était arrivé à Bernice.

Il renvoya mon *Pink Lady* et commanda de l'eau gazeuse :

— Comment tu t'appelles ?

— Frimousse d'Ange, dis-je.
— Je l'aurais deviné, fit-il.

— Qu'èche que tu dirais de pacher chez moi, proposa-t-il trois heures plus tard, juste pour — hic — un p'tit dernier.
— Plutôt chez moi, dis-je. Je voudrais bien me débarrasser de cette robe et me mettre quelque chose sur le dos.
Une fois sortis du taxi, je me retournai vers le chauffeur pendant que le portier aidait Vaillant à se ramasser après qu'il se soit foutu par terre en passant la porte :
— Restez dans le coin, je vais ressortir toute seule d'ici une demi-heure et j'aurai besoin de vous.
Vaillant était beurré juste ce qu'il fallait pour se rappeler vaguement la maison, mais trop pour réaliser pleinement où il était.
— Je suis déjà venu ici, annonça-t-il solennellement en montant avec moi dans l'ascenseur.
— J'espère aussi que tu reviendras souvent, après. (Je le fis entrer et il s'écroula dans un fauteuil.) Je vais chercher à boire. (Je m'en fus prendre deux verres que j'avais préparés et laissés au frigo. L'un était normal, l'autre pas.) Maintenant, excuse-moi un instant, dis-je ensuite après avoir soigneusement rincé nos deux verres à l'eau chaude.
Je m'éclipsai pour changer de décor et quand je revins, il était K.O. Je pris son adresse et sa clé, descendis, montai dans le taxi et lui dis où aller. C'était en effet dans Park Avenue, sous le toit ; mais tout petit — seulement deux pièces.
A la *Belle Epoque*, j'avais appris que son Philippin ne dormait pas là mais rentrait chez lui vers dix heures tous les soirs, sans quoi j'aurais pu aller me rhabiller. L'ascenseur était privé.

— Vous m'attendiez ? (Je pris les devants avec le liftier.) Il m'a envoyée en éclaireur pour lui préparer les oreillers.

Il était trois heures du matin quand j'arrivai et je ne repartis pas avant sept heures. Je passai l'endroit au peigne fin. Rien. Pas un bout de papier, pas le moindre billet qui indique qu'il l'avait jamais connue. Il avait dû brûler autre chose que des bûches dans sa cheminée bidon — pendant que Bernice servait de décoration dans la vitrine des Pompes Funèbres Campbell. Il y avait un coffre-fort mural, mais le bureau dans la chambre à coucher se laissait crocheter comme rien avec une épingle à cheveux et j'y trouvai la combinaison du coffre dans un petit carnet.

Le coffre valait le déplacement. Toujours rien sur Bernice, mais il avait gardé les talons d'un certain nombre de chèques annulés dont il aurait mieux fait de se débarrasser. L'un en particulier avait été tiré à l'ordre d'un certain Joe Callahan, habitant la Troisième Avenue, deux jours après sa mort. Deux cent et quelques dollars — juste ce qu'il faut pour payer le retour en Europe pour deux personnes en troisième classe.

Joe Callahan était justement le portier de jour du 225 Cinquante-quatrième Rue Est, celui que Westman avait essayé de retrouver avant d'apprendre qu'il avait donné son congé et qu'il était retourné dans son Irlande natale. Je glissai le document dans ma jarretière, au cas où. S'il avait aussi graissé la patte du portier de nuit pour l'aider à oublier qu'il était un des visiteurs de Bernice, il avait eu l'astuce de le payer en liquide. Il n'y en avait aucune trace. Même chose pour le conducteur de la bagnole qui avait déquillé la boniche noire dans une rue de Harlem. Ce qui fait que l'un dans l'autre je sortais bredouille de cet inventaire.

Il faisait grand jour dehors et j'avais peur que le Philippin se radine d'un moment à l'autre. Alors j'abandonnai. Il me fallut dix minutes pour remettre les lieux absolument en l'état.

Quand Vaillant revint à lui, dans le fauteuil où il s'était laissé choir, j'étais là, habillée, fraîche et rose comme si je venais de me réveiller en pleine forme. Sa clé était de retour dans sa poche, mais il n'avait pas fallu plus de vingt minutes à un serrurier pour m'en faire faire un double. Quant aux talons de chèques, je les avais déposés chez un photographe pour en faire faire des photocopies.

— En voilà un gaillard, roucoulai-je quand il ouvrit les yeux. Me filer entre les doigts comme ça... Allez, va prendre une douche, je vais te faire un café.

Quand il eut terminé sa deuxième tasse, il regarda autour de lui.

— Cette pièce me rappelle quelque chose, dit-il. (Il se leva pour regarder par la fenêtre et je le vis blêmir.) Nom de Dieu, c'est le même appartement, murmura-t-il. Il faut que je m'en aille !

— T'as les foies ? fis-je d'une voix sucrée.

— Va pas croire que j' me dégonfle, mais j'ai mal aux cheveux, dit-il. Ne me demande pas de te raconter maintenant, c'est pas le moment. Il faut que j'aille prendre l'air.

Il attrapa son chapeau et moi, j'attrapai sa manche.

— C'est une promesse ? dis-je. Tu me raconteras plus tard ? Ce soir, par exemple ?

— Il n'y a rien à raconter, dit-il, et il claqua la porte.

Je n'étais pas passée loin, ce coup-ci. J'attrapai sa tasse vide et la fracassai contre le mur.

— Il m'en faut plus que ça ! aboya Westman quand je lui donnai la photocopie du talon de chèque. Je ne suis pas un prestidigitateur. Ça ne prouve rien sur ses relations avec elle. Ça prouve seulement qu'il a payé deux cents dollars à un dénommé Joe Callahan. Il y en a plusieurs bataillons rien qu'à New York. Comment allez-vous prouver que c'est ce J. C. qui a travaillé comme portier chez elle ? Et même, ça ne prouverait toujours pas qu'il a quoi que ce soit avec sa mort. C'est un indice, sans plus.

— Patience, fis-je. Qui vous a dit que c'était tout ? Je n'ai pas fini. Rappelez-vous le dicton : Petit à petit, l'oiseau fait son nid. Je vous ai seulement apporté ça pour que vous le mettiez en sûreté, dans votre coffre. Attendez la suite, j'espère que ça complétera bien le tableau. Mais en attendant, j'ai besoin d'oseille pour suivre mon idée.

— Je suis avocat, pas banquier.

— N'oubliez pas que j'ai été votre témoin dans votre dernière affaire, lui dis-je. Je trouve que vous feriez un bon banquier. Allez, donnez... Ça sera un excellent investissement pour vous.

J'obtins ce que je voulais.

J'allai dans le plus grand magasin spécialisé dans tout ce qui touche à la musique, et je demandai à parler au directeur.

Je fais du théâtre, lui dis-je. Je veux faire des enregistrements de ma propre voix, chez moi. C'est possible ? Pas du chant, juste la voix parlée. Mais je veux que ça soit absolument clair, où que je me trouve dans la pièce.

Ils n'avaient rien à me proposer qui puisse faire l'affaire, me dit-il, seulement ces petits disques d'étain qu'il faut mettre juste devant sa bouche et dans lesquels il faut gueuler. Mais quand je lui dis que j'étais prête à y mettre le prix, il me proposa de m'envoyer deux experts pour qu'ils installent un dispositif d'enregistrement sur mon phonographe et tous les fils qu'il fallait dans la pièce pour que ça marche. Une fois équipée comme ça, avec des disques de cire vierges et une aiguille spéciale, je pouvais faire la même chose que les fabricants de disques dans leurs studios.

Je lui dis de s'y mettre, que je voulais voir.

— Vous comprenez, un grand producteur va venir m'auditionner et toute ma carrière en dépend.

Il lui fallut commander les disques vierges et l'aiguille à l'usine. Il n'en avait pas en magasin.

— Mettez m'en deux douzaines, dis-je, on ne sait jamais, s'il me demandait le monologue d'Hamlet.

Je voyais bien qu'il me prenait pour une toquée mais il me dit :

— Je vais vous compter le prix de gros.

— Oh ! Et n'oubliez pas le phonographe lui-même, fis-je en sortant. J'oubliais de vous dire que je n'en ai pas.

Ils eurent fini leur installation vers cinq heures de l'après-midi. Finalement, ça n'était pas si compliqué que ça. Ça ressemblait comme deux gouttes d'eau à un phono. La seule différence, c'est qu'on ne pouvait rien écouter dessus, ça enregistrait les sons au lieu de les restituer.

— Et puis il y a quelque chose de très important, dis-je. Je veux pouvoir mettre en route et arrêter ce truc sans avoir besoin de m'en approcher à chaque fois.

Pas de problème. Ils installèrent seulement un long câble avec un interrupteur au bout, comme on en faisait depuis quelques années pour un certain type de phono. Assis à l'autre bout de la pièce, il suffisait d'appuyer pour que ça démarre et de relâcher pour que ça s'arrête. C'était électrique, bien sûr, pas besoin de le remonter.

— Mettez-le plus près du canapé, dis-je. Aussi près que vous pouvez, c'est plus pratique.

Quand tout fut installé, ils mirent un disque dessus pour essayer. Je me tins à l'autre bout de la pièce et déclamai : « Bonjour, comment ça va ? Vous avez bonne mine », et toutes sortes de bêtises, tout ce qui me passait par la tête. Puis je m'assis sur le canapé et je recommençai l'essai.

Ils enlevèrent le disque et le jouèrent sur une petite machine portative qu'ils avaient apportée (ça ne pouvait pas se jouer sur l'appareil enregistreur, bien sûr) et avec une aiguille plus tendre, en bois ou en bambou, pour ne pas l'abîmer. Ce qui avait été enregistré à l'autre bout de la pièce était un peu brouillé, mais ce qui avait été enregistré sur le canapé était clair comme le cristal et tellement naturel que ça faisait un drôle d'effet.

— Eh bien, ça ira comme ça, dis-je. Du moment que je sais où j'en suis, c'est bon. A propos, comment est-ce que je vais savoir quand un disque est fini et qu'il faut que j'en mette un autre ?

— Il y a un arrêt automatique, l'interrupteur reviendra tout seul.

Une fois qu'ils furent partis, je fignolai moi-même l'installation. Je posai un foulard en dentelle sur la boîte pour la camoufler et je planquai le câble et l'interrupteur sous le canapé, là où on ne les voyait pas. Mais il suffisait de laisser pendre la main pour le dégoter, aux deux bouts du canapé.

Je le mis complètement dans ma poche, le lendemain, au cours de la soirée à la *Belle Epoque*. J'avais fait exprès de l'entraîner à partir plus tôt que la veille et de l'empêcher de boire trop. C'est plus facile de faire parler un mec quand il est rond, mais ça ne fait pas le poids au tribunal.

Il me mangeait dans la main, mais il râlait quand même.

— Pourquoi t'es pas venue chez moi ? J' te dis que j'aime pas cet endroit. Ça me fout le cafard.

Ce coup-ci, je préparai les boissons sous son nez. Il prit le verre que je lui tendais et demanda avec un sourire :

— Tu me l'as encore assaisonné, celui-là ?

Ça alors, ça me coupait le sifflet. Je fis la seule chose qu'il y avait à faire. Je le lui repris des mains et je le bus moi-même.

— Tu dis vraiment n'importe quoi, fis-je froidement. Qu'est-ce qui te fait dire ça !

— J'ai pensé que t'avais fait ça pour m'empêcher de te sauter dessus. (Je respirai. Il ajouta :) Mais comment tu vas m'en empêcher ce soir ?

Je n'avais pas pensé à ça. Occupée comme j'étais à mener mon affaire à bien, j'avais cessé de penser que lui, c'était peut-être la bagatelle qui l'intéressait.

— Mets-toi à l'aise, dis-je doucement, pendant que j' me démaquille, et je passai à côté. (J'étais à mi-chemin quand je l'entendis dire :) Où est la radio qu'on se mette un peu de musique.

Mon Dieu, pensai-je, pourvu qu'il ne trouve pas ce machin ! Je revins à la porte et passai la tête. Je devais avoir pâli.

— Je... je n'ai pas de radio, dis-je.

— Et ce truc, qu'est-ce que c'est ? fit-il en tendant la main pour soulever le châle de dentelle qui recouvrait l'objet.

— C'est une machine à coudre électrique, dis-je

précipitamment. Je fais mes vêtements moi-même. Viens ici un instant, Tommy, je veux te montrer quelque chose. (Il me rejoignit et mes poumons se remirent à fonctionner.) C'est pas une jolie petite chambre ? (Il comprit de travers et me prit par la taille.)

— Oh non, non, doucement ! dis-je. Viens, retournons là-bas nous asseoir et causer tranquillement.

Nous nous assîmes côte à côte et je posai mon verre par terre, à quelques centimètres du câble de la machine.

— Pourquoi dis-tu toujours que tu n'aimes pas cet endroit ? fis-je remarquer sournoisement. Pourquoi t'as l'air d'avoir les jetons chaque fois que tu viens ? Ce matin, tu es devenu tout blanc quand tu as regardé par le fenêtre...

— Parlons de toi, dit-il.

— Mais je veux savoir. Tu avais promis que tu me dirais tout. Mais ça n'allait pas être si facile que ça.

— Bon Dieu, t'es une sacrée belle petite môme, tu me plais, tu sais, fit-il d'une voix caressante. Tu sais que j' suis mordu, et pas pour un coup en passant. Je veux que tu sois ma femme. (Il passa son bras autour de moi et posa sa tête sur mon épaule) ; il n'y avait pas de doute, il était accroché. Il fallait prendre le virage à la corde. Ma main plongea vers le plancher en tâtonnant et je trouvai le câble. « T'épouser, mon cul, espèce d'enflé ! » pensai-je, furieuse.

— Tu te moques de moi, fis-je en m'éloignant de lui. Je suivis le câble jusqu'à ce que je tienne l'interrupteur.

— Je parie que tu as connu une autre fille dans cet appartement et que tu lui disais la même chose.

— Sale garce, fit-il d'un air méchant. C'était une moins que rien.

— Qui était-ce ?

J'attendis la réponse.

— Tu as dû en entendre parler dans les journaux, dit-il. Cette fille Pascal qui s'est fait descendre.

Je me redressai sur un coude et appuyai sur l'interrupteur. J'élevai un tout petit peu la voix en détachant bien les mots.

— Alors, Tommy Vaillant, dis-je. (Et pour que l'identification soit indiscutable, je répétai son nom.) Tommy Vaillant, tu connaissais donc Bernice Pascal, la fille qui a été trouvée morte ici, dans cet immeuble !

— Si je la connaissais ? On était comme ça, tous les deux ! (Il me montra ses deux doigts serrés. Ça, le disque l'escamoterait, alors je fis :) Ah bon, à ce point ? Et qu'est-ce que ça t'a fait de savoir qu'on l'avait butée ?

— J'ai applaudi des deux mains.

— Pourquoi, qu'est-ce que tu avais contre elle ?

— C'était une conne, dit-il. Et son gagne-pain c'était le chantage. Elle avait appris accidentellement quelque chose sur moi qui aurait fait mauvais effet dans ma biographie. Ça m'aurait valu un bon bout de temps dans une tôle fédérale. Une histoire de fusillade à Detroit, dans le temps, à l'époque de la Prohibition. Je l'ai prévenue que si elle parlait un jour de ça, je lui ferais la peau. J'ai un peu arrosé sa domestique noire qui m'a raconté que la môme Pascal était prête à foutre le camp à Montréal avec ce mec, Reardon. Je savais ce que ça voulait dire. Dès qu'elle serait à court d'oseille, le bouchon sauterait, et là-bas, je pourrais rien faire pour l'en empêcher.

— Alors, qu'est-ce que t'as fait ?

— J' suis venu chez elle pour l'en empêcher. Et une gonzesse comme ça, y'a pas trente-six manières.

— T'es venu ici pour la tuer ?

— Ouais, fit-il, elle l'avait pas volé, la garce.

J'arrêtai la machine. Ma main avait agi sans que je le veuille. Ne me demandez pas comment je savais ce qu'il allait dire. Je ne voulais pas prendre de risques, c'est tout.

— Elle était morte quand je l'ai trouvée, dit-il. Quelqu'un avait été plus rapide que moi. Elle était étendue par terre, déjà froide. D'abord, j'ai pensé qu'elle était saoule. Et puis quand j'ai vu que c'était pas ça, j'ai tiré mon chapeau au mec qu'avait fait le coup et j'ai refermé la porte. Je me suis taillé en vitesse.

Je remis la machine en marche entre « porte » et « Je ».

— Qu'est-ce que c'est que ce bruit, comme un bourdonnement ? dit-il. Y'a un moustique ?

— C'est le Frigidaire, dis-je. Ça s'arrête et ça repart.

Westman était assez futé pour effacer ça avant de faire graver le disque définitif.

— Je devrais pas te dire tout ça, reprit-il. Mais toi, t'es pas comme elle.

Je me pelotonnai un peu contre lui pour lui donner confiance, mais pas assez pour déclencher le feu d'artifice.

— Et qu'est-ce que t'as fait tout de suite après ? dis-je d'une voix câline.

— J'ai foutu la clé de son appartement dans l'égout. Et puis j'ai pris un taxi, je me suis fait conduire au Club et je me suis arrangé un bon alibi. Le lendemain j'ai été trouver le portier de jour chez lui et je lui ai payé son voyage pour l'Irlande.

Histoire d'être tout à fait tranquille. Il m'avait vu trop souvent avec elle. C'était malsain.

— Et le portier de nuit ?

— Il était nouveau, il ne me connaissait pas bien de vue, il savait pas à qui je rendais visite.

Finalement, ça n'avait pas été la peine de lui graisser la patte.

— Et la bonniche noire, elle t'a pas causé d'ennuis ?

— Ça s'est arrangé, dit-il. Elle a eu un accident.

Au ton de sa voix, je fus certaine que c'était réellement un accident, qu'il n'avait rien eu à voir avec. Mais j'enregistrai quand même. J'éclatai de rire bruyamment comme s'il avait voulu dire autre chose.

— Tu penses à tout ! dis-je, et j'éteignis l'engin.

C'était risqué de dire ça, mais il ne faisait pas très attention et il ne réagit pas.

— Qu'est-ce qu'il y a de si drôle ? fit-il d'une voix sourde, ensommeillée.

Soudain, le téléphone sonna. C'était pour lui. Ils voulaient qu'il se pointe au Club en prévision d'une descente. Il avait dit où on pouvait le joindre. Et c'était précisément le moment où ça m'arrangeait qu'il décarre. Qui a dit qu'il n'y avait pas de Père Noël ?

— A demain soir, ma Frimousse d'Ange.

Il attrapa au vol son chapeau et un petit bécot, et fila.

Il commençait à faire jour dehors, et moi j'étais jouasse. C'était du beau travail. Et sur un seul disque. Je lâchai le cordon qui avait fait tout le sale boulot. Je le regardai en secouant la tête et je pensai : « pauvre pomme. » Je crois que j'étais trop fatiguée pour être joyeuse. En tout cas, je ne l'étais pas.

Quand je rouvris les yeux, le disque était toujours sur le tourne-disque. On pourrait croire que je me précipitai pour soulever le couvercle et m'en assurer. Eh bien, non. Je ne m'en approchai même pas pendant un bout de temps, et quand je finis par le faire, je n'eus aucune envie de chanter cocorico. Je restai avec cette galette dans les mains. Un truc fragile comme ça ! Il suffisait que je le laisse tomber, juste que je le laisse me glisser des doigts... et au revoir. Je pensai à Jackie, reposai le disque et courus au téléphone comme si j'avais le feu aux trousses. Je ne courais pas, je volais. J'obtins Westman à son bureau et lui dis que j'avais ce qui lui fallait.

— Impeccable, apportez-moi ça, eut-il tout juste le temps de me répondre.

— Je ne peux pas, venez vous-même le chercher ! Mais tout de suite ! Vite ! Sautez dans un taxi et ne me laissez pas le temps de réfléchir. Dépêchez-vous, s'il vous plaît, dépêchez-vous avant que je...

Il arriva. Il enleva une taie d'oreiller pour envelopper le disque.

— J'envoie un câble à Albany, promit-il. J'obtiendrai le sursis d'exécution aujourd'hui même ! (Et puis il voulut savoir :) Mais pourquoi avez-vous l'air tellement sinistre ? Ça n'est pas le moment de...

— Allez, ouste, Westman, dis-je. Restez pas là à pinailler. Enlevez-moi ce truc de sous les yeux.

Un peu plus tard, je retournai au téléphone pour appeler Tommy Vaillant.

— Tom, dis-je, il te faut combien de temps pour quitter la ville ?

— Quelle idée ! Cinq minutes, en cas de besoin. Mais pourquoi ça ? Qu'est-ce qui se passe ?

— Alors, vas-y. Fous le camp. Je viens d'avoir un tuyau tout chaud : ils vont rouvrir le dossier Pascal.

— Et alors, qu'est-ce que j'en ai à faire ? demanda-t-il. Je suis blanc comme neige.

— Crois-moi, s'il te plaît, et reste pas là à discuter. Au revoir, Tom, fis-je entre deux sanglots. Tu saurais échapper à une demande d'extradition ?

— Bien sûr. Même avec une main attachée dans le dos. Mais pourquoi tu pleures ? demanda-t-il.

— Parce que... parce que je t'aimais bien, Tom, dis-je avant de raccrocher.

Ce matin quand j'ai ouvert les yeux, Jackie était appuyé sur un coude et il me regardait d'un air soucieux.

— Oh là là, ma tête, grognai-je. Plus jamais ça !

— Frimousse d'Ange, fit-il, promets-moi que tu ne boiras plus comme ça avant de t'endormir.

— Pourquoi ?

— Tu parles en dormant et tu dis de drôles de choses. Tu as dit que c'était toi qui avais tué Bernice Pascal, cette fois-ci.

Je lui adressai un regard enjôleur et un sourire radieux. Il me sourit aussi.

— Frimousse d'Ange, fit-il.

Il m'appelle toujours comme ça. Il dit toujours que j'ai rien dans le citron, mais aucune importance car je suis jolie comme un cœur.

Le diamant orphelin.	9
Mariole, l'inspecteur Brown.	53
On change de victime.	111
J'ai tout vu !	139
Ça coince.	173
Le chapeau qui chantait.	187
Serviette chaude.	225
Il cause bien, l'assassin.	247

DU MÊME AUTEUR (bibliographie sélective)

Aux Éditions Gallimard

Dans la collection Folio

J'AI ÉPOUSÉ UNE OMBRE, 1987

LA SIRÈNE DU MISSISSIPPI, 1973

L'HEURE BLAFARDE, 1987

J'AI VU ROUGE, 1990

Dans la collection Carré Noir

LES YEUX DE LA NUIT, 1974

SÉRIE NOIRE

Dernières parutions :

2300. — TOUT FOUT LE CAMP . . . . *Bill Pronzini*
2301. — UN DÉMON AU PARADIS . . . . *Marvin Albert*
2302. — COMME DE LA PESTE . . . . *Pierre Léon*
2303. — UN TROP PLEIN DE CIEL . . . . *Robert Sims Reid*
2304. — LA REINE D'AMÉRIQUE . . . . *Russell H. Greenan*
2305. — LE MAL DU DOUBLE-BANG . . . . *Laurent Fétis*
2306. — AU COCHON AVEUGLE . . . . *Jon A. Jackson*
2307. — PORTRAIT DE FAMILLE . . . . *James Colbert*
2308. — CAVALE . . . . *Eva David*
2309. — SUR LA LIGNE BLANCHE . . . . *José-Louis Bocquet*
2310. — UNE DANSE AUX ABATTOIRS . . . . *Lawrence Block*
2311. — LE SYNDROME DU VOLCAN. . . . . *Gérard Lecas*
2312. — IMPLANTS D'ENFER . . . . *Tony Kenrick*
2313. — LES ORPAILLEURS. . . . . *Thierry Jonquet*
2314. — VICKI. *Steve Fisher*
2315. — UNE POIRE POUR LA SOIF . . . . *James Ross*
2316. — LA PORTE DE DERRIÈRE . . . . *Marc Villard*
2317. — GAME OVER . . . . *Freddie Lafargue*
2318. — FOLIES DOUCES . . . . *Richard Matas*
2319. — VOMITO NEGRO . . . . *Jean-Gérard Imbar*
2320. — LES HABITS D'OMBRE . . . . *Cesare Battisti*
2321. — CUPIDE. . . . . *Robert Sims Reid*
2322. — LE COUP DU GITAN . . . . *Gustave Harford*
2323. — SWEETWATER RANCH. . . . . *Geoffrey Norman*
2324. — UNE PAIRE DE DEUX . . . . *Robert B. Parker*
2325. — ÉTATS DE LAME . . . . *Pascale Fonteneau*
2326. — LA SIRÈNE ROUGE . . . . *Maurice G. Dantec*
2327. — DU SABLE DANS LA BOUCHE . . . . *Hervé Le Corre*
2328. — CHIEN-FROID . . . . *Laurent Fétis*
2329. — LA PROIE DE L'ARAIGNÉE . . . . *Robert Bloch*
2330. — SANGLANTES CONFIDENCES . . . . *John Gregory Dunne*
2331. — IL Y A DES JOURS COMME ÇA . . . . . . *Jack Ritchie*
2332. — L'ENFANT DE CŒUR. . . . . *Olivier Thiébaut*
2333. — MANUEL DES PERDANTS . . . . *Juan Sasturain*
2334. — LE VENT DES FOUS . . . . *Franck Pavloff*
2335. — PAS DE KADDISH POUR SYLBERSTEIN . . . *Konop*
2336. — TRUANDS AND CO. . . . . *Donald Goines*
2337. — LE CHIEN QUI CHANTE . . . . *James McClure*
2338. — UNE VALSE AU TEXAS . . . . *Max Crawford*
2339. — LE JEU DU PETIT POUCET. . . . . *Jacques Mondoloni*
2340. — CORVETTE DE NUIT . . . . *Marc Villard*
2341. — LES CHAPACANS. . . . . *Michèle Courbou*
2342. — L'ANGE ET LE RÉSERVOIR DE LIQUIDE À
FREINS . . . . *Alix de Saint-André*
2343. — QUITTER KAT . . . . *Karen Kijewski*

2344. — MEURTRES POUR DE VRAI . . . . *Marc Gerald*
2345. — TIR À VUE . . . . *Serge Quadruppani*
2346. — LES LARMES DU CHEF . . . . *Daniel Picouly*
2347. — RETOUR DE BÂTON . . . . *A. B. Guthrie*
2348. — DERNIÈRE STATION AVANT JÉRUSALEM . . . . *Alain Demouzon*
2349. — POINT MORT . . . . *José-Louis Bocquet*
2350. — LES GUERRIERS DE L'ENFER . . . . *Robert Stone*
2351. — MOURIR APRÈS LA GUERRE . . . . *Max Allan Collins*
2352. — LA GRANDE MAGOUILLE DE 1944. . . . . . *Andrew Bergman*
2353. — LE PENSEUR DE VALLORBE. . . . . *Eliane K. Arav*
2354. — LE PENDU D'HOLLYWOOD . . . . *Andrew Bergman*
2355. — ŒDIPE-ROI . . . .
2356. — TRÈS PRIVÉ . . . . *Alexandre Valletti*
2357. — COUP DE CHAUD . . . . *Philip Lee Williams*
2358. — LE PONT DE MOSCOU . . . . *Pierre Léon*
2359. — LA FOIRE AUX SERPENTS. . . . . *Harry Crews*
2360. — PROTHÈSE . . . . *Andreu Martin*
2361. — LA DANSE DE L'OURS . . . . *James Crumley*
2362. — VENDEURS DE MORT . . . . *Donald Goines*
2363. — J'ÉPOUSERAI PLUTÔT LA MORT . . . . . . *Frédéric Castaing*
2364. — LA VIE DE MA MÈRE! . . . . *Thierry Jonquet*
2365. — GANGRAINE . . . . *Elizabeth Stromme*
2366. — HAMMETT . . . . *Joe Gores*
2367. — PARCOURS FLÉCHÉ . . . . *Jean-Pierre Bastid*
2368. — CIRQUE À PICCADILLY . . . . *Don Winslow*
2369. — L'OMBRE ROUGE. . . . . *Cesare Battisti*
2370. — TOTAL KHÉOPS . . . . *Jean-Claude Izzo*
2371. — LA FACE CACHÉE DE LA LUNE. . . . . . . *Georgui Vaïner et Leonid Slovine*
2372. — HISTOIRE DE LA FEMME QUI AVAIT ÉPOUSÉ UN OURS BRUN . . . . *John Straley*
2373. — PÉRICLÈS LE NOIR . . . . *Peppe Ferrandino*
2374. — LES FILS PERDUS DE SYLVIE DERIJKE . . . *Pascale Fonteneau*
2375. — INNOCENT X. . . . . *Laurent Fétis*
2376. — JE M'APPELLE REVIENS . . . . *Alexandre Dumal*
2377. — RN 86 . . . . *Jean-Bernard Pouy*
2378. — LE MIROIR AUX ALLUMÉS . . . . *Jacques Humbert*
2379. — LES RACINES DU MAL . . . . *Maurice G. Dantec*
2380. — LE COCHON QUI FUME . . . . *James McClure*
2381. — LA PELOUZE . . . . *M. A. Pellerin*
2382. — UNE PETITE DOUCEUR MEURTRIÈRE . . . *Nadine Monfils*
2383. — LE PAYS DE DIEU . . . . *Ray Ring*
2384. — J'AI CONNU FERNANDO MOSQUITO . . . . *Rique Queijão*
2385. — M'SIEUR . . . . *Alain Gagnol*

2386. — PIQUÉ SUR LA ROUGE. . . . . *Gregorio Manzur*
2387. — COMME VOUS ET MOI . . . . *Seymour Shubin*
2388. — MARILYN LA DINGUE. . . . . *Jerome Charyn*
2389. — ZYEUX-BLEUS . . . . *Jerome Charyn*
2390. — KERMESSE À MANHATTAN . . . . *Jerome Charyn*
2391. — 1275 ÂMES . . . . *Jim Thompson*
2392. — N'Y METTEZ PAS LE DOIGT . . . . *Christopher Wilkins*
2393. — LES TROTTOIRS DE BELGRANO. . . . . . *Pierre-Alain Mesplède*
2394. — COMMENT JE ME SUIS NOYÉ . . . . *Serge Quadruppani*
2395. — SURF CITY . . . . *Kem Nunn*
2396. — LE CHANTEUR DE GOSPEL . . . . *Harry Crews*
2397. — MÉMOIRE EN CAGE . . . . *Thierry Jonquet*
2398. — MA CHÈRE BÉA . . . . *Jean-Paul Nozière*
2399. — DAME QUI PIQUE . . . . *Craig Smith*
2400. — FREE . . . . *Todd Komarnicki*
2401. — NADINE MOUQUE . . . . *Hervé Prudon*
2402. — LE SANG DU DRAGON. . . . . *Christian Gernigon*
2403. — LE VOLEUR QUI AIMAIT MONDRIAN. . . . *Lawrence Block*
2404. — DU SABLE DANS LES GODASSES . . . . . . *Juan Sasturain*
2405. — CITÉS DE LA PEUR . . . . *Collectif*
2406. — BÉNÉDICTION . . . . *Robert Sims Reid*
2407. — LA FENÊTRE OBSCURE . . . . *James Durham*
2408. — GROOTKA . . . . *Jon A. Jackson*
2409. — LE TRUC . . . . *Mat Messager*
2410. — LES MORTES . . . . *Jorge Ibargüengoitia*
2411. — LA REVANCHE DE LA COLLINE. . . . . . . *Hervé Prudon*
2412. — LA NUIT DE ST.- PAULI . . . . *Frank Göhre*
2413. — AGENCE BLACK BAFOUSSA . . . . *Achille F. Ngoye*
2414. — KARMANN BLUES . . . . *José-Louis Bocquet*
2415. — LOUBARD ET PÉCUCHET . . . . *Michel Lebrun*
2416. — LE MIROIR DE BOUDDHA . . . . *Don Winslow*
2417. — LE TANGO DU MAL-AIMÉ . . . . *Sergio Sinay*
2418. — VINYLE RONDELLE NE FAIT PAS LE PRINTEMPS . . . . *Hervé Prudon*
2419. — L'EFFET TEQUILA . . . . *Rolo Diez*
2420. — TRAHISON FRATERNELLE . . . . *James Colbert*
2421. — LE MANGEUR D'ORCHIDÉES . . . . *Marc Laidlaw*
2422. — CHOURMO . . . . *Jean-Claude Izzo*
2423. — HOMICIDE À BON MARCHÉ . . . . *Alain Wagneur*
2424. — KATAPULT . . . . *Karen Kijewski*
2425. — LE FLIC À LA CHENILLE . . . . *James McClure*
2426. — ÇA VA ? ÇA VA. . . . . *Frédéric Castaing*
2427. — LA CAVALE DE KENYATTA . . . . *Donald Goines*
2428. — LOTERIE EN NOIR ET BLANC . . . . *Max Allan Collins*
2429. — LE PRODUIT D'ORIGINE . . . . *A. B. Guthrie Jr.*

2430. — BLOCUS SOLUS . . . . *Bertrand Delcour*
2431. — NOTRE-DAME DES NÈGRES . . . . *Jean-Pierre Bastid*
2432. — BUENA ONDA . . . . *Cesare Battisti*
2433. — DIVORCE, JACK ! . . . . *Colin Bateman*
2434. — LA BOURDE . . . . *Marc Alfred Pellerin*
2435. — TIURAÏ . . . . *Patrick Pécherot*
2436. — JÉSUS AUX ENFERS . . . . *Andreu Martin*
2437. — LA RELIGION DES RATÉS . . . . *Nick Tosches*
2438. — LE PROGRAMME E. D. D. I. . . . . *Serge Preuss*
2439. — LES EFFARÉS . . . . *Hervé Le Corre*
2440. — RÊVES PÈLERINS . . . . *Ray Ring*
2441. — PHALANGE ARMÉE . . . . *Carlo Lucarelli*
2442. — LES TREIZE MORTS D'ALBERT AYLER . . . *Collectif*
2443. — VOUS PRENDREZ BIEN UNE BIÈRE? . . . . *Joseph Bialot*
2444. — LES LUMIÈRES DE FRIGO . . . . *Alain Gagnol*
2445. — AMIGO . . . . *Lars Becker*
2446. — NEVERMORE . . . . *William Hjortsberg*
2447. — SUEURS CHAUDES . . . . *Sylvie Granotier*
2448. — LES CURIEUX S'EN MORDENT LES DOIGTS . . . . *John Straley*
2449. — LA CRÊTE DES FOUS . . . . *Jamie Harrison*
2450. — CET AMOUR QUI TUE . . . . *Ronald Levitsky*
2451. — PUZZLE . . . . *Laurent Fétis*
2452. — L'HOMME QUI ACHETA RIO . . . . *Aguinaldo Silva*
2453. — SIX KEY CUT . . . . *Max Crawford*
2454. — LE LIQUIDATEUR . . . . *Jon A. Jackson*
2455. — ZONE MORTUAIRE . . . . *Kelt & R. Montserrat*

Reproduit et achevé d'imprimer sur Roto-Page
par l'Imprimerie Floch à Mayenne
le 17 mars 1997.
Dépôt légal : mars 1997.
Numéro d'imprimeur : 41043.
ISBN 2-07-049712-7 / Imprimé en France.

80849